Kohlhammer | *Pflege*

Wissen und Praxis

Die Autoren:

Prof. Dr. Walter Feldheim war Inhaber des Lehrstuhls Humanernährung an der Christian-Albrechts-Universität zu Kiel.

Prof. Ruth Steinmetz, Oecotrophologin, lehrt an der Pädagogischen Hochschule Weingarten die Schwerpunkte Ernährung des Menschen, Lebensmittellehre und Fachdidaktik.

Walter Feldheim
Ruth Steinmetz

Ernährungslehre

Lehrbuch für Kranken- und Altenpflegepersonal, DiätassistentInnen und LehrerInnen des hauswirtschaftlichen Unterrichts

4., überarbeitete und ergänzte Auflage

Verlag W. Kohlhammer
Stuttgart Berlin Köln

Die Deutsche Bibliothek – CIP-Einheitsaufnahme

Feldheim, Walter:
Ernährungslehre : Lehrbuch für Kranken- und Altenpflegepersonal, DiätassistentInnen und LehrerInnen des hauswirtschaftlichen Unterrichts / Walter Feldheim ; Ruth Steinmetz. – 4., überarb. und erg. Aufl. – Stuttgart ; Berlin ; Köln : Kohlhammer, 1998
(Kohlhammer Pflege : Wissen und Praxis)
ISBN 3-17-014482-0

4., überarb. u. erg. Auflage 1998

Stuttgart Berlin Köln
Umschlag: Data Images audiovisuelle Kommunikation GmbH
Verlagsort: Stuttgart
Gesamtherstellung: W. Kohlhammer
Druckerei GmbH + Co. Stuttgart
Printed in Germany

Inhaltsverzeichnis

Vorwort zur 4. Auflage

In der 4. Auflage ist vor allem der Anhang aktualisiert, insbesondere wurde die Nährwerttabelle gründlich überarbeitet. Auch sind neue Literaturhinweise aufgenommen worden.

Änderungs- und Ergänzungsvorschläge für die nächste Auflage nehmen wir gern entgegen.

Kiel, Weingarten 1998

W. Feldheim, R. Steinmetz

Vorwort zur 3. Auflage

Trotz ernährungswissenschaftlicher Erkenntnisse, Ernährungsberatung und ansatzweise schulischer Ernährungserziehung ist das Ernährungsverhalten der Erwachsenen und Jugendlichen nach wie vor nicht zufriedenstellend. Die Fülle der ernährungsabhängigen Erkrankungen legt ein beredtes Beispiel dafür ab. Alle im Bereich des Gesundheitswesens und auch des Schulwesens Tätigen sind gefordert, Maßnahmen zur Erhaltung der Gesundheit zu ergreifen, die in erster Linie durch eine Umstellung des Ernährungsverhaltens erreicht werden können.

Obwohl es ein reichhaltiges Angebot von Lebensmitteln gibt, ist die Lebensmittelauswahl breiter Bevölkerungsgruppen einseitig und unausgewogen. Die Möglichkeiten der Fehlernährung sind vielfältig, da Ernährungsverhalten nicht angeboren ist, sondern erlernt wird. Das Ernährungsverhalten läßt sich durch die Ernährungsformen beschreiben, z. B. konventionelle Ernährung, vollwertige Ernährung, vegetarische Ernährung. In dieser Auflage wurde insbesondere das Kapitel über die Ernährungsformen erweitert mit dem Ziel, die Ernährungsformen vorzustellen und ernährungsphysiologisch zu bewerten.

Eine fundierte Sachkenntnis des aktuellen Wissensstandes ist für Multiplikatoren von Ernährungsinformationen unerläßlich. Insgesamt sind deshalb alle Kapitel gründlich überarbeitet und den neuen wissenschaftlichen Erkenntnissen angepaßt.

Kiel, Münster 1993

W. Feldheim, R. Steinmetz

Vorwort zur 2. Auflage

Essen und Trinken gehören zum täglichen Handeln des Menschen. Die verbreitete Meinung, man könne alles essen, wenn es nur schmeckt, erweist sich als gefährlicher Irrtum. Die Auswirkungen eines solchen unreflektierten Ernährungsverhaltens sind reichlich bekannt; sie treffen den einzelnen in Form von Krankheiten; sie treffen aber auch die Gesellschaft, da die Behandlung ernährungsabhängiger Erkrankungen hohe Kosten verursacht.

Die derzeitige Gesundheitssituation in der Bundesrepublik Deutschland läßt sich geradezu als eine Krankheitssituation beschreiben. Gesundheitsbewußtes Ernährungsverhalten ist deshalb ein unverzichtbares Gebot. Dies zu erreichen, bieten sich im Bereich der Gesundheitsvorsorge und der Krankenpflege vielfältige Möglichkeiten. Ärzte und Pflegepersonal können eine gezielte Informationsvermittlung in Ernährungsfragen betreiben. Beratung über richtige Ernährung als Bestandteil der Krankenpflege setzt allerdings grundlegende Ernährungskenntnisse voraus, so daß Fehlernährungsweisen in ihren Ursachen und Folgen erkannt sind und therapeutische und prophylaktische Ernährungsmaßnahmen eingeleitet werden können. Um dauerhafte Änderungen im Ernährungsverhalten des Menschen zu erreichen, müssen Problemlösungen für den Ernährungsalltag angeboten werden. Dazu will das vorliegende Buch einen Beitrag leisten.

Während in der ersten Auflage dieses Buches Ernährungswissen und Ernährungspraxis auf breiter Basis angeboten wurden, ist die zweite Auflage des Studienbuches stärker auf die geänderte Ausbildungs- und Prüfungsordnung für Krankenpflegeberufe ausgerichtet. Dies machte eine Umarbeitung der Lerninhalte sowie eine Erweiterung des Textteils erforderlich.

Nach dem Studium des Buches sollte der Leser in der Lage sein, die Bedeutung einer ausgewogenen Ernährung zu kennen, Ernährungsfehler zu vermeiden und dem Patienten bei seinen täglichen Ernährungsfragen hilfreiche Antworten zu geben.

Kiel, Münster 1986

W. Feldheim, R. Steinmetz

1 Einführung

Der Mensch ist auf die regelmäßige Zufuhr von Nahrung angewiesen, wenn er gesund und leistungsfähig bleiben will. Diese auf den ersten Blick einfache Formulierung, die das Wesen der Ernährung allgemein beschreibt, zeigt nichts von den vielen Möglichkeiten, die bei der Ernährung falsch gemacht werden können.

Zum Beispiel führt eine auf die Dauer zu reichliche Nahrungszufuhr zu gefährlicher Überernährung. Der Körper speichert die mit der Nahrung zuviel aufgenommene Energie nach Umbau als Fettgewebe, gewissermaßen legt er eine Reserve für Notzeiten an. Diese Anlage von Reserven ist aber nur sinnvoll, wenn sie auch wirklich gebraucht wird, z. B. während der Schwangerschaft. Werden die Fettreserven im Laufe der Zeit nicht wieder aufgebraucht, nimmt man immer mehr zu. Aus der schlanken 25jährigen, die vielleicht 50 kg wiegt, kann so bei einer Zunahme von nur 3 g pro Tag die mollige 45jährige mit einem Gewicht von 70 kg werden.

Im Ernährungsbericht 1988 unterrichtet uns eine umfangreiche Tabelle über Gesundheitsstörungen, die als ernährungsabhängig bezeichnet werden und die auf Fehlernährung beruhen. Danach haben 30–50 % unserer Bevölkerung Übergewicht; im Gefolge der Überernährung sind dann Bluthochdruck, Diabetes, Fettstoffwechselstörungen, Hyperurikämie und Arteriosklerose zu finden. Man muß aber einschränkend bemerken, daß die Fehlernährung nur als ein Faktor angesehen werden kann, der beim Vorliegen einer individuellen Veranlagung (erblich) zu der Gesundheitsstörung führt. Die Überernährung und das dadurch eintretende Übergewicht belasten und nutzen den Körper schneller ab, als bei Einhaltung einer ausgewogenen Ernährung und einem Normalgewicht zu erwarten ist.

In unserem Stoffwechsel werden die Bestandteile der Lebensmittel, die Nährstoffe, nach einer Vorbereitung im Verdauungstrakt resorbiert und dem Körper nutzbar gemacht. Es sind etwa 50 Nährstoffe bekannt, die regelmäßig zugeführt werden müssen. Da es kein Lebensmittel gibt – mit Ausnahme vielleicht der Muttermilch in den ersten Lebensmonaten –, das diese Anforderungen erfüllt, soll die Kost stets abwechslungsreich aus vielen verschiedenen Lebensmitteln zusammengesetzt sein. Ein Verstoß dagegen durch eine Einschränkung der Lebensmittel auf nur wenige, bevorzugte kann als Folge der einseitigen Ernährung auf die Dauer zu einem Mangel an einem oder mehreren Nährstoffen im Körper und zu dem Ausbruch einer Mangelkrankheit führen. Ein zu geringer Anteil an Ballaststoffen in unserer Nahrung durch Bevorzugung von Weißbrot und ballaststofffreien Lebensmitteln tierischer Herkunft führt sicher zu Obstipation, wobei besonders Frauen und ältere Menschen betroffen sind; im Alter nimmt die körperliche Bewegung ab, die sicher auch einen Einfluß auf die Darmmobilität hat.

Die Zusammenhänge und die Folgen von zuviel oder zuwenig Nahrung, falscher und richtiger Ernährung sollten ganz klar verstanden sein, bevor man sich den Einzelheiten der Ernährung zuwendet. Ein Verstehen und Berücksichtigen dieser Zusammenhänge und ein sich daraus ableitendes neues Verständnis für die Vorgänge im eigenen Körper könnte bereits zu einer Senkung des Anteils an Fehlernährten unter der Bevölkerung führen.

Ernährungsaufklärung sowie Ernährungserziehung müssen möglichst früh beginnen und Grundkenntnisse über die Vorgänge der Ernährung bereits im Kindergarten und in der Schule vermittelt werden. Die in Krankenpflege und Schule Tätigen sollten die ihnen durch den Pflege- bzw. Erziehungsberuf gegebene Möglichkeit des Kontakts mit vielen – insbesondere jungen – Menschen dazu nutzen, ihre Kenntnisse über die richtige Ernährung weiterzugeben. Sie können somit den von ihnen Betreuten bei der Umsetzung im Ernährungsalltag helfen und mit ihnen den Weg von Information über Motivation zum ernährungsbewußten Handeln gemeinsam finden.

2 Ernährungssituation

Die Ergebnisse der Nationalen Verzehrsstudie von 1991 beantworten die Fragen: Was und wieviel essen die Deutschen? Sind sie ausreichend mit Vitaminen und Mineralstoffen versorgt? Wo liegen die entscheidenden Ernährungsfehler? Das wichtigste Ernährungsproblem ist nach wie vor die *überhöhte Zufuhr von Nahrungsenergie,* die zu Übergewicht führt: 39 % der Männer und 47 % der Frauen sind übergewichtig. Insbesondere ist der Fettanteil in der Nahrung zu hoch, vor allem durch die verborgenen Fette in Wurst- und Fleischwaren, in Back- und Süßwaren und in Milch und Käse. Auch der hohe Alkoholverbrauch trägt zur überhöhten Energiezufuhr bei (1 Liter Bier enthält 1950 kJ, das entspricht ungefähr dem Energiegehalt von einem halben Becher Schlagsahne [125 g]). So erklärt sich, daß der erwachsene Bundesbürger durchschnittlich bis zu 8 % seiner Nahrungsenergie in Form von Alkohol aufnimmt. Der dritte Träger überschüssiger Energie in unserer Nahrung ist der Zucker. Weit über die Hälfte des Zuckerverbrauchs stammt aus Süßwaren und Erfrischungsgetränken. Die drei aufgeführten Nahrungsbestandteile bedingen außer dem Risiko des Übergewichts jedes für sich weitere Gefahren von ernährungsabhängigen Erkrankungen, wie Hyperlipidämie, Hyperurikämie, Leberzirrhose und Pankreatitis sowie Karies.

Auch der Fleischkonsum ist zu hoch. Fleisch als ein Vertreter der eiweißreichen Lebensmittel ist bei der Bevölkerung sehr beliebt und gilt als besonders „gesundes" Lebensmittel. Es sichert aufgrund der hohen biologischen Wertigkeit die Versorgung mit wertvollem tierischen Protein. Allerdings ist damit auch eine entsprechende Zufuhr von Purinen, Cholesterin und gesättigten Fettsäuren verbunden, die beim Überschreiten einer angemessenen Menge zum Auftreten von Gicht, Harnsteinen und arteriosklerotischen Gefäßveränderungen bei dafür disponierten Personen führen kann. Daher ist eine einseitige Ernährungsweise mit viel Fleisch, wie manche Reduktionsdiäten sie empfehlen, nicht unbedingt vernünftig. Insgesamt werden zu viele tierische Lebensmittel gegessen.

Da im Fleisch zahlreiche Vitamine – vor allem die wasserlöslichen – enthalten sind, ist die Versorgung mit diesen Vitaminen im allgemeinen sichergestellt. Bei anderen Vitaminen, die hauptsächlich in pflanzlicher Nahrung vorkommen (Vitamin B_1, B_2, B_6 und Folsäure), ist die Bedarfsdeckung nicht angemessen. Hochausgemahlene Getreideprodukte (Vollkornbrot) liefern nicht nur diese **kritischen Vitamine,** sondern auch für die Verdauung notwendige Ballaststoffe. Insgesamt ist der Stellenwert pflanzlicher Lebensmittel im heutigen Nahrungssortiment ganz und gar nicht den ernährungsphysiologischen Erfordernissen angepaßt. Zur Gesunderhaltung sollte vor allem der Verzehr von Vollkornprodukten, Kartoffeln, Obst und Gemüse gesteigert werden. Dies ist bei der täglichen Mahlzeitengestaltung in jedem Lebensbereich zu berücksichtigen. Einer teilweisen Unterversorgung mit Eisen kann damit ebenfalls begegnet werden.

Wie bei den pflanzlichen Lebensmitteln entspricht auch der Verzehr an Milch und Milchprodukten nicht dem ernährungsphysiologischen Bedarf. Der Vorzug der Milch als wichtigster Calciumlieferant wird damit nicht ausgenutzt. Bereits ein halber Liter Milch täglich liefert die notwendige Calciummenge. Besonders der bei älteren Menschen häufig auftretenden Osteoporose kann damit vorgebeugt werden.

Ein weiterer Ernährungsfehler ist die überhöhte Zufuhr von Natrium (Kochsalz). Obwohl viele vorgefertigte Lebensmittel schon genügend gesalzen sind, wird bei der Nahrungszubereitung mit Kochsalz recht verschwenderisch umgegangen. Der übermäßige Kochsalzverbrauch verfälscht nicht nur den Eigengeschmack der Lebensmittel, vielmehr wird die weit verbreitete Anlage zum Bluthochdruck begünstigt. Zur Vorbeugung von Jodmangel und seiner Folgen (Schilddrüsenvergrößerung) eignet sich jodiertes Speisesalz.

Während die Ernährungssituation in den Industriestaaten durch Überfluß gekennzeichnet ist, der zu den oben beschriebenen Ernährungsfehlern führt, herrscht in den Entwicklungsländern häufig *Ernährungsmangel.* Die auf der Erde zur Verfügung stehende Nahrungsmenge würde bei gleicher Verteilung ausreichen, um alle Erdbewohner satt zu machen. Da die Verteilung jedoch ungleichmäßig ist, liegt in den wirtschaftlich schwachen, armen Ländern eine ungenügende Versorgung mit Lebensmitteln bei einem großen Teil der Bevölkerung vor. Besonders betroffen sind hier die wirtschaftlich nicht gesicherten Gruppen, darunter Kinder, ältere Menschen, Schwangere und stillende Frauen. Bei diesen Gruppen ist wegen des höheren Bedarfs an Nahrung die Situation besonders kritisch. Obgleich große Anstrengungen unternommen wurden, die Lebensmittelproduktion in den Entwicklungsländern zu steigern, werden alle Bemühungen durch die starke Zunahme der Bevölkerung zunichte gemacht. Das mehr Produzierte an Nahrung reicht gerade aus, um die neu dazugekommene Bevölkerung genauso unzureichend zu ernähren wie die vorhandene Bevölkerung

Was in der Hauptsache fehlt, ist eine ausreichende Nahrungsmenge, die den Hungerzustand beendet. Bemühungen, hier Abhilfe zu schaffen, bestehen z. B. in der Einführung neuer, ertragreicher Getreidesorten, die eine kürzere Zeit zwischen Saat und Ernte benötigen und daher mehr Ernten erlauben als die alten Sorten. Der Knappheit und Verteuerung von Düngemitteln sucht man dadurch zu begegnen, daß man die großen Stickstoffreserven der Atmosphäre direkt durch biologische Bindung, wie sie z. B. bei bestimmten Leguminosen bekannt ist, nutzt.

Alle Bemühungen werden jedoch nicht ausreichend sein, wenn es nicht gelingt, den Zuwachs der Weltbevölkerung in vernünftige Bahnen zu lenken. Versorgungsschwierigkeiten in den Entwicklungsländern betreffen auch uns, da unser Handel und die Wirtschaft eng mit diesen Ländern zusammenhängen.

Die Ernährungssituation in den Industriestaaten ist mit fünf Adjektiven zu umschreiben: zu viel,
zu fett,
zu süß,
zu salzig,
zu ballaststoffarm.

Ein Leitsatz richtiger Ernährung – überall auf der Erde – lautet: **„Iß vielseitig, aber nicht zu viel!“**

Regeln für eine richtige Ernährung

1. Die Kost sollte aus möglichst vielen verschiedenen Lebensmitteln zusammengesetzt sein. Jede einseitige Bevorzugung bestimmter Lebensmittel ist auf die Dauer schädlich.

2. Der Energiegehalt der Kost soll dem täglichen Energiebedarf des Körpers angepaßt sein. So wird Übergewicht vermieden. Eine einfache Kontrolle der Einhaltung dieser Regel erfolgt mit der Waage.

3. Der Fettverbrauch ist einzuschränken. Das betrifft nicht so sehr das sichtbare Streichfett, sondern mehr das besonders in Lebensmitteln tierischer Herkunft versteckte Fett. Viele Speisen lassen sich auch mit wenig Fett zubereiten.

4. Der Verzehr von Zucker ist auf ein vernünftiges Maß zu beschränken. Süßigkeiten, Süßspeisen, Erfrischungsgetränke, Marmeladen enthalten viel Zucker.

5. Der Verbrauch von hochmolekularen Kohlenhydraten, wie sie in Brot, Backwaren und anderen Getreideprodukten, Kartoffeln sowie in Obst und Gemüse vorkommen, sollte erhöht werden. Mit erhöhter Zufuhr dieser Lebensmittel mit der Kost steigt auch gleichzeitig der Anteil an Ballaststoffen und wichtigen essentiellen Nährstoffen.

6. Das oft gewohnheitsmäßige Nachsalzen der Speisen ist zu vermeiden, da die Kochsalzaufnahme ohnehin zu hoch ist. Die Speisen brauchen dennoch nicht fad zu schmecken, wenn man Gewürze anstelle von Kochsalz verwendet.

7. Alkohol nur in mäßigen Mengen trinken. Alkohol liefert viel Energie; große Mengen schädigen auf die Dauer die Leber.

3 Bestandteile der Nahrung

Unsere Nahrung besteht aus verschiedenen *Lebensmitteln*.
Die Inhaltsstoffe in den Lebensmitteln bezeichnet man als *Nährstoffe*. Es gibt energieliefernde und nichtenergieliefernde Nährstoffe. Die energieliefernden Nährstoffe sind Proteine (Eiweißstoffe), Fette und verwertbare Kohlenhydrate. Obwohl der Alkohol Energie liefert, zählt er nicht zu den Nährstoffen. Nichtenergieliefernde Nährstoffe sind Mineralstoffe, Vitamine und Wasser, auch die Ballaststoffe gehören hierzu. Außerdem können Lebensmittel noch anregende Stoffe und Aromastoffe enthalten. Zu diesen Lebensmitteln – oftmals als Genußmittel bezeichnet – zählen Tee, Kaffee, alkoholische Getränke, die Gewürze und Tabak, aber auch die Rauschgifte. Sie werden seit jeher von den Menschen wegen ihrer anregenden Wirkungen genossen. Diese beruhen auf ihren belebenden, stimulierenden und aufputschenden Inhaltsstoffen wie Coffein, Alkohol, Nikotin und den Bestandteilen aus der Gruppe der Aromastoffe (Geruchs- und Geschmacksstoffe).

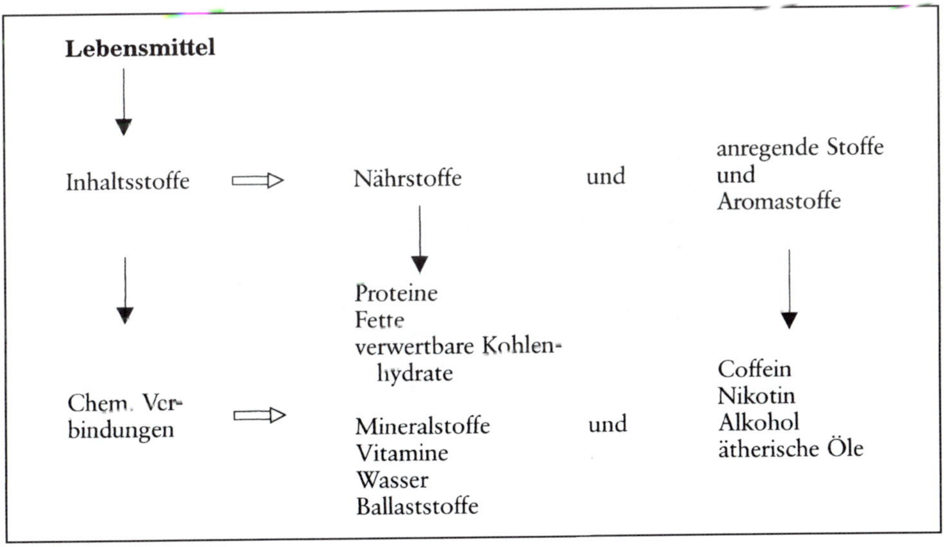

Abb. 1: Zusammensetzung der Lebensmittel

Der Körper benötigt die Nährstoffe zum Wachstum und zur Erhaltung seiner Funktionstüchtigkeit. In den Lebensmitteln sind die Nährstoffe in unterschiedlichen Mengen enthalten. Lebensmittel wie Milch und Milchprodukte, Fett, Brot und Teigwaren oder Kartoffeln haben einen hohen Nährstoffgehalt. Mit ihnen kann der Minimumbedarf an Eiweiß, Fetten, Kohlenhydraten, Vitaminen und Mineralstoffen bei üblichen Verzehrmengen bereits gedeckt werden (Basis der Lebensmittel-Pyramide). Zur Ergänzung dienen Obst und Gemüse; sie liefern zusätzlich Mineralstoffe und Vitamine bei geringem Energiegehalt und die für die Verdauungstätigkeit notwendigen Ballaststoffe. Tierisches Eiweiß in Form von Fleisch, Fleischwaren, Fisch und Eiern rundet die Zusammenstellung der Nahrung ab.

Feine Backwaren (Gebäck), Süßigkeiten, Marmelade, Honig und Zucker sind für die Nährstoffversorgung nicht unbedingt erforderlich. Da sie aber den Genußwert der Nahrung erhöhen, haben sie in einem ausgewogenen Speiseplan ihren berechtigten Platz. Wegen des hohen Energiegehalts muß ihr Verbrauch jedoch eingeschränkt sein.

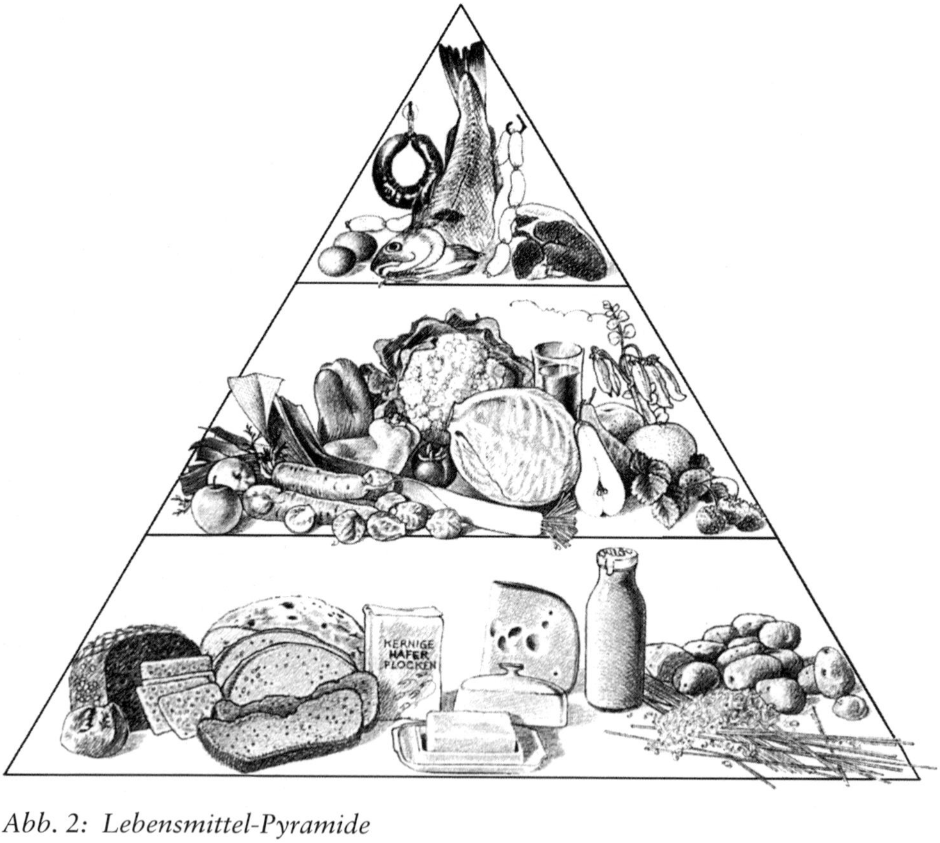

Abb. 2: Lebensmittel-Pyramide

4 Stoffwechsel

Alle Vorgänge, die mit der Aufnahme und Verwertung der Nahrungsinhaltsstoffe im Organismus im Zusammenhang stehen, werden als **Stoffwechsel** bezeichnet. Man kennt den äußeren Stoffwechsel, der die Nahrungsaufnahme und die Abgabe von Endprodukten beinhaltet, und den inneren Stoffwechsel. Hierbei unterscheidet man zwischen Vorgängen beim Abbau der Nahrungsstoffe (Katabolismus), dem Aufbau, der Biosynthese körpereigener Substanzen (Anabolismus) und dem Zwischenstoffwechsel, der Umwandlung von Nahrungsbestandteilen untereinander (Metabolismus).

Die in den Lebensmitteln enthaltenen Komponenten werden nach dem Verzehr im Verdauungstrakt aufgeschlossen und so zur Resorption durch die Darmwand vorbereitet. Es werden nur kleine Moleküle von den Zellen der Darmwand aufgenommen, wie Wasser, einfache Zucker oder Aminosäuren. Fette müssen aufgrund ihrer Unlöslichkeit im wäßrigen System erst in fein emulgierter Form vorliegen, um angreifbar werden zu können. Für diesen Abbau der großen Moleküle liefern die Verdauungssekrete spezielle Enzyme, die den Aufschluß katalysieren. Fehlen die Enzyme, so ist keine Aufnahme der im Großmolekül vorhandenen Bausteine möglich, z. B. bei der für den Menschen nicht verwertbaren Cellulose. Solche Stoffe verbleiben nach Abschluß der Verdauung im Restnahrungsbrei und verlassen mit dem Stuhl den menschlichen Körper. Kohlenhydrate und Fette werden im Stoffwechsel zu den Endprodukten Kohlendioxid und Wasser oxidiert. Beim Protein erhält man als Endprodukt zusätzlich Harnstoff, der den Stickstoff des Proteinmoleküls enthält.

Die Nährstoffe werden zur Gewinnung von Energie oder zum Aufbau neuer körpereigener Substanz verwendet. Man unterschied deshalb früher zwischen dem Betriebsstoffwechsel und dem Baustoffwechsel. Diese Unterteilung ist jedoch nicht gerechtfertigt, da immer einheitliche Reaktionsabläufe dem Stoffwechselgeschehen zugrunde liegen.

Durch die Verwertung der in den Lebensmitteln enthaltenen chemischen Verbindungen werden im Stoffwechsel die zum Aufbau von körpereigenen Substanzen benötigten Stoffe gewonnen. Die beim Stoffwechsel freiwerdende Energie wird zur Leistung von Arbeit und zur Wärmeerzeugung verwendet, die zur Aufrechterhaltung der Körpertemperatur dient. Der für die Umsetzung erforderliche Sauerstoff wird über die Lunge durch die Atmung zugeführt. Grundsubstanz für das Milieu der Umsetzung und für den Transport der Produkte ist das Wasser, das den größten Anteil ($^2/_3$) am Körperaufbau stellt. Außer Wasser benötigt der Organismus die Nährstoffe Kohlenhydrate, Proteine und Fette in großen Mengen (siehe Abb. 3 auf Seite 19). Im Verlauf seines Lebens verbraucht ein Mensch ungefähr 75 t dieser Nährstoffe; das entspricht der Ladung von fünf Eisenbahnwaggons. Daneben ist eine Reihe weiterer Substanzen in kleineren Mengen erforderlich (siehe Tab. 1).

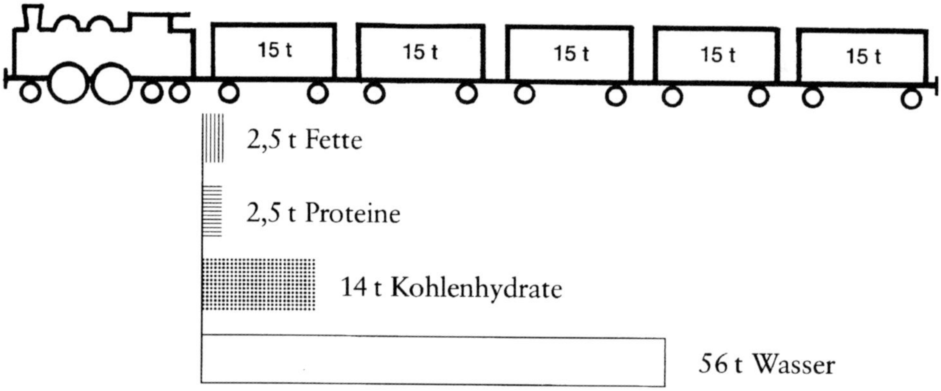

Abb. 3: Durchschnittlicher Nährstoffverbrauch eines Menschen im Verlauf des Lebens

Gramm	(g)	Milligramm	$\left(\frac{1}{1000}\ g\right)$	Mikrogramm	$\left(\frac{1}{1000000}\ g\right)$
Kohlenhydrate	(280 g)	Phosphor	(1400 mg)	Jod	(140 µg)
Fette	(136 g)	Calcium	(700 mg)	Vitamin B_{12}	(8 µg)
Proteine	(80 g)	Cholesterin	(475 mg)		
Alkohol	(24 g)	Magnesium	(330 mg)		
Ballaststoffe	(19 g)	Vitamin C	(90 mg)		
Kalium/Natrium	(3 g)	Eisen	(13 mg)		
		Zink	(10 mg)		
		Kupfer	(2 mg)		
		Riboflavin	(1,7 mg)		
		Thiamin	(1,4 mg)		

Tab. 1: Größenordnungen der täglich aufgenommenen Nahrungsbestandteile (Nach Ernährungsbericht 1988)

Die Zufuhr von Mineralstoffen, Vitaminen und Spurenelementen ist nur in Mengen notwendig, die ein Tausendstel oder ein Millionstel der Zufuhr an den energieliefernden Nährstoffen ausmachen.
Es sind etwa 50 chemisch definierte Substanzen bekannt, die dem Körper regelmäßig und in bestimmten Mengen zugeführt werden müssen. Unterversorgung oder völliger Mangel an einem jener Stoffe in der Nahrung führt zu Ausfallerscheinungen unter Beeinträchtigung von Gesundheit und Leistungsfähigkeit und später zum Tode. Man bezeichnet solche Stoffe als **essentiell** (lebensnotwendig). Der Organismus ist nicht in der Lage, diese Verbindungen in ausreichenden Mengen zu bilden. Dagegen kann ein nichtessentieller Stoff, falls er nicht mit der Nahrung ausreichend zugeführt wird, im Körper aus Vorstufen selbst gebildet werden. Wir werden später Beispiele für essentielle und nichtessentielle Stoffe kennenlernen.

5 Zusammensetzung des menschlichen Körpers

Die Bibel lehrt zwar, daß „Gott den Menschen aus Lehm geformt" –, trotzdem unterscheidet sich der Mensch in der Zusammensetzung von der Erde, auf der er lebt. Die Hauptmineralstoffe der Erdoberfläche, Silicium und Aluminium, sind nur in ganz geringen Mengen im Körper des Menschen nachweisbar.

Auch der berühmte Satz, daß „der Mensch ist, was er ißt", stimmt nicht, denn während Kohlenhydrate den Hauptteil der Nahrung stellen, sind sie im Körper nur in geringen Mengen enthalten. Kohlenhydrate werden entweder sofort zur Energieerzeugung verwendet oder als Fettreserve gespeichert.

Der Körper des erwachsenen Menschen besteht zu etwa 60 % aus **Wasser.** Bei Neugeborenen beträgt der Wasseranteil sogar 80 %. Der Wassergehalt nimmt während der ersten Lebenswochen stark ab, fällt dann langsamer und erreicht mit dem 15. Lebensjahr den Wert des Erwachsenen. Erst im Alter tritt eine weitere Abnahme des Wassergehalts ein. Bezieht man den Wasseranteil nicht auf kg Körpergewicht, sondern auf fettfreie Körpermasse, so ergibt sich für alle Altersstufen ein einheitlicher Wassergehalt von 70–73 %. Ein 65 kg schwerer Mann hat einen Anteil von etwa 40 kg Körperwasser. Der Mensch kann bei Entzug oder starker Einschränkung der Wasseraufnahme etwa 10 % des Körperwassers verlieren, ohne daß es zu schwerwiegenden Folgen kommt; der Körper reagiert jedoch empfindlicher auf Wasserentzug als auf Hunger.

Die 9 kg **Fett** im Organismus eines 65 kg schweren Mannes können bis auf 1 kg bei zu geringer Nahrungsaufnahme abgebaut werden, ohne daß die Gesundheit beeinträchtigt wird. Die 8 kg Fettgewebe sind die Energiereserven des Körpers. Das restliche kg Fett ist als essentiell zu bezeichnen; es erfüllt bestimmte Funktionen im Organismus. Bei Personen mit Übergewicht bzw. Fettsucht können die Fettvorräte bis zu 70 % des Körpergewichts ansteigen, da der Körper im Überschuß aufgenommene Nahrung als Fettgewebe speichert. 1 kg Fettgewebe liefert beim Abbau nicht 36 MJ, da es außer Fett noch Wasser und Protein (Zellwand) enthält. Die Energiereserve ist mit 24–28 MJ anzusetzen.

Von den 9 kg **Protein** ist der größte Teil als Zellbestandteil und Funktionsprotein essentiell. In Hungerzeiten kann eine Reserve von 1,5–2 kg Protein ohne schwerwiegende Folgen für den Organismus mobilisiert und zur Energiegewinnung abgebaut werden.

Bei den **Kohlenhydraten** kann der an sich schon geringe Vorrat von 1 kg im Körper noch bis auf 200 g reduziert werden. Im Hungerzustand wird der Kohlenhydratbestand durch Umsatz von Fett und Protein wieder ergänzt.

Der Gehalt an **Calcium** ist mit 2 % des Körpergewichts, der an **Phosphor** mit 1 % anzusetzen. Während von den etwa 1300 g Calcium der größte Teil im Skelett lokalisiert ist, ist etwa $^1/_5$ des Phosphats in Form organischer Phosphorverbindungen vorhanden, die meist für den Energiestoffwechsel von größter Bedeutung sind. Der Körperbestand an **Natrium** (100 g), **Kalium** (150 g) und **Chlorid** (100 g) macht zusammen etwa 0,5 % des Gewichts aus, noch geringer ist der Anteil an **Magnesium** (20 g) und **Eisen** (4–5 g). Unter den **Vitaminen** ist die Ascorbinsäure mit 3–5 g im Körper am stärksten vertreten.

Man kann die Bestandteile des Körpers auch anders zusammenstellen, etwa nach der Gleichung

Mensch = Zellmasse + extrazelluläres Stützgewebe + Fett.

- Die Zellmasse (55 % der Körpermasse) umfaßt alles aktive Gewebe.
- Das extrazelluläre Stützgewebe wird unterteilt in:
  - die extrazelluläre Flüssigkeit und
  - Mineralstoffe (Skelett) und Proteine (Bindegewebe), etwa 30 % der Körpermasse.
- Das Fett (etwa 15 % der Körpermasse) dient als Energiereserve und für andere Funktionen.

6 Energiestoffwechsel

Der Energiegehalt der Lebensmittel wird im Körper durch Abbau der Inhaltsstoffe nutzbar gemacht. Die im Lebensmittel enthaltene Energie wird zur Leistung von mechanischer Arbeit, zur Aufrechterhaltung der Funktionen von Leber, Gehirn, Verdauungstätigkeit usw., zur Regulation der Körpertemperatur und für die Synthese körpereigener Substanzen verwendet. Die in den Lebensmitteln steckende chemische Energie wird also in mechanische Energie, Wärmeenergie oder andere chemische Energie umgewandelt. Von den Energieträgern Proteine, Fette und Kohlenhydrate hat das Fett den höchsten Wert. Wie bekannt, liefert auch Alkohol einen erheblichen Beitrag zur Energiezufuhr. Der **Energiegehalt** (Brennwert, Wärmemenge) der Nährstoffe und des Alkohols beträgt im Durchschnitt:

	neue Energieeinheit		alte, nicht mehr verwendete Energieeinheit
1 g Fett	38 kJ	bzw.	9 kcal
1 g Protein	17 kJ	bzw.	4 kcal
1 g Kohlenhydrat	17 kJ	bzw.	4 kcal
1 g Alkohol	30 kJ	bzw.	7 kcal

Die neue Energieeinheit entspricht dem internationalen Einheitssystem und heißt **Joule.** Die Umrechnung von der alten Einheit Kilokalorie (kcal) in Kilo-Joule (kJ) erfolgt mit dem Faktor 4 (genau 4,184). Die Brennwertangaben Joule dürfen großzügig gerundet werden, also z. B. statt 1624 kJ nur 1600 kJ. Die Angaben zum Energiegehalt sind vereinfachte Durchschnittswerte. 1 g Kohlenhydrat kann z. B. je nach Typ 15,5 bis 17,2 kJ liefern; der Energiegehalt der Fette ist vom Typ der Fettsäure abhängig. Man kann diese Ungenauigkeit aber ruhig in Kauf nehmen, da die bei der Verwendung von Tabellenwerten für Lebensmittel auftretenden Abweichungen im tatsächlichen Gehalt der verwendeten Lebensmittel größer sind als der Fehler, den man durch die Vereinfachung der Energieangaben begeht.

Der Energiegehalt der Lebensmittel wird durch Verbrennung im Laboratoriumsversuch bestimmt, und man ermittelt die bei der vollständigen Oxidation der Stoffe gewinnbare Wärmemenge in Kilojoule (chemischer Brennwert). Bei der Berechnung z. B. des Energiegehalts eines Lebensmittels verwendet man Zahlen, die unter den experimentell ermittelten Werten liegen (physiologischer Brennwert). Die Korrektur ist erforderlich, da die Nährstoffe im Organismus nicht vollständig resorbiert werden und auch der Abbau nicht immer so weitgehend wie im Laboratorium verläuft. Obgleich die Verbrennung im Experiment und der oxidative Abbau im Körper grundsätzlich verschieden verlaufen, ist der Energiebetrag, der theoretisch aus einer Verbindung gewonnen werden kann, stets gleich und unabhängig vom Abbauweg (Gesetz von der Erhaltung der Energie).

Durch Nährstoff-Analyse eines Lebensmittels und Berechnung kann der Energiegehalt festgestellt werden, z. B. für 100 g Emmentaler Käse:

Proteingehalt	29	g	≙	528 kJ
Fettgehalt	30	g	≙	1149 kJ
Kohlenhydratgehalt	0,5	g	≙	8 kJ
Wassergehalt ca.	36	g	≙	--
	ca. 100	g	≙	1685 kJ

So läßt sich für jedes Lebensmittel und für jede Kostform der Energiegehalt berechnen.

Für die Berechnung der Energiezufuhr pro Tag (entsprechend ähnliches gilt für die Zufuhr von Proteinen, Kohlenhydraten und Fetten) notiert man die während des Tages verzehrten Lebensmittelmengen. Mit Hilfe von Nährwerttabellen läßt sich die aufgenommene Energiemenge leicht berechnen. Man darf allerdings nicht dabei vergessen, daß die ermittelten Werte Durchschnittsangaben für ein bestimmtes Lebensmittel sind und bei pflanzlichen Produkten z. B. durch Sorte, Lagerung oder Transport, bei Erzeugnissen tierischer Herkunft z.B durch veränderten Fettgehalt starke Abweichungen möglich sind.

Auch die vom Körper in einer bestimmten Zeit vebrauchte Energiemenge, die aus dem Kohlenhydrat-, dem Fett- und dem Proteinanteil der Nahrung gewonnen wurde, läßt sich experimentell bestimmen. Hierfür muß man bestimmte Stoffwechselgrößen messen, die in direkter Abhängigkeit von der körperlichen Aktivität, von der Nahrungsaufnahme und anderen Parametern stehen. Die Bestimmung erfolgt mit der direkten oder der indirekten kalorimetrischen Methode.

Bei der *direkten* Kalorimetrie ist die Versuchsperson in einem isolierten abgeschlossenen Raum untergebracht. Die vom Körper an die Umgebung abgegebene Wärmeenergie, die zu einer Erhöhung der Umgebungstemperatur führt, wird mit Hilfe eines Wassersystems gemessen. Man bestimmt den Sauerstoffverbrauch der Atmung und die Abgabe von Wasser und Kohlendioxd. Nicht abgebaute oder nicht vollständig umgesetzte Nahrstoffe werden durch Analyse von Kot und Urin erfaßt. Diese Methode liefert genaue Ergebnisse, erfordert jedoch einen erheblichen Aufwand.

Die *indirekte* kalorimetrische Methode ist dagegen mit viel geringerem Zubehör durchführbar. Man macht sich hierbei die Tatsache zunutze, daß bei der Oxidation von Kohlenhydraten und Fetten nur Kohlendioxid und Wasser als Abbauprodukte entstehen und beim Proteinabbau außerdem noch Harnstoff gebildet wird. Nach Bestimmungen des Sauerstoffs, des Kohlendioxids und des Urinharnstoffs kann man die während des Versuchs umgesetzte Nährstoffmenge und den dazugehörigen Energiebetrag berechnen.

Eine Oxidation, die Aufnahme von Sauerstoff (oder die Abgabe von Wasserstoff), ist z. B. auch die Wärmeenergie liefernde Verbrennung von Kohle und Heizöl. Hierbei entstehen ebenfalls Kohlendioxid und Wasser als Endprodukte. Im Unterschied zur Verbrennung der Kohle verläuft jedoch die Oxidation der Nahrungsinhaltsstoffe im Körper stufenweise, die Freisetzung von Energie wird dem jeweiligen Bedarf des Körpers angepaßt. Der Abbau verläuft über Zwischenverbindungen mit verschiedenem Energiegehalt. Proteine können ebenfalls zur Energiegewinnung herangezogen werden, sie erfolgt allerdings nur unter bestimmten Bedingungen, z. B. wenn die Nahrungszufuhr durch die Hauptenergieträger Kohlenhydrat und Fette nicht ausreicht, um den Bedarf des Körpers an Energie zu decken.

Nur etwa 25 % des Energieinhalts eines Nährstoffs sind in mechanische Energie umwandelbar, der Rest wird als Wärmeenergie freigesetzt. Das Verhältnis von mechanischer Energie zur Wärmeenergie beim Menschen entspricht ungefähr dem Umwandlungsverhältnis eines Verbrennungsmotors. Die erzeugte Wärme wird verwendet, um die Körpertemperatur konstant zu halten. Wenn gegenüber der Außentemperatur ein Temperaturgefälle besteht und dauernd vom Körper Wärme an die Umgebung abgegeben wird, muß ständig Wärme im Körper erzeugt werden. Die bei normaler, leichter körperlicher Betätigung gebildete Wärmemenge (als Nebenprodukt bei der Erzeugung der notwendigen mechanischen Energie) reicht aus, um den Wärmehaushalt ausgeglichen zu halten. Zweckmäßige Bekleidung unterstützt den Wärmehaushalt. Im Winter trägt man warme Sachen, um die Abstrahlungsverluste gering zu halten. Dagegen begünstigt man im Sommer die Abgabe der gebildeten Wärme durch leichte Bekleidung.

Bei tiefen Außentemperaturen (großes Temperaturgefälle) und leichter Kleidung (geringe Isolation) reicht die bei leichter körperlicher Tätigkeit produzierte Wärmemenge nicht aus, um die Körpertemperatur aufrechtzuerhalten. Durch „Kälte-Zittern“ oder „Schauern“ wird dann zusätzlich Wärme gewonnen, da der für das „Zittern“ von der Muskulatur benötigte Energieaufwand beträchtlich ist. Bei schwerer körperlicher Arbeit ist die zum Verbrauch an mechanischer Energie gebildete Wärmemenge so groß, daß sie nicht schnell genug durch Abstrahlung abgegeben werden kann. Dies ist besonders an heißen Tagen, an denen das Temperaturgefälle Körper – Umgebung klein ist, auffällig. Um zu verhindern, daß eine Erhöhung der Körpertemperatur eintritt, wird Körperwasser als Schweiß abgesondert. Die zur Verdunstung des Wassers auf der Haut erforderliche Wärmemenge bewirkt eine

Kühlung und ist ausreichend, um einen Wärmestau im Körper zu verhindern.

Nach dem bisher Gesagten ist im Winter der Energiebedarf wegen der tieferen Außentemperatur höher als im Sommer. Diese Unterschiede sind aber sehr gering und werden immer geringer, da bei Aufenthalt in Räumen durch Klimaanlagen und Heizung die Umgebungstemperaturen während des ganzen Jahres relativ konstant gehalten werden.

Für leichte Beschäftigung wie Lesen oder Schreiben wird weniger Energie benötigt als für schwere körperliche Arbeit wie Holzhacken oder Schwimmen. Auch wenn keine körperliche Arbeit geleistet wird, z. B. beim Ausruhen oder Schlafen, wird Energie gebraucht. Hiermit wird die Funktion der Organe, die Atmung, die Gehirntätigkeit und Verdauungsarbeit aufrechterhalten. Diese **Grundumsatz** genannte Stoffwechselgröße wird oft nach der indirekten kalorimetrischen Methode bestimmt. Dabei werden die Werte der Versuchsperson im Nüchternzustand, in Ruhe und bei definierter Umgebungstemperatur gemessen. Bei der Berechnung des Grundumsatzes – nach unterschiedlichen Formeln möglich – müssen Alter, Geschlecht und Gewicht bzw. Körperoberfläche berücksichtigt werden. Wenn man den berechneten Energiebetrag nicht auf kg Körpergewicht, sondern auf m² Körperoberfläche bezieht, erhält man für einen Mann im Alter von 25 Jahren 157 kJ/m² und für eine Frau gleichen Alters 147 kJ/m². Kinder und Jugendliche haben einen höheren, ältere Menschen einen niedrigeren Grundumsatz. Männer haben wegen der größeren fettfreien Körpermasse einen um etwa 10 % höheren Grundumsatz als Frauen.

Bei einer Körperoberfläche von 1,8 m² erhält man für den Mann 157 × 1,8 = 280 kJ/Stunde und für die Frau 147 × 1,8 = 265 kJ/Stunde, so daß der tägliche Grundumsatz für den Mann mit 280 × 24 = 6720 kJ und für die Frau mit 265 × 24 = 6360 kJ anzusetzen ist.

Die Angaben in den Empfehlungen für die Nährstoffzufuhr beziehen sich auf sog. „Referenzpersonen“, die dort genau beschrieben sind; Abweichungen davon müssen berücksichtigt werden.

Der **Gesamtenergiebedarf** läßt sich durch folgende Gleichung beschreiben:

Energiebedarf = Grundumsatz + Arbeitsenergie (Umsatzsteigerung).

Der Gesamtwert ist also abhängig vom Grundumsatz und dem Leistungszuwachs durch erhöhte Tätigkeit der Organe durch Nahrungsaufnahme, Muskelarbeit und Umgebungstemperatur. Bei einer gemischten Kost rechnet man etwa 8 % der aufgenommenen Energie für die Umbauvorgänge der zugeführten Nährstoffe („spezifisch-dynamische Wirkung“).

Für genaue Berechnungen des Energieumsatzes ist es erforderlich, einen Arbeitsplan aufzustellen und die körperlichen Aktivitäten pro Minute einzutragen. Je nach körperlicher Aktivität können sich erhebliche individuelle Unterschiede im Energieumsatz ergeben. In den Tropen erfolgt aufgrund der höheren Umgebungstemperatur eine Herabsetzung der Energieempfehlung.

Eine Zunahme der Mechanisierung in fast allen Arbeitsbereichen sorgt dafür, daß die Muskulatur des Menschen bei der Arbeitsleistung mehr und mehr von der Maschinenkraft abgelöst wird. Statistische Angaben zeigen, daß seit Beginn des Jahrhunderts eine ständige Abnahme der Arbeitsschwere erfolgt.

Beispiele für den Arbeitsschweregrad:

Leichte Arbeit:
Hausarbeit (mechanisiert), Büroarbeit, gymnastische Übungen, Arbeit in der Landwirtschaft (mechanisiert), Arbeit in der Leichtindustrie.

Mittelschwere Arbeit:
Arbeit in der Landwirtschaft (nicht mechanisiert), Tätigkeiten mit größerem manuellen Aufwand wie Gartenarbeit, Tennis, Spielen, Radfahren, Tanzen, Wandern mit Gepäck.

Schwere Arbeit:
Bauarbeiten, Arbeiten im Bergwerk, Fußballspielen.

Schwerstarbeit:
Waldarbeit, Hochofenarbeit, Schwimmen, Geländelaufen, Bergsteigen.

Der Anteil der Schwer- und Schwerstarbeiter unter den Berufstätigen geht zurück. Der durchschnittliche Energiebedarf von Personen, die leichte Arbeit verrichten, beträgt nach den Empfehlungen der DGE 1991 beim Mann 10,0 MJ und bei der Frau 8,5 MJ. Demgegenüber liegen die Werte der Energieaufnahme bei 13,2 bzw. 11,5 MJ, (1 Megajoule [MJ] = 1000 kJ).

Die Diskrepanz zwischen der tatsächlich aufgenommenen Energiemenge und dem tatsächlichen Verbrauch führt zu einer Zunahme der Übergewichtigen in der Bevölkerung.

7 Kohlenhydrate

7.1 Bedeutung

Die Kohlenhydrate sind neben dem Wasser mengenmäßig der bedeutendste Bestandteil der Nahrung. In vielen Entwicklungsländern beträgt der Kohlenhydratanteil an der Gesamtnahrung (auf das Trockengewicht bezogen) 80–90 %, so daß hier die Hauptmenge an Energie von den Vertretern dieser Gruppe geliefert wird. Eine kohlenhydratreiche Kostform ist immer voluminös und reich an Ballaststoffen, die ebenfalls zur Gruppe der Kohlenhydrate gerechnet werden. Mit dem Übergang zur Industrialisierung beobachtet man ein Absinken des Kohlenhydratanteils in der Nahrung. Es werden mehr konzentrierte, ballaststoffarme Energieträger, die fettreicher sind, verwendet. Der Rückgang im Verbrauch betrifft jedoch nicht alle kohlenhydratreichen Lebensmittel in gleichem Ausmaß. Die Abnahme im Konsum an Kartoffeln und Getreideprodukten ist viel stärker, als es dem allgemeinen Trend der Kohlenhydratabnahme in der Nahrung entspricht. Wir finden so gar Zunahmen, z. B. im Zuckerverbrauch oder beim Verzehr von feinen Backwaren.

7.2 Aufbau

Kohlenhydrate bestehen aus den Elementen *Kohlenstoff, Wasserstoff* und *Sauerstoff*. Pflanzen können aus dem Kohlendioxid der Luft und dem aus dem Boden aufgenommenen Wasser Kohlenhydrate (z. B. Glucose) bilden; die für die Biosynthese erforderliche Energie liefert das Sonnenlicht. Als Nebenprodukte fallen Sauerstoff und Wasser an. Chemisch wird dieser Prozeß so dargestellt:

$$6\,CO_2 + 12\,H_2O \xrightarrow{2826\text{ kJ}}$$

$$C_6H_{12}O_6 + 6\,O_2 + 6\,H_2O$$

Beim vollständigen Abbau der Kohlenhydrate im Stoffwechsel von Mensch und Tier wird die enthaltene Energie stufenweise freigesetzt; es entstehen als Endprodukte des Abbaus wieder Kohlendioxid und Wasser, die in den Kreislauf der Natur zurückgehen. Die durch den Abbau freiwerdende Energie – in Kilojoule (kJ) – wird vom Körper zur Deckung seines Energiebedarfs genutzt. Die Kohlenhydrate in der Kost des Menschen stammen zum größten Teil aus Lebensmitteln pflanzlicher Herkunft. Zur Gruppe der Kohlenhydrate gehören sehr viele, in ihrer Größe, ihrem Geschmack und ihrer Löslichkeit unterschiedliche Verbindun-

Tab. 2: Übersicht – Kohlenhydrate

Kohlen-hydratarten	Strukturformeln (Beispiele)	Bezeichnungen	Vorkommen	Eigenschaften	Resorption
		niedrigmolekular			
Monosaccharide (Einfachzucker)	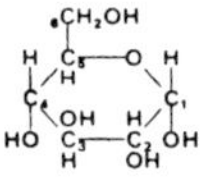 Glucose	Glucose (Traubenzucker)	Obst, Gemüse	süß, wasserlöslich	sofortige Resorption
		Fructose (Fruchtzucker)	Obst, Honig	süß, wasserlöslich	sofortige Resorption
		Galactose (Schleimzucker)	in Milch als Bestandteil der Lactose	wenig süß	sofortige Resorption
Disaccharide (Doppelzucker)	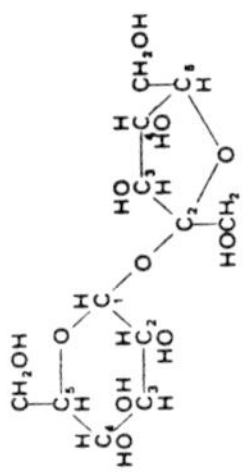 Saccharose	Saccharose (Rüben- und Rohrzucker)	Zuckerrübe, Zuckerrohr	süß, wasserlöslich	rasche Aufspaltung in Monosaccharide, dann Resorption
		Lactose (Milchzucker)	Milch, Milchprodukte	wenig süß, wasserlöslich	
		Maltose (Malzzucker)	Gerste, Bier, Malzextrakt	wenig süß, wasserlöslich	
		hochmolekular			
Polysaccharide (Vielfachzucker)	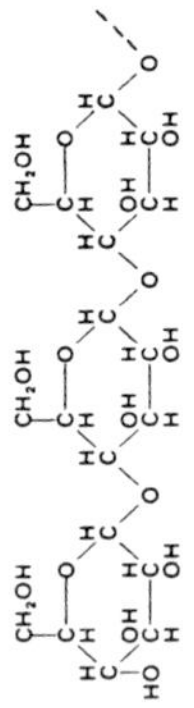 Stärke	Stärke	Getreide, Kartoffeln, Hülsenfrüchte	nicht süß, wasserlöslich	stufenweiser enzymatischer Abbau zu Monosacchariden, dann Resorption
		Glykogen	Leber, Muskel	wasserlöslich	
		Cellulose	Gerüstsubstanz der Pflanzen	wasserunlöslich	keine Resorption

gen. Sie lassen sich unterteilen in *niedrigmolekulare,* süß schmeckende, leicht wasserlösliche Verbindungen - die eigentlichen Zucker - und *hochmolekulare,* schwer wasserlösliche oder unlösliche Stoffe ohne Geschmack.

Wie die Übersicht (Tab. 2, Seite 28) zeigt, gehören zu den niedrigmolekularen Kohlenhydraten die Monosaccharide und die Disaccharide. Die Disaccharide bestehen aus zwei Monosaccharidbausteinen, die in charakteristischer Weise miteinander verbunden sind, z. B. Saccharose aus Glucose und Fructose.

Zu den hochmolekularen Polysacchariden zählen die Stärke (aus Glucosebausteinen) - die Form des Energiespeichers in der Pflanze - und die als Gerüstsubstanz vieler Pflanzen bekannte, für den Menschen nicht verwertbare Cellulose. Stärke besteht aus 250–300 Glucoseeinheiten; bei der Cellulose sind es 8 000–12 000 Glucosegrundbausteine.

Während die Pflanze hochmolekulare Kohlenhydrate als Energievorrat speichern kann (z. B. Stärke im Getreidekorn), ist die Fähigkeit von Mensch und Tier hierfür begrenzt. In Form von Glykogen erfolgt diese Speicherung beim Menschen in Muskel und Leber; die Vorräte reichen aber nur fur kurze Zeit. Glykogen besteht aus 5 000–100 000 Glucoseeinheiten.

7.3 Funktion

Aufgrund des unterschiedlichen Aufbaus der Kohlenhydrate können verschiedene Funktionen im Organismus beschrieben werden:

- **Energiequelle**
  Die Kohlenhydrate der Nahrung werden im Organismus nach vorherigem Abbau zu Monosacchariden zur Energiegewinnung verwendet. Alle Körperzellen können Glucose für die Energiegewinnung verwerten. Das Gehirn ist normalerweise auf die Zufuhr von Kohlenhydraten zur Energiegewinnung angewiesen.

- **Vorratsstoffe**
  Kohlenhydrate stellen in Form des körpereigenen Glykogens eine schnell verfügbare, allerdings mengenmäßig sehr begrenzte Reserveenergie des Körpers dar. Ein 70 kg schwerer Mensch hat etwa eine Glykogenreserve von 350–400 g, das entspricht ungefähr 6400 kJ. Im Muskel sind ca. $^2/_3$ und in der Leber etwa $^1/_3$ des Glykogenvorrats vorhanden. Glykogen wird in der Leber aus der Nahrungsglucose gebildet, es kann aber auch aus Zwischenprodukten des Fett- und Proteinstoffwechsels synthetisiert werden.

- **Ballaststoffe**
  Ballaststoffe sind nach der chemischen Definition Nichtstärkepolysaccharide (NSP) (Cellulose, Hemicellulosen und Pektine). Zur Gruppe der Gesamtballaststoffe (unlöslich und löslich) zählt auch das Lignin. Ballaststoffe sind Stütz- und Strukturelemente der pflanzlichen Zellen. Früher wurde angenommen, daß sie nicht verwertbar sind, da die Verdauungssäfte des Menschen keine Enzyme enthalten, die diese Verbindungen spalten können. Das ist rich-

tig; inzwischen hat man jedoch beobachtet, daß ein Teil der Ballaststoffe durch Enzyme der Mikroorganismen des Dickdarms fermentiert werden. Dabei entstehen neben Gasen auch kurzkettige Fettsäuren, die vom Menschen resorbiert und verwertet werden können. Allerdings ist der Energiegewinn, auf den Gesamtenergiehaushalt bezogen, gering, da die tägliche Ballaststoffaufnahme mit 15–20g niedrig anzusetzen ist. Die DGE empfiehlt einen Richtwert für die Ballaststoffaufnahme von mindestens 30 g pro Tag. Hierbei sollte ein großer Teil aus Getreideprodukten stammen.

Beim Verzehr von Ballaststoffen mit Getreideprodukten werden diese zum Teil unverändert mit dem Stuhl ausgeschieden, der Rest wird jedoch als Substrat von den Mikroorganismen verwertet. Diese Vorgänge machen sich äußerlich so bemerkbar, daß die Darmfunktion aktiviert wird und die tägliche Stuhlmenge sich erhöht. Die sich innerhalb kurzer Zeit nach Umstellung von einer ballaststoffarmen (Weißbrot, wenig Obst und Gemüse) auf eine ballaststoffreiche (Vollkornbrot, viel Obst und Gemüse) Kost bemerkbar machenden Veränderungen haben den Ballaststoffen zu einem hohen Bekanntheitsgrad bei den Verbrauchern verholfen. Die Kenntnis nützt besonders älteren Menschen, die häufig unter Obstipation (Verstopfung) leiden. In vielen Fällen wird hier durch Erhöhung der Ballaststoffaufnahme der Gebrauch von Abführmitteln überflüssig.

Eine erhöhte Zufuhr von Ballaststoffen führt zu einer gleichmäßigeren Resorption der Nährstoffe im Verdauungstrakt. Bestimmte Ballaststoffe scheinen auch die Serumcholesterinspiegel herabzusetzen, hier sind aber weitere Untersuchungen erforderlich, da mehrere Faktoren zu diesem Ergebnis führen.

Mehr Ballaststoffe in der Ernährung bedeutet einen höheren Verzehr von Lebensmitteln pflanzlicher Herkunft anstelle von tierischen Lebensmitteln. Damit sinkt die Energiedichte der Nahrung, so daß eine Steigerung der Ballaststoffaufnahme auch einen Beitrag zur Vermeidung von Überernährung liefern kann.

Untersuchungsergebnisse machen wahrscheinlich, daß die von den Mikroorganismen des Darms verwertbaren Ballaststoffe einen Einfluß auf die Zusammensetzung der Darmflora ausüben können. Ballaststoffe, die die Menge der Milchsäure-produzierenden Bakterien wie Bifidobakterien, Lactobazillen u. a. erhöhen, werden als **PREBIOTICA** bezeichnet, da eine möglichst hohe Besiedlung durch diese Keime als positiv angesehen wird.

Aufnahme dieser Mikroorganismen als Kulturen oder mit Lebensmitteln (z. B. Joghurt) führt unter der Voraussetzung, daß die Magenpassage (Säureschranke) überstanden wird, gleichfalls zu einer Erhöhung der Keimzahl dieser Mikroorganismen im Darm. Sie werden deshalb **PROBIOTICA** genannt. Es wird angenommen, daß die Änderung der Anteile der Species im Darm für die Gesundheit Vorteile bringt. Der pH-Wert im Darm verschiebt sich in den leicht sauren Bereich. Das Wachstum fäulniserregender Keime nimmt ab.

Diese Vorgänge werden im Zusammenhang mit einer Prophylaxe vor Dickdarmkrebs und einer Stärkung der Immunfunktion des Körpers gesehen.
Inzwischen gibt es eine amtliche Methode (§ 35 LMBG[1]) zur Bestimmung der Gesamtballaststoffe (Nichtstärkepolysaccharide und Lignin).

- **Stützsubstanz, weitere Aufgaben**
  Zwischenprodukte des Kohlenhydratstoffwechsels werden als Ausgangsmaterial für die Bildung neuer, körpereigener Substanzen verwendet. Kohlenhydrate sind Bestandteile von Verbindungen mit besonderen Funktionen im Organismus:
  - als Teil der Grundsubstanzen von Knochen, Knorpeln und Bindegewebe;
  - als Schleimstoffe (Mucopolysaccharide);
  - als Blutgruppensubstanzen;
  - als die Gerinnung beeinflussende Faktoren (Heparin).

7.4 Resorption

Mit der Nahrung zugeführte, verdauliche Kohlenhydrate werden im Verdauungstrakt enzymatisch durch Hydrolyse (Wasseraufnahme) gespalten. Der Abbau erfolgt stufenweise.

Die Disaccharide werden erst in der Darmschleimhaut zerlegt, während die Aufspaltung der Stärke bereits im Munde beginnt, da im Speichel ein stärkeabbauendes Enzym, die α-Amylase, vorhanden ist. Die Resorption erfolgt in Form der Monosaccharide. Sehr schnell, nur kurze Zeit nach dem Verzehr, erfolgt eine Erhöhung des Blutglucosespiegels. Nach der Resorption gelangen die Monosaccharide auf dem Pfortader-Weg zur Leber.

Für die Weiterverarbeitung der angelieferten Glucose in der Leber bestehen folgende Möglichkeiten:

- Weitergabe über den Blutkreislauf zur unmittelbaren Energieerzeugung in den Zellen.
- Biosynthese von Glykogen zur Wiederauffüllung der Vorräte in Leber und Muskeln.
- Bei einem Überangebot an Energie in Form von Kohlenhydraten werden die Verbindungen im Zwischenstoffwechsel in Fett umgewandelt; das wird als Energiereserve im Fettgewebe gespeichert. Diese Möglichkeit der Weiterverarbeitung ist wichtig, da häufig nicht verstanden wird, wie es bei knapper Zufuhr von fettreichen Lebensmitteln zum Übergewicht kommt. Reichliche Kohlenhydratzufuhr führt ebenso zu Übergewicht wie zuviel Fett.

7.5 Blutzucker

Der Blutzuckerspiegel (Blutglucosespiegel) soll beim Gesunden im nüchternen Zustand bei 80–100 mg Glucose/100 ml liegen. Nach der Aufnahme von Nahrung steigt der Blutzuckerspiegel leicht an, wobei die Höhe und die

[1] Lebensmittel und Bedarfsgegenständegesetz

zeitliche Dauer des Anstiegs von Art und Menge der verzehrten Lebensmittel abhängig ist. Der Ausgangswert wird nach 2–3 Stunden wieder erreicht, wenn die resorbierte Glucose nach einem der oben beschriebenen Mechanismen verwertet wurde. In einer Abweichung von der normalen Blutzuckerkurve, die in einem Test unter definierten Bedingungen (nüchtern) durch Trinken einer Glucoselösung mit 75 bzw. 100 g Glucose erhalten wird, erkennt man Störungen in der Regulation des Kohlenhydratstoffwechsels. Dieser **Glucosetoleranztest** genannte Versuch wird in der Klinik häufig durchgeführt. Wichtig ist bei einer Gegenüberstellung der erhaltenen Werte, daß die Versuchsbedingungen immer vergleichbar sind. Ergebnisse, die mit unterschiedlichen Glucosemengen oder mit der gleichen Kohlenhydratmenge – jedoch aus verschiedenen Lebensmitteln stammend – erhalten wurden, können stark voneinander abweichen, da die anderen Nährstoffe z. B. das Resorptionsverhalten beeinflussen.

Der Glucosenüchternwert wird beim Gesunden auch nach längerem Fasten eingehalten. Die Regulation der Glucosekonzentration im Blut erfolgt über ein kompliziertes Zusammenspiel von Hormonen (Insulin, Glucagon, Adrenalin), der Leber und dem Nervensystem. Die Mechanismen, die das Hungergefühl auslösen und damit signalisieren, daß wieder Nahrung aufgenommen werden sollte, sind von der Differenz der Glucosegehalte im arteriellen und venösen Blut abhängig.

7.6 Störungen des Kohlenhydratstoffwechsels

In der Bundesrepublik Deutschland leiden 2–3 % der Bevölkerung an Diabetes mellitus. Die Krankheit ist durch einen erhöhten Glucosespiegel im Blut gekennzeichnet. Sie beruht auf einem Mangel an Insulin oder dessen verminderter Wirksamkeit. Zwischen dem Auftreten der Krankheit, dem Alter, dem Geschlecht sowie dem Körpergewicht bestehen Beziehungen. Die ererbte familiäre Neigung für Diabetes ist Voraussetzung für die Manifestation der Krankheit. Beim jugendlichen Diabetiker beruht die Störung meist auf fehlender oder unzureichender Insulinproduktion.

Da während der Zeit einer Lebensmittelrationierung die Diabeteshäufigkeit abnimmt, ist eine Beziehung zur Ernährungsweise offenkundig. Überernährung und Fettsucht begünstigen das Entstehen dieser Stoffwechselstörung, die deshalb meist erst im Erwachsenenalter auftritt.

Für die **Behandlung des Diabetes** gibt es im Prinzip drei Möglichkeiten. Jede kann für sich allein oder in Kombination angewandt werden: Diätmaßnahmen, orale Gabe von Medikamenten, Verabfolgung von Insulin. Die **Diätmaßnahmen** sollen hier kurz besprochen werden:

- **Allgemeine Einschränkung der Nahrungsaufnahme**
  Da Diabetiker oft übergewichtig sind, kann man, besonders in Anfangsstadien der Krankheit, allein durch eine verminderte Energiezu-

fuhr und Reduktion des Körpergewichts eine Normalisierung der Blutglucosewerte erreichen. Der Körper ist dann in der Lage, die aufgrund zu hoher Belastung (Übergewicht) eingetretene Stoffwechselentgleisung wieder zu korrigieren.

- **Auswahl der Speisen**
  Der Organismus ist auf eine regelmäßige Mindestzufuhr von Kohlenhydraten (60–100 g pro Tag) zur Vermeidung der verstärkten Ketonkörperbildung (Ketonurie) angewiesen. Dies ist bei einer normalen Lebensmittelauswahl der Fall, d. h. wenn die Kost aus vielen verschiedenen Lebensmitteln besteht, um eine Unterversorgung mit anderen Nährstoffen zu vermeiden. Man sollte darauf achten, daß leicht resorbierbare, in ihrer Verwertung insulinabhängige Kohlenhydrate nur in solchen Mengen verzehrt werden, daß eine langsame Einströmung der Glucose ins Blut erfolgt. Daher sollten für die Kohlenhydratversorgung ballaststoffreiche, hochmolekulare Kohlenhydrate bevorzugt werden.

- **Anzahl der Mahlzeiten**
  Die Nahrungsaufnahme soll am besten in Form vieler kleiner Mahlzeiten erfolgen, so daß ein gleichmäßiger Zustrom von Nährstoffen gewährleistet ist. Die übliche Art der Nahrungsaufnahme in Form von drei Hauptmahlzeiten ist für den Diabetiker ungeeignet.

Zusammenfassend ist festzuhalten: Die Diabetesdiät ist eine »geregelte Ernährung«. Sie soll eine kohlenhydrat-kontrollierte und vor allem fettarme Kost sein. Die Gesamtenergie sollte zu etwa 50 % auf Kohlenhydrate, 10 bis maximal 20 % auf Proteine und 25 bis maximal 35 % auf Fette verteilt werden.

Die Durchführung solcher Diätmaßnahmen ist nur nach einer umfassenden Schulung des Patienten sowie bei einer ständigen Kontrolle möglich. Oft empfiehlt es sich, diätetische Maßnahmen mit einer Medikamenten- oder Insulinbehandlung zu koppeln, die natürlich nach Anweisung eines Arztes zu erfolgen hat.

7.7 Zufuhrempfehlung

Genaue Zufuhrempfehlungen für die Kohlenhydrate gibt es nicht, da Kohlenhydrate und Fette sich in weiten Grenzen als Energielieferanten untereinander vertreten können. Obgleich das Kohlenhydrat Glucose im Stoffwechsel eine entscheidende Rolle spielt, ist die Zufuhr von Kohlenhydraten im strengen Sinne nicht essentiell. Kohlenhydrate können im Stoffwechsel auch aus bestimmten Aminosäuren gebildet werden (Gluconeogenese). Da die Kohlenhydrate für den normalen Abbau der Fette im Stoffwechsel benötigt werden, bezeichnet man sie als »metabolisch essentiell«. Für einen normalen Fettstoffwechsel ist die Zufuhr von mindestens 60–100 g Kohlenhydraten am Tag notwendig. Der durchschnittliche tatsächliche Kohlenhydratverbrauch beträgt pro Tag 299 g für männliche und 263 g für weibliche Personen, daher ist die notwendige Kohlenhydratzufuhr für den Fettstoffwechsel gesichert. Die Zusammensetzung

Tab. 3: Täglicher Verbrauch von Nahrungsenergie in Prozent

Energielieferanten		Ist[1]	Soll[2]
Fett	gesättigte Fettsäuren	15*	10
	ungesättigte Fettsäuren	22*	20
	Gesamt	**44**	30
Protein		**11**	**12**
Kohlen hydrate	hochmolekulare Kohlenhydrate	22	43
	niedrigmolekulare Kohlenhydrate	17	15
	Gesamt	**39**	**58**
Alkohol		**6**	--
Insgesamt		**100**	**100**

[1] nach Ernährungsbericht 1988 [2] nach Dietary Goals (USA) 1977
* Die Summe der Fettsäuren liegt um ca. 6 Energie-Prozent niedriger als der Gesamtfettanteil (Glycerin ist hier nicht einbezogen).

der Kohlenhydrate muß aber noch bewertet werden.

Wird zu wenig Nahrungsenergie in Form von Kohlenhydraten und Fetten zugeführt, so wird Protein anstelle der Energieträger abgebaut und zur Energieerzeugung herangezogen. Man spricht deshalb von der Protein-sparenden Wirkung der Kohlenhydrate.

In vielen Entwicklungsländern wird die bestehende knappe, vielleicht gerade ausreichende Proteinversorgung durch einen Mangel an Fett und Kohlenhydraten verstärkt. Dies bedeutet einen *Protein-Energie-Mangel* (PEM), also keine reine Proteinunterversorgung in diesen Ländern.

In unserer durch Überernährung gekennzeichneten Ernährungssituation sollte zur Deckung der notwendigen Energie der Kohlenhydratanteil prozentual zu Lasten des Fettanteils angehoben werden, d. h. bei gleicher Nahrungsmenge müssen weniger Fett und mehr Kohlenhydrate gegessen werden. Bevorzugt werden sollten besonders stärkereiche, hochmolekulare Kohlenhydrate enthaltende Lebensmittel, während der Verzehr niedrigmolekularer Kohlenhydrate einzuschränken ist. Als Ziel der Ernährungsumstellung wird in den USA ein Anteil von 43 % der Energie für hochmolekulare Kohlenhydrate und von 15 % für Zucker niedrigmolekularer Struktur angesehen (Tab. 3).

Eine Tageskost mit 10 MJ sollte nach diesen Empfehlungen etwa 5,8 MJ in Form von Kohlenhydraten enthalten. Dies entspricht etwa 4,3 MJ in Form hochmolekularer Kohlenhydrate (etwa 300 g Stärke) und 1,5 MJ als niedrigmolekulare Kohlenhydrate (etwa 90 g Saccharose).

In einer richtigen Ernährung soll von den häufig verzehrten Lebensmitteln

Abb. 4: Kohlenhydrathaltige Lebensmittel

außer Energie auch ein gewisser Anteil von Vitaminen, Mineralstoffen und Spurenelementen enthalten sein. Dieser Forderung werden vor allem Produkte wie Vollkornbrot oder Kartoffeln gerecht, die hochmolekulare Kohlenhydrate enthalten.

7.8 Kohlenhydratreiche Lebensmittel

Lebensmittel, die zur Zufuhr an Kohlenhydraten in bedeutendem Umfang beitragen, sind in die Gruppe der aus pflanzlichen Rohstoffen hergestellten Lebensmittel einzuordnen (siehe Abb. 4).

Über den durchschnittlichen täglichen Verbrauch an Kohlenhydraten, aufgeschlüsselt nach einzelnen Lebensmittelgruppen und der Menge nach geordnet, unterrichtet die Tabelle 4 (siehe Seite 35). Die Angaben sind dem Ernährungsbericht 1988 entnommen. Aus der Tabelle ist ersichtlich, daß Getreideprodukte in unserer Ernährung knapp die Hälfte der Kohlenhydratzufuhr stellen und damit einen bedeutenden Beitrag zur Energieversorgung des Menschen liefern. Allerdings ist der Abstand zu den Lebensmitteln, die niedrigmolekulare Kohlenhydrate (Zucker) liefern, gar nicht so groß. In den entwickelten Ländern ist die Situation mit der unsrigen vergleichbar, hingegen ist in Entwicklungsländern der Anteil an Getreideprodukten noch höher; oft werden bis zu 80 % der Energiezufuhr hierdurch geliefert. Entsprechend den Anbaumöglichkeiten haben sich bestimmte Ernährungsgewohnheiten in bezug auf die Getreideart herausgebildet: So verzehrt man in Europa überwiegend Produkte auf Weizen- und Roggenbasis, in Ostasien tritt an diese Stelle der Reis. Hirseprodukte sind in bestimmten Teilen Afrikas oft die Hauptnahrung, die der ärmeren Bevölkerung zur Deckung des Nahrungsbedarfs zur Verfügung steht.

Tab. 4: Mittlerer täglicher Verbrauch an Kohlenhydraten (g) pro Person 1983[1]

Lebensmittelgruppe	Durchschnittlicher Verbrauch männliche Personen	weibliche Personen
Brot- und Backwaren	85	75
Nährmittel[2]	54	51
Alkoholische Getränke	24	12
Zucker	29	32
Erfrischungsgetränke	25	16
Süßwaren	19	20
Frischgemüse und Gemüseprodukte	25	22
Frischobst, Südfrüchte und Obstprodukte	15	16
alle anderen Lebensmittel planzlicher Herkunft	10	6
Milch	11	11
alle anderen Lebensmittel tierischer Herkunft	2	2
Insgesamt	299	263

[1] Daten sind dem Ernährungsbericht 1988 entnommen.
[2] Nährmittel sind Mehl, Stärke, Haferflocken, Grieß, Teigwaren, Reis.

Das Haupternährungsproblem in der Welt ist die Stillung des Hungers, d. h. die genügende Zufuhr von Energie mit der täglichen Nahrung. Hierbei stehen die kohlenhydratreichen Lebensmittel an wichtigster Stelle, denn sie können meist beliebig und in Massen produziert werden. Erhebliches Forschungspotential wurde international eingesetzt, um die Erträge (z. B. Reis) oder den Nährwert (z. B. Mais) des Getreides zu verbessern.

Von den Lebensmitteln tierischer Art ist lediglich die Milch aufgrund des Milchzuckergehalts (Lactose) als wichtiger Kohlenhydratträger anzusehen. Lactose ist natürlich in den ersten Lebensabschnitten von größerer Bedeutung als im späteren Leben.

7.8.1 Getreide

Als Getreide bezeichnet man die Samen oder Körner von Weizen, Roggen, Hafer, Gerste, Mais, Reis und Hirse. Ein Getreidekorn ist mehrschichtig aufgebaut. Das Innere z. B. des Weizenkorns, der Mehlkörper (Endosperm), macht etwa 80 % des Gesamtkorns aus und besteht in der Hauptsache aus stärkehaltigen Zellen; der Gehalt an Proteinen, Vitaminen und Mineralstoffen ist gering. Um den Mehlkörper herum erstreckt sich die Aleuronschicht (etwa 8 % des Korns), die wie der Keimling (etwa 3–15 % des Korns) reich an Proteinen ist.

Die äußere Schale (etwa 8 % des Korns) enthält viele Ballaststoffe (Cel-

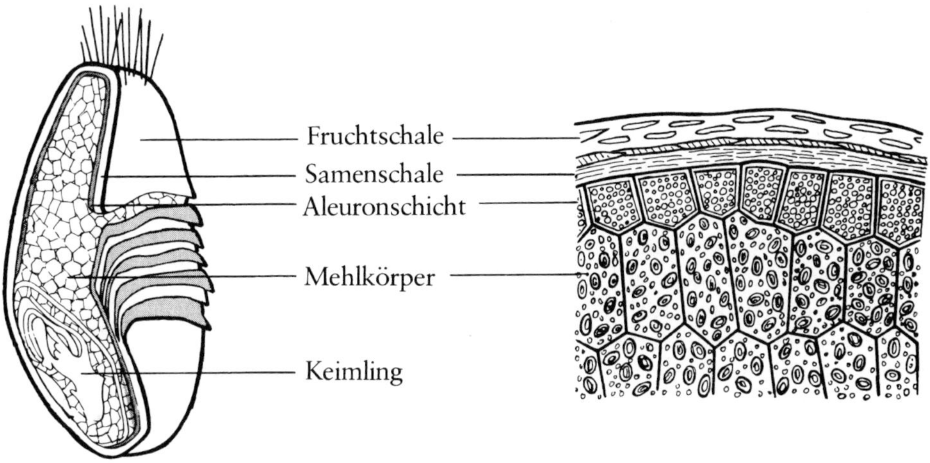

Abb. 5: Aufbau eines Getreidekorns

lulose, Hemicellulose, Lignin) sowie Mineralien.

Bei den Getreidearten werden beim kommerziellen Mahlen die äußeren Schalen und der Keimling entfernt. Man erhält Mehl und Kleie. Kleie ist relativ reicher an Fetten, Proteinen, Vitaminen, Mineralstoffen und Ballaststoffen als das Mehl. Der **Ausmahlungsgrad** ist das Maß für die Mehlausbeute. Sechzigprozentige Ausmahlung bedeutet, daß aus 100 kg Getreide 60 kg Mehl erhalten werden. Ein höherer Kleieanteil im Mehl ist bezeichnend für einen hohen Ausmahlungsgrad. Derartige Mehle sind dunkler und besitzen höhere Gehalte an Proteinen, Fetten, Vitaminen, Mineralstoffen und Ballaststoffen als wenig ausgemahlene Mehle.

Die **Mehltype** ist eine Maßzahl für den Aschegehalt und den ungefähren Ausmahlungsgrad der Mehle. Weizenmehl der Type 405 hat demzufolge etwa 405 mg Asche (Mineralstoffe) in 100 g Mehl, Type 1050 danach 1050 mg Asche/100 g. Niedriger Aschegehalt bedeutet geringe Ausmahlung, Mehle mit niedriger Typenzahl sind demnach helle Mehle. Ein hoher Ausmahlungsgrad führt zu einem dunklen Mehl mit hohem Aschegehalt und einer hohen Typenzahl.

Brot und Backwaren

Beim Herstellen von Backwaren unterscheidet man zwischen Brot und feinen Backwaren. Die Backfähigkeit eines Getreidemehles ist von verschiedenen Faktoren abhängig, z. B. Verhalten von Stärke, Kleber, Enzymen.

Beim Weizenmehl spielen die Eigenschaften des Weizenklebers (Protein) bei der Bildung der Struktur eine wichtige Rolle; die Ausbeute an Gebäck – das Gebäckvolumen – wird um so größer, je mehr kleberbildende Stoffe im Mehl enthalten sind. Beim Roggenmehl wird eine ausreichende Backfähigkeit durch Sauerteigbereitung, d. h. durch die von Mikroorganismen gebildeten organischen Säuren (Milchsäure, Essigsäure) erreicht. Hierbei auftretende Geschmackskomponenten geben diesem Brot den typischen Geschmack.

Brot verliert nach einiger Zeit seine Frische, es wird »altbacken«. Diese Veränderung ist teilweise auf das Austrocknen des Brotes zurückzuführen. Hauptursache ist jedoch die allmählich eintretende Entquellung der Stärke, die bei Temperaturen zwischen -7 und +30 °C eintritt. Das Temperaturmaximum der Entquellung liegt bei 0 °C, so daß man Brot im Haushalt nicht im Kühlschrank, sondern in der Brotbüchse aufbewahrt.

Soll Brot eingefroren werden, so kann das in Gefriergeräten bei Temperaturen unter -15 °C erfolgen. Das Backwerk sollte - möglichst gut verpackt - kurz nach dem Backvorgang eingefroren werden. Vor dem Verzehr wird es kurz aufgewärmt.

Die Aufbewahrung von Schnittbrot ist problematisch, da es hier oft, besonders in feuchtem Milieu, zur Schimmelbildung kommt. Deshalb ist bei Schnittbrot der Zusatz von Salzen der Sorbinsäure als Schimmelschutz erlaubt. Gut verpacktes Schnittbrot in begaster Folienverpackung oder sterilisiert ist sehr lange haltbar.

Stärke

Stärke wird aus Getreide (Mais), aber auch aus Knollen und Wurzeln hergestellt. Sie wird im Haushalt bei der Puddingherstellung oder als Dickungsmittel für Saucen und Suppen verwendet. Für den Verdickungsvorgang ist die chemisch-physikalische Eigenschaft des Stärkebestandteils Amylopektin verantwortlich, sich bei Temperaturen über 50 °C kolloidal zu lösen und Kleister zu bilden. Andere Pflanzenstärken mit zum Teil noch stärkerem Quellvermögen als die aus Glucose-Bausteinen zusammengesetzte übliche Getreide- oder Kartoffelstärke finden als technische Hilfsstoffe vielfältige Verwendung in der Lebensmittelindustrie, z. B. als Stabilisatoren für Joghurt, als Bestandteil von Reduktionskostformen, in der Kost von Diabetikern.

Haferflocken

Hafer besitzt mehr Eiweiß und Fett als die anderen Getreidearten. Auch der Gehalt an Vitaminen und Mineralstoffen ist beträchtlich. Nach Abtrennung der Spelzen wird durch eine feuchte Wärmebehandlung eine lange Haltbarkeit der Erzeugnisse erreicht. Die Haferkerne werden durch Walzen zu einer Flocke gepreßt.

Teigwaren

Die Teigwaren (Nudeln) stammen wahrscheinlich aus China und wurden im Zeitalter der Entdeckungen in Europa bekannt. Nudeln sind ein leicht aufzubewahrendes, haltbares Produkt. Die Zusammensetzung ist durch die Teigwarenverordnung festgelegt; sie schreibt vor, daß für die Herstellung Weizengrieß oder Weizenmehl bestimmter Ausmahlung verwendet werden muß. Es gibt auch Vollkornnudeln. Bei der Produktion von Eierteigwaren erfolgt noch ein Zusatz von Eiern.

Der Verbrauch von Teigwaren ist in der Bundesrepublik seit Jahren konstant mit etwa 4 kg/Kopf und Jahr, er erreicht damit nur etwa $^1/_{10}$ des Teigwarenverbrauchs in Italien. Das Angebot an verschiedenen Teigwaren ist in der letzten Zeit erheblich größer geworden.

Reis

Unter den Getreidesorten nimmt der Reis eine Sonderstellung ein. Reis ist für einen Großteil der Menschheit das wichtigste Grundnahrungsmittel. Die Verzehrmengen sind jedoch sehr unterschiedlich. In Asien, wo der Reis am höchsten geschätzt wird, sind Verbrauchszahlen um 150 kg/Kopf und Jahr keine Seltenheit, z. B. in Japan und anderen Ländern in Ostasien. Der Weltdurchschnittsverbrauch liegt bei etwa 80 kg/Kopf und Jahr. Dagegen ist die Verzehrmenge in der Bundesrepublik Deutschland 1986/87 mit 2,6 kg/Kopf und Jahr recht bescheiden, auch wenn es eine leicht zunehmende Tendenz im Verbrauch gibt. Ähnliches gilt für andere westliche Länder.

Reis besteht zu fast 80 % aus Kohlenhydraten, der Anteil an Ballaststoffen beträgt etwa 1 %. Reis ist zwar mit 7 % Protein die eiweißärmste Getreideart, das Reisprotein ist jedoch relativ hochwertig. Besteht die Nahrung zu einem hohen Anteil aus Reis, so wird mit dem hohen Reisverzehr auch eine fast ausreichende Proteinversorgung zur Deckung des Bedarfs erreicht. Zulagen von Leguminosen zur Reiskost steigern den biologischen Wert des Nahrungsproteins beträchtlich (Ergänzungseffekt).

Wenn man das Reiskorn nach der Ernte dämpft (Parboiling-Verfahren), verteilen sich die in den Außenschichten vorhandenen Nährstoffe (z. B. Thiamin) gleichmäßig im Korn. Beim nachfolgenden Schälen und Polieren werden durch dieses Verfahren die Verluste an Nährstoffen gemindert.

7.8.2 Zucker und Süßwaren

Der (weiße) Zucker des Handels ist chemisch gesehen das Disaccharid Saccharose in relativ reiner Form. Durch die Art der Kristallisation oder durch Mahlen erhält man verschiedene Korngrößen, vom grobkörnigen Zucker bis zum Puderzucker. Zucker ist als reiner Energieträger anzusehen, er trägt nichts zur Versorgung mit essentiellen Nährstoffen (Vitaminen, Mineralstoffen) bei. Da er kein Wasser enthält, ist er als relativ energiereich anzusehen (ein Stück Würfelzucker [5 g] hat 84 kJ). **Brauner** Zucker ist ungereinigter Zucker, der noch andere Bestandteile der Zuckerrübe oder des Zuckerrohrs enthält, die sonst während der weiteren Bearbeitung (Raffination) entfernt werden. Von manchen vermutete »edle« Bestandteile (»Edelzucker«) sind darin nicht enthalten.

Zum Süßen von Erfrischungsgetränken, Marmeladen u. a. sowie bei der Herstellung von Süßwaren wird heute aus preislichen Gründen vielfach der durch Hydrolyse von Stärke hergestellte Sirup eingesetzt.

Um den gleichen Süßungseffekt zu erzielen, müssen unterschiedliche Mengen verwendet werden, da die einzel-

Tab. 5: Süßkraft der Zucker (nach Belitz, Grosch [1982])

Zuckerart	Relative Süße* (%)
Saccharose	100
Fructose	110–170[1]
Glucose	50–80
Milchzucker	20–60

* Bezogen auf Saccarose, Werte von der Konzentration abhängig.
[1] temperaturabhängig

nen Zuckerarten starke Unterschiede aufweisen (siehe Tab. 5).

Von Gegnern der Verwendung von Zucker wird Honig zur Süßung von Speisen empfohlen. Abgesehen von der Preisfrage enthält der Honig im Durchschnitt 75 % Kohlenhydrate und 19 % Wasser; der Gehalt an Mineralstoffen und Vitaminen ist minimal.

Austauschstoffe für Zucker können von Bedeutung sein, wenn durch Stoffwechselstörung die normale Verwertung des Zuckers im Organismus gestört ist (Diabetiker) oder eine Verringerung der Versorgung mit Kohlenhydratenergie in der Nahrung gewünscht wird (Übergewicht). Als Süßungsmittel für die Diabetiker-Nahrung wird Sorbit verwendet, ein durch Reduktion (Hydrierung) von Glucose hergestellter Zuckeralkohol. Seine Süßkraft beträgt etwa die Hälfte der der Saccharose, der Energiegehalt dieses Zuckeraustauschstoffes ist zu berücksichtigen. Sorbit wird wegen seiner guten Verarbeitungseigenschaften auch bei der Herstellung von Süßwaren verwendet. Energiefreie Süßungsmittel sind z. B. die als Süßstoffe bezeichneten, in chemischer Synthese herstellbaren Verbindungen Saccharin und Cyclamat. Saccharin ist, auf gleiches Gewicht bezogen, etwa 500mal so süß wie Saccharose, während Cyclamat etwa die 30fache Süßkraft von Zucker besitzt.

Süßwaren enthalten überwiegend Saccharose und/oder andere Zuckerarten, die den Geschmack und den Charakter bestimmen. Sie sind ernährungsphysiologisch wie Zucker zu bewerten.

Marmelade, Konfitüre und Limonaden zählen zwar nicht zu den Süßwaren, haben mit ihnen aber den hohen Zuckergehalt gemeinsam.

7.8.3 Kartoffeln

Die aus Südamerika stammende Kartoffelpflanze ist, wie die Tomate und Paprika, eine Staude; verzehrt werden allerdings nicht die oberirdischen Teile der Pflanze, sondern die an den unterirdischen Seitensprossen sich bildenden knollenförmigen Kartoffeln. Nachdem sie sich einmal als Lebensmittel durchgesetzt hatte, wurde die Kartoffel in Mitteleuropa, besonders in Deutschland, schnell zu einem Hauptlebensmittel der Bevölkerung. Kartoffeln bestehen etwa zu $^3/_4$ aus Wasser, sie enthalten 15 % Kohlenhydrate und wenig (2 %), aber biologisch hochwertige Proteine. Die Kartoffel ist reich an be-

Tab. 6: Energiegehalt von Kartoffeln und Kartoffelprodukten

Lebensmittel (100 g)	Energiegehalt (kJ)
Kartoffeln	297
Kartoffelpüree	385
Röstkartoffeln	546
Pommes frites	1229
Kartoffelchips	2281

stimmten Mineralstoffen, besonders an Kalium und an einigen Vitaminen.

Während der direkte Kartoffelverzehr allmählich zurückgeht, steigt die Verwendung von Kartoffelerzeugnissen an: Produkte zur Herstellung von Knödeln, Klößen und Püree sowie die früher bei uns unbekannten Kartoffelchips und Pommes frites sind gute Beispiele dafür. Interessant ist, wie durch die Verarbeitung der an sich geringe Energiegehalt der Kartoffel erhöht wird. Die Steigerung im Brennwert ist die Folge des abnehmenden Wasser- und zunehmenden Fettgehalts des Produktes.

Die Lagerung von frischen Kartoffeln soll bei Temperaturen zwischen 3 und 6 °C und einer relativen Luftfeuchtigkeit von 85 bis 90 % erfolgen; bei zu warmer Lagerung keimen die Kartoffeln. Am besten werden die Kartoffeln in Lattenkisten oder Horden aufbewahrt, wobei darauf zu achten ist, daß nicht zu hoch gestapelt wird, weil Luft an die Knollen kommen muß. Die Kartoffeln sind vor Lichteinwirkung zu schützen. Es bilden sich sonst grüne Stellen, die gesundheitsschädliches Solanin enthalten. Bei Frosteinwirkung werden die Knollen süß, da sich die Stärke in Zucker verwandelt; solche Kartoffeln sind ungenießbar. Der Vitamin-C-Gehalt der Kartoffeln nimmt während der Lagerung ab, nach 4 bis 6 Monaten um mehr als die Hälfte.

Da die Kellerräume häufig beheizt sind und zur Lagerhaltung nicht mehr genutzt werden, ist die sachgemäße Kartoffellagerung im Haushalt problematisch.

7.8.4 Verarbeitungshinweise

Kohlenhydratreiche Lebensmittel können durch Verarbeitungsverfahren verändert werden. Oft ist ein Erhitzungsvorgang vor dem Verzehr notwendig. Dies betrifft vor allem stärke- und cellulosehaltige Lebensmittel.

Cellulose wird durch Hitze weicher, die cellulosehaltigen Zellwände werden teilweise gesprengt. Dadurch können die Verdauungsenzyme leichter in das Zellinnere gelangen.

Die Stärke quillt und verkleistert beim Erhitzen. In gequollenem und verkleistertem Zustand kann das Enzym Amylase die Stärke leichter spalten. Rohe Stärke kann manchmal von den

Verdauungsenzymen überhaupt nicht angegriffen werden. Kartoffeln und Kartoffelprodukte sind deshalb nur in gegartem Zustand genießbar.

Die Fähigkeit der Stärke, bei Erhitzung zu verkleistern, wird bei der Zubereitung von Soßen, Suppen, Puddings zum Binden genutzt.

Es bestehen jedoch keine Bedenken gegen den Verzehr von unverarbeiteter Rohkost in Form von Obst- oder Gemüsesalaten. Die in diesen Speisen enthaltenen Nährstoffe werden gut verwertet.

8 Proteine

8.1 Bedeutung

Proteine (Eiweißstoffe) können zwar genauso wie Fette oder Kohlenhydrate zur Energiegewinnung im Körper herangezogen werden, ihre Hauptaufgabe ist jedoch der Aufbau von Muskelmasse und von körpereigenen Enzymen. Da die Nahrungsproteine die einzig verwertbare Stickstoffquelle für den Menschen sind und der Körper diese Verbindungen benötigt, ist die Zufuhr von Proteinen lebensnotwendig. Proteine sind deshalb *essentielle* Nahrungsbestandteile.

Bei einer unzureichenden Energiezufuhr mit der Nahrung oder bei einem gleichzeitigen Mangel an Protein und Energie werden Proteine aus der Nahrung oder aus den Zellen vermehrt abgebaut, um den Energiebedarf des Körpers zu decken. Die als Folge sich entwickelnden *Mangelkrankheiten* heißen **Marasmus** (Protein- und Energiemangel) und **Kwashiorkor** (Proteinmangel bei ausreichender Energiezufuhr). Diese Folgeerscheinungen sind in vielen Ländern Afrikas, Asiens sowie Lateinamerikas anzutreffen. Sie sind die Hauptursache für die in diesen Ländern auftretende hohe Sterblichkeit von Kleinkindern, die bei einem relativ hohen Bedarf an Proteinen für diesen Lebensabschnitt (Wachstum) am anfälligsten gegen derartige Mangelsituationen sind.

8.2 Aufbau und biologische Wertigkeit

Proteine enthalten außer den Elementen Kohlenstoff, Wasserstoff und Sauerstoff noch Stickstoff und geringe Mengen an Schwefel. Damit tritt zu den beiden im Stoffwechsel entstehenden Endprodukten Kohlendioxid und Wasser noch ein weiteres Produkt, das Stickstoff enthält. Es ist der nicht mehr verwertbare Harnstoff als letztes Glied des Abbaus für stickstoffhaltige Verbindungen. Harnstoff wird in der Leber gebildet und über die Nieren ausgeschieden. Beim Erwachsenen sind nach einem Verzehr von 100 g Protein im Urin etwa 30 g Harnstoff (16 g Stickstoff) nachweisbar.

Chemisch gesehen sind die Proteine Verbindungen mit einem hohen Molekulargewicht. Als Bausteine fungieren die *Aminosauren*, das sind Verbindungen, die außer einer organischen Säuregruppe – die Carboxylgruppe – (-COOH) in *a*-Stellung hierzu eine Aminogruppe (-NH_2) tragen (Abb. 6).

Es sind etwa 20 Aminosäuren bekannt, die als Bausteine der Proteine von Be-

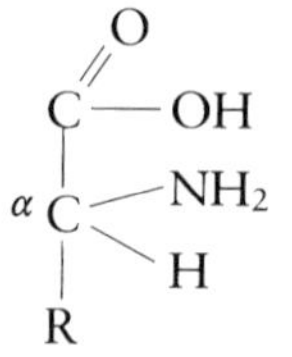

Abb. 6: Allgemeine Formel einer Aminosäure

deutung sind. Die Aminosäuren sind über eine Hauptbindung, die Peptidbindung, miteinander verknüpft (Abb. 7).

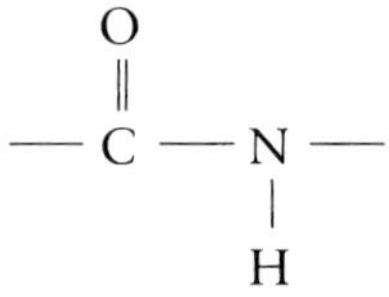

Abb. 7: Peptidbindung

Unter Wasseraustritt reagiert die Aminogruppe der einen Aminosäure mit der Säuregruppe der anderen Aminosäure. So ist der Aufbau von großen Molekülen möglich.

Die Aminosäuren lassen sich in unterschiedlichen Kombinationen miteinander verknüpfen. Bei einer Anzahl von 1000 Aminosäuren für ein Proteinmolekül ergibt sich eine sehr große Zahl für die Möglichkeiten zum Bau verschiedener Proteine. Deshalb findet man eine Vielzahl dieser hochmolekularen Verbindungen als pflanzliche oder tierische Proteine. Die Proteine sind jedoch nie nach einem zufälligen Bauplan angeordnet, sondern enthalten die Aminosäure in einer für das betreffende Protein ganz typischen Folge (Sequenz), wie das Beispiel des Insulins zeigt (siehe Abb. 8, Seite 43).

Die Pflanze ist in der Lage, die für den Aufbau der Proteine notwendigen Aminosäuren aus dem Kohlendioxid der Luft, dem Wasser und den stickstoffhaltigen Verbindungen des Bodens selbst zu bilden. Der tierische Organismus ist in seiner Fähigkeit, Aminosäuren zu synthetisieren eingeschränkter als die Pflanze. Daher ist das Tier auf die Zufuhr von pflanzlichen Proteinen angewiesen, um aus den in ihnen enthaltenen Aminosäuren die für seinen Organismus typischen Proteine aufzubauen. Der Mensch erhält durch die Aufnahme von pflanzlichen und tierischen Proteinen mit der Nahrung das Ausgangsmaterial für den Aufbau seiner körpereigenen Proteine.

Während die Pflanze in der Lage ist, alle zur Synthese der Proteine notwendigen Aminosäuren selbst zu bilden, besteht diese Fähigkeit bei Mensch und Tier nur noch teilweise. Im Stoffwechsel können zwar aus Ketosäuren durch Übertragung von Aminogruppen bestimmte Aminosäuren gebildet werden, jedoch ist eine Eigensynthese für folgende Aminosäuren überhaupt nicht oder nur im begrenzten Ausmaß möglich:

Tab. 7: Essentielle Aminosäuren

Isoleucin	Methionin	Tryptophan
Leucin	Phenylalanin	Valin
Lysin	Threonin	

Diese Aminosäuren müssen in ausreichender Menge mit dem Protein der Nahrung zugeführt werden. Sie sind lebensnotwendig, man bezeichnet sie deshalb als die essentiellen Aminosäuren für den Menschen. Das Fehlen nur

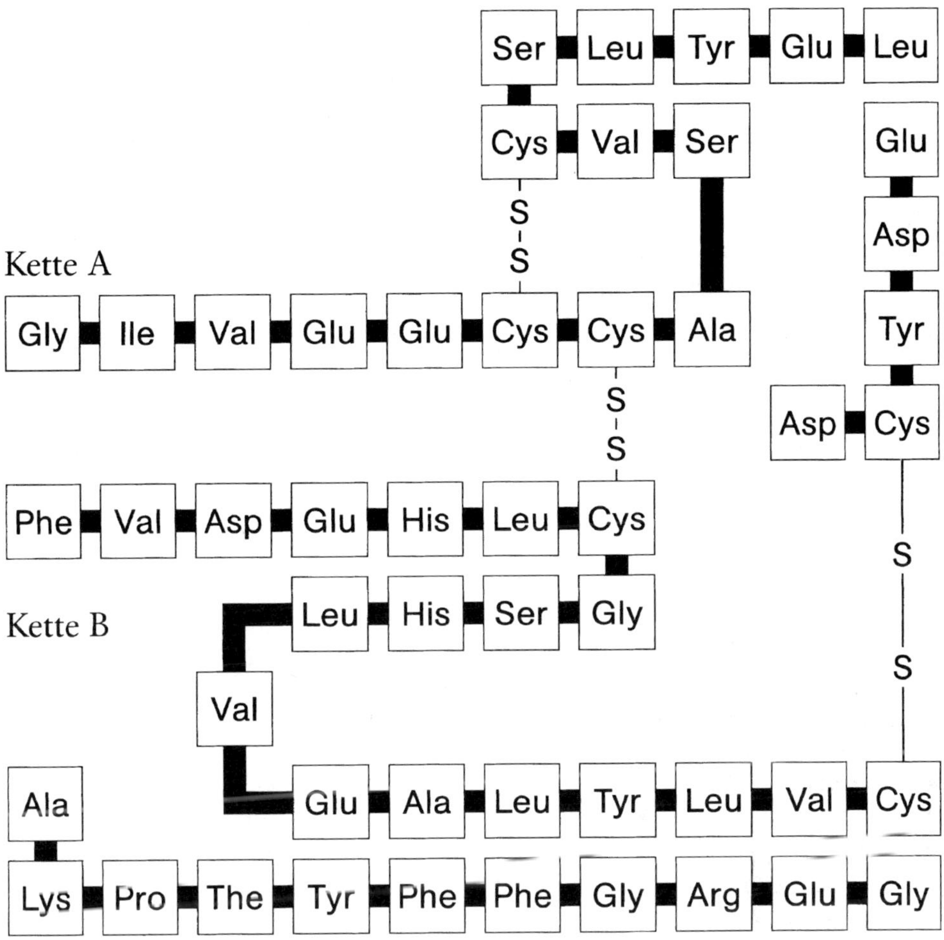

Ala	Alanin
Arg	Arginin
Asp	Asparaginsäure
Cys	Cystein
Gly	Glycin
Glu	Glutaminsäure
His	Histidin
Ile	Isoleucin
Leu	Leucin
Lys	Lysin
Phe	Phenylalanin
Pro	Prolin
Ser	Serin
Thr	Threonin
Tyr	Tyrosin
Val	Valin

Abb. 8: Aminosäuresequenz des Insulins

einer dieser Aminosäuren in der Nahrung führt zu einer schwerwiegenden Einschränkung der Proteinbiosynthese beim Menschen.

Daraus hat man abgeleitet, daß der »Wert« eines Proteins für die Ernährung von seinem Aminosäuremuster abhängig ist. Ein an essentiellen Aminosäuren reiches Protein (z. B. Eiprotein) wird deshalb als hochwertig bezeichnet; es hat eine hohe **biologische Wertigkeit.** Zur Deckung des Aminosäurebedarfs genügt eine kleine Menge des Proteins. Entsprechend muß man die Proteinzufuhr bei einem Eiweißträger, der eine geringere biologische Wertigkeit hat, erhöhen.

Die biologische Wertigkeit von Proteinen wird durch Analyse der Aminosäuren oder im Tierversuch ermittelt. Pflanzliche Proteine haben eine geringere biologische Wertigkeit als tierische Proteine, da das Aminosäuremuster tierischer Proteine dem menschlicher Proteine ähnlicher ist. Man kann aber auch mit einer vegetarischen Kost seinen Aminosäurebedarf ohne Schwierigkeiten decken, da wir mit unserer Nahrung keine Proteine aus einer einzigen Quelle aufnehmen, sondern stets ein Gemisch verschiedener Proteine. Weil die den biologischen Wert beschränkenden Aminosäuren – **limitierende Aminosäuren** – in den verschiedenen pflanzlichen Proteinen oft unterschiedlich sind, z. B. im Getreide Lysin, manchmal auch Tryptophan, in Hülsenfrüchten Methionin, in Ölsaaten und Nüssen Lysin und Methionin, läßt sich durch Kombination verschiedener pflanzlicher Proteine ein hoher biologischer Wert erreichen. Die in Ostafrika und Lateinamerika verwendete Kombination Bohnen-Mais ist eine derartige hochwertige Zusammenstellung. Eine weitere Möglichkeit besteht in der in einigen Ländern durchgeführten Anreicherung der Nahrung mit den synthetisch hergestellten, limitierenden Aminosäuren (z. B. Anreicherung von Reis mit Lysin in Thailand). Eine Mischung von Ei-Kartoffel-Eiweiß hat aufgrund der Ergänzungswirkung einen höheren biologischen Wert als das Eiprotein allein.

Die »Kartoffel-Ei-Diät« ist eine streng proteinarme Diät zur diätetischen Therapie in der Prädialysephase bei Niereninsuffizienz. Durch die hohe biologische Wertigkeit des Gemisches aus Kartoffel- und Eiereiweiß kann die Eiweißzufuhr auf 0,3–0,4 g/kg Körpergewicht (etwa 20–30 g Gesamteiweiß pro Tag) reduziert werden.

8.3 Eigenschaften

Obgleich es sehr schwierig ist, die Proteine in ihre Bausteine, die Aminosäuren, zu zerlegen, da die Peptidbindung stabil ist, sind Proteine als solche recht empfindliche Verbindungen. Diese Empfindlichkeit z. B. gegen Wärme oder gegen Säuren und Salze läßt sich dadurch erklären, daß im Proteinmolekül noch eine Reihe weiterer, schwächerer Bindungsformen vorkommen, die u. a. für die räumliche Struktur der Proteine verantwortlich sind. Strukturänderungen eines Proteinmoleküls werden unter dem Begriff **Denaturierung** zusammengefaßt. Beim Erhitzen des Eis beginnt die Denaturierung der

Proteine bei 45 °C, weiteres Erwärmen führt zu nicht rückgängig zu machenden Veränderungen der biologischen und physikalisch-chemischen Eigenschaften; die enzymatische Funktion der Proteine wird zerstört. Das Festwerden des Eiklars beim Kochen oder Braten führt zur Unlöslichkeit des vorher gelösten, flüssigen Proteins.

8.4 Enzyme

Im Stoffwechsel erfolgen die Reaktionen der chemischen Verbindungen trotz der relativ niedrigen Temperatur mit großer Geschwindigkeit. Nun reagieren organische Verbindungen meist außerordentlich langsam. Enzyme ermöglichen, daß diese chemischen Reaktionen bereits bei der niedrigen Körpertemperatur schnell und in bestimmten Richtungen ablaufen. Sie werden auch biologische Katalysatoren genannt.

Enzyme bestehen aus verschiedenen Komponenten, ein wesentlicher Bestandteil ist jedoch immer ein Protein. Ihre große Bedeutung wird auch daraus ersichtlich, daß mehr als die Hälfte des Gesamtproteins von Leber (Umsetzung) oder Pankreas (Verdauung) aus Enzymprotein besteht. Außer dem Proteinmakromolekül enthalten die Enzyme noch niedrigmolekulare Komponenten wie Vitamine oder auch bestimmte Spurenelemente. Für jede Reaktion im Stoffwechsel gibt es meist ein spezifisches Enzym, das an einem Reaktionskreisprozeß teilnimmt und durch die Herabsetzung der Aktivierungsenergie die chemische Reaktion ausgleicht.

8.5 Funktion

Die Proteine sind wesentliche Komponenten aller Strukturen innerhalb und außerhalb der Zelle. Sie erfüllen daher zahlreiche Funktionen im menschlichen Organismus:

- Alle Stoffwechselvorgänge sind von der Anwesenheit katalytisch wirkender Proteine, die Bestandteil von Enzymen sind, abhängig.
- Proteine sind Bestandteile der Grundsubstanz von Knorpel, Knochen und Haut.
- Als Bestandteil der Muskelmasse vermitteln die Proteine aufgrund ihrer kontraktilen Eigenschaften den Übergang von chemischer Energie in die mechanische Energieform und sind somit an der mechanischen Krafterzeugung beteiligt.
- Proteine sind für die Aufrechterhaltung des kolloidosmotischen Drucks erforderlich.
- Proteine fungieren als Schutzstoffe gegen pathogene Organismen und deren Stoffwechselprodukte (Antikörperfunktion).
- Proteine sind als Hormone an der Regulation bestimmter Vorgänge im Organismus beteiligt (Insulin, Thyroxin).
- Proteine erfüllen Transportaufgaben im Organismus (Sauerstofftransport des Hämoglobins, Transportfunktion der Plasmaproteine).
- Beim Abbau von 1 g Protein werden 17 kJ erhalten. Das entspricht ungefähr der aus 1 g Kohlenhydrate im

Körper gewinnbaren Energie. Proteine und Kohlenhydrate sind daher **isoenergetisch.**

8.6 Resorption

Mit der Nahrung aufgenommenes Protein muß vor der Resorption in die kleineren Einheiten, Peptide und Aminosäuren, zerlegt werden. Die Spaltung erfolgt enzymatisch durch Proteasen: Es erfolgt ein stufenweiser Abbau des Proteinmoleküls. Die Enzymwirkung besteht in einer Auftrennung der Peptidbindung unter Wasseraufnahme (Hydrolyse). Proteasen sind im Magen, im Pankreas und im Darm vorhanden.

Die Darmschleimhaut ist für Proteine undurchlässig. Der Mechanismus der Resorption der Proteinbruchstücke (Peptide und Aminosäuren) ist noch nicht voll geklärt. Man nimmt an, daß eine Reihe von anderen Stoffen (Vitamine, Spurenelemente) am aktiven Resorptionsvorgang beteiligt sind. Der Weitertransport nach der Resorption erfolgt auf dem Blutweg über das Pfortadersystem. Die Konzentration an freien Aminosäuren im Blut ist eine relativ konstante Größe. Die Arminosäuren im Blut befinden sich im ständigen Austausch mit den Aminosäuren in den Zellen, außerdem findet ein ständiger Aus- und Abbau von Körperprotein statt (dynamisches Gleichgewicht). Tatsächlich beträgt der Proteinumsatz im Körper ein Mehrfaches der mit der Nahrung aufgenommenen Menge. Hauptorgan des Aminosäurestoffwechsels ist die Leber.

Die nicht von den Zellen benötigten Aminosäuren werden wie Fette oder Kohlenhydrate zur Energiegewinnung weiter abgebaut. Der den Stickstoff enthaltende Teil wird entweder für die Synthese anderer Verbindungen, z. B. der nicht essentiellen Aminosäuren, verwendet oder nach Umwandlung in Harnstoff über die Niere im Urin ausgeschieden.

8.7 Stickstoffbilanz

Bei der Aufstellung einer Stickstoffbilanz des Menschen erhält man Aussagen über den Proteinbedarf des Organismus oder Hinweise auf Störungen des Proteinstoffwechsels. Für die Aufstellung einer Stickstoffbilanz benötigt man Angaben über die Höhe der Proteinzufuhr (Stickstoff) mit der Nahrung und über die Menge der stickstoffhaltigen Ausscheidungsprodukte. Die Hauptausscheidung erfolgt in Form von Harnstoff und anderen stickstoffhaltigen Verbindungen (Harnsäure, Kreatinin) mit dem Urin. Bei genauen Untersuchungen müssen noch die Stickstoffverluste durch Stuhl, Schweiß, Haare, Nägel usw. hinzugerechnet werden. Wenn neues Muskelgewebe gebildet wird, z. B. in der Wachstumsphase oder beim intensiven sportlichen Training, und damit die Proteinmasse des Körpers vergrößert wird, überschreitet die Stickstoffzufuhr die Ausscheidung, die Bilanz ist dann positiv. Werden dagegen Körperproteine abgebaut, ist die Bilanz negativ, da mehr ausgeschieden als aufgenommen wird.

Eine Stickstoffbilanz ist im Gleichgewicht, wenn die aufgenommene Stickstoffmenge der ausgeschiedenen entspricht. Beim gesunden Erwachsenen ist die Bilanz meist ausgeglichen, d. h. der mit der Nahrung aufgenommenen Stickstoffmenge steht die entsprechende Ausscheidung gegenüber.

8.8 Störungen des Proteinstoffwechsels

Beim Fehlen des Enzyms Phenylalaninhydroxylase tritt im Eiweißstoffwechsel des Neugeborenen die Störung *Phenylketonurie* auf. Infolge des Mangels an dem Enzym in der Leber unterbleibt die Umwandlung der essentiellen Aminosäure Phenylalanin in Tyrosin. Ohne Behandlung führt dieser Enzymdefekt zu irreversiblem Schwachsinn. Nur die frühestmögliche Diagnose und eine sofort einsetzende Behandlung der betroffenen Neugeborenen verhütet die Schädigung. In der Bundesrepublik Deutschland wird die Phenylketonurie bei einem von 6400 Neugeborenen beobachtet. Die Behandlung erfolgt mit einer Kost, die an Phenylalanin nur die tatsächlich notwendige Zufuhrmenge enthält, so daß sich die Blutkonzentration an dieser Aminosäure im Normalbereich hält und die essentiellen Funktionen des Phenylalanins im Körper erfüllt werden können. Den sich beim wachsenden Organismus schnell ändernden Bedarfswerten für Phenylalanin muß durch eine ständige Anpassung der Zufuhr Rechnung getragen werden. Hierfür stehen Handelspräparate zur Verfügung.

Ein hoher Anteil an Proteinen tierischer Herkunft in der Kost führt zu einer verstärkten Zufuhr an Purinkörpern. Beim Abbau der **Purine** Adenin und Guanin entsteht im Körper Harnsäure als Endprodukt. Aus der Tab. 8 (siehe Seite 46) ist zu entnehmen, daß Fleisch, Innereien, Wild und Geflügel einen wesentlich höheren Gehalt an Purinen als Getreide, Obst und Gemüse besitzen.

Purine werden aber auch im Körper aus einfachen Vorstufen gebildet, so daß die beim Abbau auftretende Harnsäure aus den Nahrungspurinen (exogene) oder den im Körper gebildeten Purinen (endogene) stammen kann. Jedoch führt eine reichliche Zufuhr von Purinen mit der Nahrung zu einem Anstieg der Harnsäure-Konzentration im Blut und zur vermehrten Ausscheidung dieses Metaboliten im Urin. In den letzten Jahrzehnten sind diese Werte besonders bei männlichen Personen sehr stark angestiegen. Auch andere Faktoren wie übermäßiger Alkoholgenuß oder Übergewicht erhöhen die Harnsäure-Konzentrationen.

Hohe Harnsäurespiegel *(Hyperurikämie)* sind die biochemische Basis für eine mögliche Ablagerung von Harnsäurekristallen in Gelenken, die zu einer sehr schmerzhaften Arthritis führen können. Unter diesen Voraussetzungen kann es zu Gichtanfällen kommen. Eine völlig purinfreie Ernährung für Gichtpatienten ist kaum vorstellbar; die Nahrung wäre sehr einseitig. Deshalb wird meist medikamentös behandelt. Es gilt aber die Empfehlung, purinreiche Lebensmittel nur in kleinen Mengen zu verzehren und Alkoholexzesse, die sofort einen Gichtanfall auslösen können, zu vermeiden.

Tab. 8: Harnsäurebildung aus purinhaltigen Lebensmitteln

Harnsäure (mg)	pro 100 g Lebensmittel
über 1000	Fleischextrakt, Bries
bis 300	Bäckerhefe, Sprotten, Ölsardinen, Herz (Schwein), Sojabohnen, Anchovis, Bückling
bis 300	Innereien (Leber, Niere), bestimmte Fische (Heilbutt, Thunfisch, Hering, Lachs), Fleisch, Wild und Geflügel, Hülsenfrüchte
bis 100	Getreideprodukte, Gemüse, Pilze, Nüsse, Datteln, Erdbeeren, Getränke
bis 10	Obst, Ei, Milch, Milchprodukte, Käse, Reis, Fette und Öle, Süßwaren

8.9 Zufuhrempfehlung

Mit der täglichen Nahrung sollten Männer 59 g und Frauen 48 g Protein zu sich nehmen. Nach den Angaben des Ernährungsberichts 1988 liegen die Verbrauchsmengen aber bei 85 bzw. 74 g Eiweiß. Damit liegt die Zufuhr weit über der empfohlenen Menge. Für nachteilige Wirkungen einer zu hohen Proteinzufuhr gibt es bei gesunden erwachsenen Personen mit einer sonst ausgewogenen Ernährung keine Anhaltspunkte. Da bei uns gegenwärtig ca. 65 % des Proteins aus Lebensmitteln tierischer Herkunft stammen und die Begleitsubstanzen (Purin, Cholesterin und gesättigte Fettsäuren) mit aufgenommen werden, sollte der Anteil der pflanzlichen Proteine erhöht werden. Die Zufuhr an tierischem Protein sollte entsprechend gesenkt werden, so daß sich ein Verhältnis von 50 : 50 ergibt.

In unserer augenblicklichen Ernährungssituation ist eine Abnahme des Verzehrs an tierischen Proteinträgern (Fleisch, Eier) zu beobachten, der Anteil an Proteinen aus pflanzlichen Kostbestandteilen hat etwas zugenommen. Diese Verschiebung ist positiv zu bewerten, denn während Proteinträger tierischer Herkunft oft reichlich Fett, Cholesterin und Purine enthalten und damit das Übergewicht begünstigen, besitzen pflanzliche Proteinträger meist eine geringe Energiedichte, d. h. bei unveränderter Verzehrsmenge werden weniger Kalorien aufgenommen. Trotz dieser Verschiebung ist eine ausreichende Versorgung mit essentiellen Aminosäuren sichergestellt.

Besondere Belastungen des Proteinstoffwechsels erfordern größere Mengen an Proteinen: Dem Zuwachs an Muskelmasse bei Säuglingen wird mit 2,2 g Protein/kg Körpergewicht und Tag in den ersten 4 Lebensmonaten Rechnung getragen. Auch bei Kindern sollte die Zufuhr noch erhöht sein und erst ab dem 15. Lebensjahr die Werte für den Erwachsenen erreichen. Schwangerschaft und Laktation verlangen ebenfalls eine höhere Proteinzufuhr.

8.10 Proteinreiche Lebensmittel

Als Proteinträger unter den Lebensmitteln kommen Produkte tierischer und pflanzlicher Herkunft in Frage (siehe Abb. 9).

Die Nachfrage nach Proteinträgern tierischer Herkunft zeigte eine zunehmende Tendenz; wie bereits erwähnt, stammen bei uns etwa $^{2}/_{3}$ des Nahrungsproteins aus Lebensmitteln tierischer Herkunft. Der mengenmäßige tägliche Verbrauch ist in Tab. 9 aufgeführt.

Durch den Gehalt an vielen Nährstoffen sind *Milch* und *Milchprodukte* für Kinder und Erwachsene, für Gesunde und Kranke sehr wichtige, wertvolle Lebensmittel. Die Ernährungsberichte lassen erkennen, daß nach Jahren des Rückgangs im Trinkmilchverbrauch seit 1976/77 eine leicht ansteigende Tendenz von ca. 10 % zu beobachten ist. Dies ist wahrscheinlich zum großen Teil einer verstärkten Werbung und Aufklärung über die Bedeutung der Milch in der Ernährung zu danken.

Auch haben die Einführung neuer Getränke auf Milchbasis und Schulmilchaktionen das Ihre getan, Milch wieder populärer zu machen.

Der Käseverzehr in der Bundesrepublik Deutschland läßt eine ungebrochene Zunahmetendenz erkennen. An der Beliebtheit ist das in den letzten Jahren ständig zunehmende Angebot verschiedener Käsesorten sicher mitbeteiligt.

Der Verbrauch von *Hühnereiern* hat in der Bundesrepublik bis etwa 1970 stark zugenommen und sich auf einem Niveau von 30–40 g Ei pro Kopf und Tag eingependelt. Seit 1950 ist der *Fleischkonsum* in der Bundesrepublik erheblich angestiegen. Dies gilt insbesondere für den Verbrauch an Schweinefleisch, dessen Anstieg seit 1981 jedoch etwas flacher verläuft. Der Rindfleischverbrauch hat sich seit 1971 auf einem konstanten Niveau eingependelt.

Inzwischen ist der Fleischverbrauch rückläufig. 1990 wurden 101 kg verbraucht; hingegen 1991 nur 96 kg. (Diese Angaben beziehen sich auf Deutschland-West und -Ost.) Der Fleischverzehr (nach Abzug von Knochen, Tierfutter, industrieller Verwertung und Verlusten) beträgt dann 63 kg je Kopf. Besonders Schweinefleisch und Innereien sind von dem Rückgang betroffen. Der Anteil an Geflügel betrug ca. 10 % des Gesamtfleischverbrauchs.

Ein Drittel des Nahrungsproteins stammt aus pflanzlichen Produkten. Hier nehmen besonders Getreideprodukte eine wichtige Stellung ein, nicht nur wegen des relativ hohen Proteingehalts, sondern auch wegen der Verzehrmenge. Der Proteingehalt von Getreide wird von den Hülsenfrüchten noch übertroffen, deren Verzehr jedoch in den letzten Jahrzehnten sehr stark zurückgegangen ist.

Abb. 9: Proteinhaltige Lebensmittel

Tab. 9: Mittlerer täglicher Verbrauch an Protein (g) pro Person 1983[1]

Lebensmittelgruppe	Durchschnittlicher Verbrauch	
	männliche Person	weibliche Person
Fleisch, Wurst- und Fleischwaren	31	26
Milch, Käse und Quark	15	14
Eier	4	4
Fisch, Fischwaren	3	2
alle anderen Lebensmittel tierischer Herkunft	–	–
Brot, Backwaren	12	11
Nährmittel	8	7
Frischgemüse und Gemüseprodukte	5	4
Süßwaren	1	2
alle anderen Lebensmittel pflanzlicher Herkunft	4	3
alkoholische Getränke	2	1
Insgesamt	85	74

[1] Daten sind dem Ernährungsbericht 1988 entnommen.

8.10.1 Milch und Milchprodukte

Unter Milch versteht man im Handelsgebrauch ausschließlich *Kuhmilch;* sie ist definitionsgemäß »das durch regelmäßiges, vollständiges Ausmelken des Euters gewonnene und gründlich durchmischte Gemelk einer oder mehrerer Kühe, dem nichts hinzugefügt und nichts entzogen ist«. In anderen Ländern ist Ziegenmilch und Schafsmilch zur Herstellung von speziellen Käsesorten von Bedeutung. In der Bundesrepublik ist eine Einstellung der Milch auf einen bestimmten Fettgehalt gesetzlich geregelt.

Die Milch ist in den ersten Lebensmonaten des Menschen von ganz besonderer Bedeutung, da sie über das Protein hinaus noch viele andere wichtige Nährstoffe wie Mineralstoffe und Vitamine enthält. Sie ist als Muttermilch oder in Form angepaßter (adaptierter) Kuhmilchnahrung in dieser Zeit auch die einzige Nahrung, mit der der Säugling alle für sein Gedeihen notwendigen Nährstoffe erhält.

Die Proteine der Milch sind Casein, Lactalbumine und Lactoglobuline. Beim Casein handelt es sich um eine Reihe chemisch verwandter Proteinkörper, die bereits beim schwachen Ansäuern der Milch ausfallen. Im Gegensatz zu den meisten anderen Proteinen gerinnen die Milchproteine beim Erhitzen nicht. Der Proteingehalt der Milch beträgt 3,3 g/100 g, davon ist der größte Teil Casein.

Die Bedeutung der Milch als Bestandteil unserer Nahrung ergibt sich aus:

- ihrem Gehalt an hochwertigem *Protein,* da mit einem Liter Milch der Tagesbedarf an essentiellen Aminosäuren zum größten Teil gedeckt wird;
- ihrem Gehalt an *Calcium* (mit einem halben Liter Milch am Tag wird die Empfehlung für die wünschenswerte Höhe der Calciumzufuhr zu $^2/_3$ erreicht);
- ihrem Gehalt an *Vitaminen* (besonders Retinol und Riboflavin) und weiteren Mineralstoffen und Spurenelementen.

Die **Trinkmilch** stellt den Hauptanteil der Handelsmilch dar. Sie wird in verschiedenen Fettstufen von 0,3 bis 3,5 % angeboten. Milchsorten verschiedener Festtstufen unterscheiden sich nur in ihrem Gehalt an Fett und fettlöslischen Vitaminen. Die Gehalte an Eiweiß sowie Mineralstoffen (Calcium) und Spurenelementen sind unverändert. Die Trinkmilch wird durch unterschiedliche Verfahren haltbar gemacht:

- *Pasteurisierte* Milch wird kurzzeitig (15–40 Sekunden) auf 71–74 °C erhitzt, danach wird sie auf mindestens 5 °C abgekühlt. Eine derart behandelte Milch ist im Kühlschrank einige Tage haltbar.
- *Sterilisierte* Milch erhält man durch Erhitzen auf 110–120 °C für eine Zeit von 10–20 Minuten.
- *Ultrahocherhitzte* Milch (H-Milch) wird für wenige Sekunden (2–10) auf 135–150 °C erhitzt und schnell wieder abgekühlt. Im Gegensatz zur pasteurisierten Milch ist die H-Milch keimfrei und deshalb für lange Zeit haltbar.

Alle diese Erwärmungsmaßnahmen dienen zur Verbesserung der Haltbarkeit der Milch durch teilweise oder vollständige Zerstörung der Mikroorganismen. Die Behandlung führt zu Veränderungen im Geschmack, so daß diesen Milchsorten ein typischer Produktgeschmack zu eigen ist.

Unabhängig vom Haltbarmachungsverfahren wird jede Milchsorte homogenisiert, um den Geschmack zu verbessern, die Verdaulichkeit zu erhöhen und Rahmbildung einzuschränken. Dazu wird sie unter hohem Druck durch Düsen gepreßt.

Vorzugsmilch (Rohmilch), die ohne Vorbehandlung durch die Molkerei direkt vom Erzeuger in den Handel kommt, darf nur von staatlich streng kontrollierten landwirtschaftlichen Betrieben geliefert werden. Sie ist auch im Kühlschrank nur 1 bis 2 Tage haltbar.

Aus dem Milchfett wird durch Zentrifugieren Rahm hergestellt, der zu Butter verarbeitet wird. Da diese zu 83 % aus Fett besteht und nur ca. 1 % Protein enthält, wird sie im Kapitel Fett beschrieben.

Bei **Käse** unterscheidet man nach der Herstellung zwischen Sauermilchkäse (z. B. Mainzer Käse), Süßmilchkäse (z. B. Emmentaler) und Frischkäse (z. B. Speisequark). Nach der Käseverordnung kommen die Produkte entsprechend ihrem Fettgehalt in den Handel und müssen deklariert werden. Die Angabe über den Fettgehalt erfolgt unter Bezug auf die Trockenmasse. Fettreiche Käsesorten haben einen hohen Energiegehalt; Magerkäse besitzt bei wesentlich höherem Proteinanteil einen geringeren Fettanteil. Ernährungsphysiologisch sind die Milchbestandteile Casein, Mineralstoffe wie Calcium und Phosphor neben den Vitaminen in Käse von Bedeutung.

Nach dem Lebensmittelrecht zählt auch **Quark** zu den Käsesorten. Aus durch Säuerung dickgelegter Milch wird die flüssige Molke abgetrennt und Quark hergestellt. Er kann wenig Fett enthalten - Magerquark mit 0,3 g Fett in 100 g Quark hat nur 325 kJ - und ist eine beliebte Komponente von Abmagerungskuren (Reduktionskost). Da Mineralstoffe und Vitamine reichlich enthalten sind, ist er ein preisgünstiges, sehr hochwertiges Lebensmittel. Kefir und Joghurt sind Sauermilchprodukte, die unter Verwendung bestimmter Bakterienkulturen hergestellt werden (siehe Tab. 10).

8.10.2 Eier

Das Ei besteht aus der Eischale, der Schalenhaut, dem Eiklar (Eiweiß) und dem Dotter (Eigelb). Eiklar und Dotter haben verschiedene Zusammensetzung. Eiklar besteht zu fast 90 % aus Wasser, der Rest sind biologisch hochwertige, meist phosphorhaltige Proteine. Der Dotter hat dagegen 50 % Trockensubstanz, davon sind etwa 60 % Fett und 30 % Protein. Der Kohlenhydratgehalt im Ei liegt unter 1%. Die Aminosäurezusammensetzung des Eiproteins hat ein für die Ernährung des Menschen nahezu ideales Mischungsverhältnis. Eier sind gute Quellen für bestimmte Vitamine und Mineralstoffe.

Eier werden nach Frischegrad und Gewichtsklassen eingeteilt.

Tab. 10: Proteingehalt von Milch und Milchprodukten

Milch und Milchprodukte/ Fettgehalt bzw. Fettgehaltsstufe	Proteingehalt (g/100 g)
Trinkmilch 1,5–3,5 %	3
Buttermilch	4
Joghurt 4 %	4
Käse	
Doppelrahmfrischkäse 60 % i. Tr.	11
Camembert 45 % i. Tr.	21
Edamer 30 % i. Tr.	26
Mainzer Käse unter 10 % i. Tr.	30
Quark	
Sahnequark 40 % i. Tr.	11
Speisequark 20 % i. Tr.	13
Magerquark	14

i. Tr. = bezogen auf die wasserfreie Trockensubstanz

8.10.3 Fleisch und Fleischprodukte

Die Bezeichnung Fleisch gilt im engeren Sinne für die Muskeln warmblütiger Schlachttiere wie Kalb, Rind, Schwein, Schaf, Ziege, Geflügel und Wild.

Fleisch von gerade geschlachteten Tieren wird im Genußwert durch Reifen verbessert. Die Reifung erfolgt während des Abhängens der geschlachteten Tiere im Kühlraum. Je nach Art und Kühlbedingungen ist ein unterschiedlicher Zeitaufwand hierfür erforderlich. Beim Abhängen wird das Muskelglykogen abgebaut. Dabei wird Milchsäure gebildet, der pH-Wert im Muskel verschiebt sich in den sauren Bereich, und beim Tier tritt Totenstarre ein. Danach löst sich die Totenstarre wieder, durch Veränderungen in den Zellen wird das Fleisch mürbe und zart und ist nach Zubereitung zum Verzehr geeignet. Die erreichbare Qualität eines Fleischstückes hängt von vielen Faktoren ab: vom Alter des Tieres, vom Tierteil, von den Haltungs- und Fütterungsbedingungen sowie der Behandlung des Tieres vor dem Schlachten und der Behandlung des Fleisches nach der Schlachtung. Ernährungsphysiologisch gesehen ist der Proteingehalt des Fleisches von Bedeutung. Er liegt bei magerem Fleisch etwa bei 20 %. Weiterhin spielt der Vitamingehalt von Schweinefleisch eine Rolle.

Leber und Niere zeichnen sich durch einen hohen Gehalt an Vitaminen und gut verwertbarem Eisen aus. Allerdings enthalten Leber und Nieren von älteren Schweinen und älteren Rindern mehr Cadmium als andere Lebensmittel. Daher empfiehlt das Bundesgesundheitsamt, nur alle 2–3 Wochen eine Nieren-

Tab. 11: Haltbarkeitsdauer von Fleisch und Fleischwaren

Fleisch und Fleischwaren	Haltbarkeitsdauer
7 °C	
Pökelfleisch	2–3 Monate
Dauerwurst	3–5 Monate
0–4 °C	
Frisches Fleisch	2–3 Tage
Hackfleisch	12 Stunden
Wurstwaren	2–3 Tage
-18 °C	
Rind-, Kalb-, Lammfleisch	10–12 Monate
Schweinefleisch	6 Monate
Hackfleisch	3 Monate
Fleischkonserven	bis 6 Jahre
Wurstkonserven	bis 2 Jahre

speise (ca. 125–150 g) zu essen. Einmal in der Woche eine Portion Leber (150 g) kann unbesorgt verzehrt werden. Hingegen wird von einem Verzehr der Leber und Nieren von Wildhasen – mit einem vergleichsweise hohen Cadmiumgehalt – vorsorglich abgeraten.

Die Fleischprodukte werden eingeteilt in Wurstwaren und Fleischwaren:

- **Wurst** sind aus dem Fleisch der Schlachttiere, den Innereien, ihrem Fett, gelegentlich auch aus ihrem Blut hergestellte Produkte, die in Rohwürste, Brühwürste, Kochwürste und Bratwürste unterteilt werden. Für jede Wurstsorte gibt es spezielle Rezepturen, die zwar für eine Wurst typisch sind, jedoch ortsüblich starke Unterschiede aufweisen.
- **Fleischwaren** sind z. B. Schinken, Pökelfleisch, Kasseler Rippenspeer, Fleischsalate oder Wurstsalate. Diese Gruppe enthält Erzeugnisse, die durch besondere Verarbeitung oder Zubereitung aus Fleisch oder Wurstwaren hergestellt worden sind.

Bei der **Zubereitung** von Fleisch ist darauf zu achten, daß das Fleischstück mit keinem anderen Lebensmittel in Berührung kommt, besonders wenn es roh verzehrt werden soll. Die Arbeitsfläche muß sorgfältig gereinigt werden, um der Gefahr der Infizierung mit Salmonellen vorzubeugen. Beim Garen des Fleisches werden die Salmonellen zerstört.

Durch Einfrieren, Einpökeln, Einkochen oder Einlegen in Beizen läßt sich die Haltbarkeit von Fleisch verlängern.

Hackfleisch muß laut Hackfleischverordnung am Tag des Einkaufs verbraucht bzw. gegart werden, weil durch die Oberflächenvergrößerung schnelle Zersetzung durch Mikroorganismen droht.

8.10.4 Fisch

Fisch und Fleisch haben, vom ernährungsphysiologischen Standpunkt gesehen, sowohl in ihrer Zusammensetzung als auch in ihrem Nährwert vieles gemeinsam. Die Eiweißzufuhr durch Fischprotein macht nur etwa 10 % des von Fleisch und Wurst gelieferten aus, wobei regional allerdings starke Unterschiede auftreten. An den Speisefisch müssen sehr hohe Qualitätsanforderungen gestellt werden. Ein Großteil der Fänge wird daher zu Fischmehl für die Tierfütterung verarbeitet, so daß das Fischprotein häufig, als Futterbestandteil umgewandelt, in Form von Fleischprotein zu dem Verbraucher gelangt.

Man unterscheidet zwischen *Süßwasser-* und *Salzwasserfischen;* die letzteren werden noch weiter unterteilt in *Fettfische* und *Magerfische.* Ein typischer Magerfisch wie der Kabeljau (Dorsch) liefert bei einem Proteingehalt von 18 g/100 g nur 342 kJ, der Fettgehalt liegt unter 1 %. Bei etwa gleichem Proteingehalt hat der Hering mit 18 g Fett/100 g einen Energiegehalt von 1043 kJ aufzuweisen. Unter den Süßwasserfischen ist der Flußaal bei einem Proteingehalt von 15 g/100 g mit 25 g Fett/100 g am fettreichsten (1250 kJ).

Verglichen mit anderen Ländern ist der Fischverzehr in der Bundesrepublik Deutschland sehr gering. In Japan wird mit einer durchschnittlichen Zufuhr von 90 g/Kopf und Tag etwa die Hälfte des Proteinbedarfs durch Fisch gedeckt. In der Bundesrepublik Deutschland beträgt der durchschnittliche Fischverzehr nur 13 g/Kopf und Tag.

Fischerzeugnisse werden wie die Fleischerzeugnisse aus dem Rohfisch durch Verarbeitungsverfahren hergestellt (Trocknung, Räuchern, Salzen oder Gefrieren). Bei den Fischkonserven unterscheidet man je nach dem Verarbeitungsverfahren und der Haltbarkeit Halb- und Dauerkonserven.

8.10.5 Hülsenfrüchte

Der Verbrauch an Hülsenfrüchten ist in den letzten Jahrzehnten ständig zurückgegangen. Während er vor 1950 noch bei 3 kg pro Kopf und Jahr lag, hat er sich bis 1986/87 auf 1 kg pro Kopf und Jahr reduziert. An ihrem Verbrauch läßt sich der Wandel in unseren Ernährungsgewohnheiten deutlich erkennen. Während früher mindestens ein Eintopfgericht unter Verwendung von Erbsen, Bohnen oder Linsen zum Wochenspeisezettel eines jeden Haushalts gehörte, sind Hülsenfruchtspeisen heute zur Seltenheit geworden. Der Verbrauch lag 1977/78 nur noch bei etwa 0,5 kg pro Kopf und Jahr, bis 1981 ist er allerdings wieder auf 1 kg pro Kopf und Jahr angestiegen.

Der Proteingehalt beträgt bei weißen Bohnen, gelben oder grünen Erbsen und den olivgrünen Linsen 21–24 g/100 g, Sojabohnen haben sogar 34 g Protein/100 g. Die Aminosäurezusammensetzung der Hülsenfrüchte ist als günstig zu bewerten, limitierende Aminosäure ist das Methionin. Für die Ernährung in Entwicklungsländern sind die Hülsenfrüchte von großer Bedeutung, da ihr Protein zusammen mit Getreideprotein einen hohen Ergänzungswert hat und einen wichtigen Beitrag zur Deckung des Eiweißbedarfs der Menschen liefert. Die Kombination Bohnen-Mais, wie sie in Lateinamerika, aber auch in Äthiopien verwendet wird, stellt eine derartige günstige Mischung dar. Der Gehalt der Leguminosen an Mineralstoffen und Vitaminen der B-Gruppe ist erwähnenswert.

Als eine der Ursachen für den Rückgang im Verbrauch an Hülsenfrüchten wird die besonders nach dem Verzehr von Bohnen beobachtbare **Flatulenz** (Gasbildung im Darm) angesehen. Hülsenfrüchte enthalten nämlich im Kohlenhydratanteil Oligosaccharide, die im Verdauungssystem des Menschen wegen des Fehlens der erforderlichen Enzyme nicht aufgespalten werden. Diese Kohlenhydrate gelangen mit den Nahrungsresten in den Dickdarm, wo ihr Abbau unter Einwirkung der Mikroorganismen (Darmflora) unter teilweiser Gasbildung erfolgt.

Sojabohnen sind Pflanzen mit sehr hohem Proteingehalt, jedoch als Lebensmittel bei uns weitgehend unbekannt. Extrahiertes Sojabohnenschrot spielt in der Tierernährung eine große Rolle als Proteinträger. Der Anteil der meist in Reformhäusern und Bioläden verkauften aus Soja hergestellten Lebensmittel wie Tofu (»Sojabohnenquark«) und texturierte Sojaprodukte (getrocknete Produkte aus Sojabohnen, z. B. für Hackfleischgerichte) ist in der Bundesrepublik gering.

8.10.6 Verarbeitungshinweise

Bei der Nahrungszubereitung kann die Struktur der Proteine verändert werden (Denaturierung). Dies geschieht z. B. beim Erhitzen über 60 °C oder durch Zugabe von Säuren wie Essigsäure oder Fruchtsäure. Durch Denaturierung gehen die biologischen Eigenschaften der Proteine verloren (Enzymwirkung). Die in einigen Lebensmitteln wie Leguminosen enthaltenen Enzymhemmer werden zerstört. Denaturierte Eiweißstoffe sind leichter verdaulich. Zum Beispiel flockt beim Kochen von Eiern das Eiweiß aus, und es entsteht zunächst ein weichgekochtes Ei. Bei weiterer Hitzeeinwirkung wird das Ei immer fester und die Verdaulichkeit nimmt wieder ab. Ein nicht ganz durchgebratenes Steak ist besser verdaulich als ein durchgebratenes, während das rohe Fleisch schwer verdaulich ist. Die Verdauungsenzyme können nicht so leicht angreifen. Gebratenes Fleisch enthält appetitanregende, verdauungsfördernde Aromastoffe, die bei Bräunungsreaktionen unter Mitwirkung von Proteinen entstehen.

Auch die denaturierende Wirkung von Säuren macht man sich bei der Nahrungszubereitung zunutze. In Milch – natürlich gesäuert oder durch Mischung mit Fruchtsaft und der darin enthaltenen Fruchtsäure – wird das Milcheiweiß denaturiert. Fleisch kann man einige Zeit *vor* dem Garen in Essigbeize oder in saure Milch einlegen und dadurch »zarter« machen. Erbsen- und Linsengerichten wird der Essig erst *nach* der Kochzeit beigegeben, weil er eine Verhärtung der Cellulose bewirkt und damit den Quellvorgang beim Einweichen erschwert.

Beim Backprozeß dienen die Proteine zur Gerüstbildung im Teig. Vor allem Weizenmehl enthält die Klebereiweiße

Gluten und Gliadin, die quellfähig sind und auf denen die Backfähigkeit beruht. Säure- und Salzzugaben erhöhen die Quellfähigkeit noch.

In oder auf Lebensmitteln vorkommende, gesundheitsbeeinträchtigende Mikroorganismen bestehen überwiegend aus Eiweiß. Sie werden durch Erhitzen (Denaturierung) abgetötet. Auch hier bringt das Garen durch Herabsetzung der Keimzahl einen Vorteil für den Verbraucher.

9 Fett

9.1 Bedeutung

Unter den drei Nährstoffen hat Fett gewichtsbezogen den höchsten Energiegehalt. Die Ansicht über die Bedeutung der Fette (Lipide) ist einem häufigen Wechsel unterworfen. Als hochwertiger Energieträger ist das Fett in Notzeiten, in »mageren« Jahren sehr geschätzt; hier bedeutet es Sättigung und Leistungsfähigkeit. In »fetten« Jahren, in Zeiten des Überflusses mit reichlichem Nahrungsangebot werden fettreiche Lebensmittel mit Mißtrauen betrachtet, da reichliche Fettzufuhr zu Überernährung, Übergewicht und den daraus sich entwickelnden nachteiligen Folgen für die Gesundheit führt.

Schema

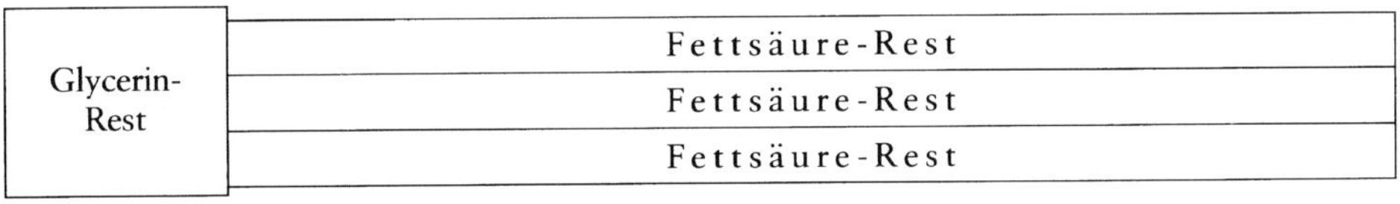

Strukturformel

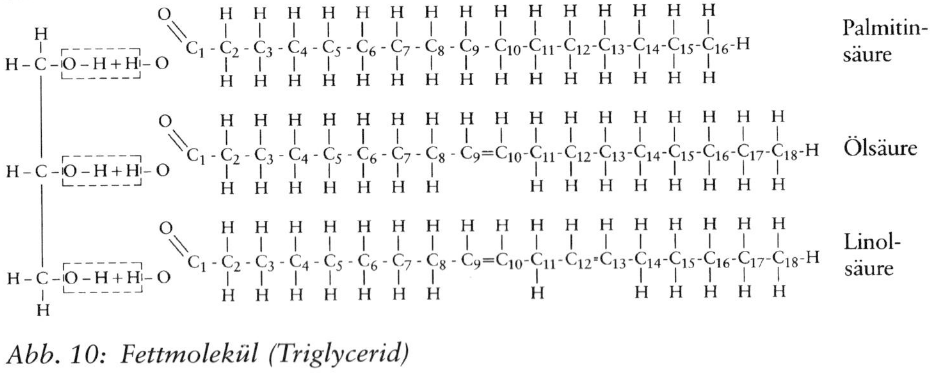

Abb. 10: Fettmolekül (Triglycerid)

9.2 Aufbau

Chemisch sind die in der Nahrung vorkommenden Lipide Triglyceride, die aus Fettsäuren und einem mehrwertigen Alkohol, meist dem dreiwertigen Glycerin, aufgebaut sind. Man bezeichnet die bei Zimmertemperatur festen Lipide als Fette und die flüssigen Lipide als Öle.

Fettsäuren sind Kohlenwasserstoffverbindungen, die am 1. Kohlenstoffatom eine Carboxylgruppe (-COOH) besitzen. Die Anzahl der Kohlenstoffatome bestimmt die Kettenlänge der Fettsäure; sie kann zwischen 4 und 22 C-Atomen variieren und ist immer geradzahlig. Am häufigsten kommen Fettsäuren mit 16 oder 18 Kohlenstoffatomen vor.

Sind bei einer Fettsäure alle Kohlenstoffatome mit Wasserstoffatomen abgesättigt (z. B. Palmitinsäure), so spricht man von **gesättigten** Fettsäuren; sind mindestens zwei benachbarte C-Atome durch Doppelbindung verknüpft (z. B. Ölsäure), spricht man von einer **ungesättigten** Fettsäure. Bei mehreren durch Doppelbindung verknüpfte C-Atome in der Kohlenstoffkette handelt es sich um mehrfach ungesättigte Fettsäuren (z.B. Linolensäure) (Tab. 12).

Diese Fettsäuren verbinden sich an ihrer Carboxylgruppe mit je einer Hydroxylgruppe (-OH) des Alkohols (Glycerin). Bei der Veresterung wird jeweils ein Molekül Wasser (H_2O) gebildet, also entstehen bei der Bildung eines Triglycerids drei Moleküle Wasser:

1 Molekül Glycerin + 3 Moleküle Fettsäure → 1 Molekül Triglycerid
+ 3 Moleküle Wasser

Tab. 12: Wichtige Fettsäuren der Nahrungsfette

Fettsäure	Anzahl der C-Atome (Kettenlänge)	Anzahl der Doppelbindungen
Buttersäure	4	0
Capronsäure	6	0
Caprylsäure	8	0
Caprinsäure	10	0
Laurinsäure	12	0
Myristinsäure	14	0
Palmitinsäure	16	0
Stearinsäure	18	0
Ölsäure	18	1
Linolsäure	18	2
Linolensäure	18	3
Arachidonsäure	20	4
Eicosapentaensäure	20	5
Docosahexaensäure	22	6

Tab. 13: Prozentualer Anteil an gesättigten und ungesättigten Fettsäuren in Nahrungsfetten (nach Kasper [1991])

Fett	Fettsäuren gesättigte	ungesättigte einfach	ungesättigte mehrfach
Butter	65	31	4
Schweineschmalz	42	48	10
Gänseschmalz	27	57	11
Erdnußöl	16	56	28
Olivenöl	14	77	9
Maiskeimöl	13	27	60
Sojaöl	13	23	64
Leinöl	10	18	72
Sonnenblumenöl	11	25	64
Safloröl	9	13	78
Kokosfett	91	7	2
Palmkernfett	83	14	3
Margarine (Standardware)	31	43	26

In einem Triglycerid können gleiche, aber auch verschiedene Fettsäuren enthalten sein. Den prozentualen Anteil an gesättigten, ungesättigten und mehrfach ungesättigten Fettsäuren in einigen Nahrungsfetten zeigt Tab. 13, Seite 58.

Die **Fettsäuremuster** sind für das betreffende Nahrungsfett typisch und bestimmen seine Konsistenz. Zunehmende Kettenlänge führt zur Erhöhung des Schmelzpunkts, hingegen sinkt die Schmelztemperatur mit zunehmender Anzahl an Doppelbindungen. Daher bestimmt das Fettsäuremuster, ob ein festes Fett, ein halbfestes (streichfähiges) oder flüssiges Fett (Öl) bei Zimmertemperatur vorliegt, wie sich an den Beispielen Kokosfett, Butter und Olivenöl zeigen läßt. Viele Öle haben einen hohen Anteil an ungesättigten Fettsäuren in den Triglyceriden. Dies ist der Grund für den niedrigen Schmelzpunkt und die Flüssigkeit der Öle bei Zimmertemperatur.

Die Nahrungsfette kann man nach ihrem Fettsäuremuster in 4 Gruppen einteilen:

- Fette mit einem hohen Gehalt an gesättigten Fettsäuren (z. B. Kokosfett, Butter, Schmalz, Talg).
- Fette mit einem hohen Gehalt an einfach ungesättigten Fettsäuren (z. B. Olivenöl, Erdnußöl, Rapsöl).
- Fette mit einem hohen Gehalt an der zweifach ungesättigten Fettsäure Linolsäure (z. B. Sonnenblumenöl, Maisöl, Weizenkeimöl, Sojaöl, Safloröl).
- Fette mit einem hohen Gehalt an dreifach ungesättigten Fettsäuren der Linolensäure-Familie (z. B. Fischöle, Leinöl).

Obgleich alle Körperzellen prinzipiell zur Fettsynthese in der Lage sind, kann der Mensch bestimmte mehrfach ungesättigte Fettsäuren (Polyenfettsäuren) **nicht** bilden. Da diese Fettsäuren Bestandteile des Körperfettes sind und auch andere Funktionen im Körper haben, müssen sie mit der Nahrung zugeführt werden. Man bezeichnet sie als unentbehrliche oder *essentielle Fettsäuren;* das sind mehrfach ungesättigte Fettsäuren mit bestimmten Positionen der Doppelbindungen. Essentiell ist die Linolsäure aus der Gruppe der Omega-6-Fettsäuren[1]. Sie kann durch Reduktion und Kettenverlängerung in Linolensäure und Arachidonsäure umgewandelt werden.

Da auch im menschlichen Körper die Linolensäure und die Arachidonsäure aus der Linolsäure synthetisiert werden können, ist nur diese im eigentlichen Sinn essentiell. Nach neueren Erkenntnissen sind auch die Eicosapentaensäure und die Docosahexaensäure aus der Gruppe der Omega-3-Fettsäuren essentiell. Sie finden sich in höheren Konzentrationen hauptsächlich im Fett von Fischen, die in kalten Gewässern leben; viel Omega-3-Fettsäuren enthalten Makrele, Hering, Lachs und Forelle (vgl. Kap. 9.6).

[1] Für die Symbolschreibweise der ungesättigten Fettsäuren werden die C-Atome vom Kettenende (Methylende) beginnend nummeriert. Omega (ω) zeigt das erste C-Atom, an dem die erste Doppelbindung im Molekül vorkommt.

Beispiele:	Linolsäure	C 18 : 2 ω 6
	Eicosapentaensäure	C 20 : 5 ω 3

(Vgl. Abb. 10)

9.3 Funktion

Die Nahrungsfette haben im menschlichen Organismus verschiedene Funktionen zu erfüllen:

- Das mit der Nahrung aufgenommene Fett wird beim Zwischenstoffwechsel zur Energiegewinnung abgebaut; nicht benötigtes Fett wird als Energiereserve des Körpers gespeichert.

  Das Fettgewebe ist der wichtigste Energiespeicher. Zwischenprodukte des Fettstoffwechsels werden bei der Synthese körpereigener Verbindungen verwendet.
- Fett enthält bestimmte, mehrfach ungesättigte Fettsäuren, die der Organismus benötigt, die aber im Körper nicht gebildet werden können. Sie gehören daher zu den essentiellen Nährstoffen; sie müssen also zugeführt werden.
- Fette enthalten oft fettlösliche Vitamine oder die Vorstufen davon. Die Resorption dieser Vitamine aus dem Darm wird durch Fett gefördert.
- Fett dient als Organschutz. Fettpolster z. B. um Augapfel und Niere schützen diese Organe vor Verletzungen.
- Das Fett im subcutanen Fettgewebe wirkt als Isolierschicht und trägt zur Wärmeregulation des Körpers bei.
- Fett ist küchentechnisch von Bedeutung, da es den Geschmack der Speisen verbessert. Manche Aroma- und Geschmacksstoffe (fettlöslich) entfalten erst bei Fettzusatz ihre volle Wirkung.

9.4 Resorption

Das mit der Nahrung aufgenommene Fett wird nach feinster Verteilung nach Emulgierung mit Gallensäuren im Dünndarm durch Lipasen (fettspaltende Enzyme) aus dem Pancreassaft zum größten Teil in Glycerin, Fettsäuren und Monoglyceride zerlegt. Nach Aufnahme der Teilchen in die Zellen der Dünndarmmucosa findet bereits hier wieder eine teilweise Resynthese zu körpereigenen Fetten statt. Die so gebildeten, wasserunlöslichen Triglyceride werden mit Proteinen, Phospholipiden und Cholesterin umhüllt und gelangen als Chylomikronen über den Lymphstrom in den venösen Kreislauf. Die Chylomikronen verschwinden nach einer fettreichen Mahlzeit sehr schnell aus dem Blut. Sie werden hier enzymatisch in kleinere, triglyceridärmere Partikel (Lipoproteine) umgesetzt, die in die Leber aufgenommen und dort ab- und umgebaut werden. Die hierbei freigesetzten Triglyceride und Fettsäuren werden über das Blut in Form von Lipoproteinen oder an Proteine gebunden zu den Orten des Bedarfs oder der Speicherung transportiert, z. B. zur Muskulatur oder zum Fettgewebe.

Praktisch alle Körperzellen sind zur Biosynthese von Fett in der Lage. Da die Nahrungsfette fast vollständig resorbiert werden und der Körper keine Möglichkeit hat, über den Bedarf hinaus zu viel aufgenommenes Fett zu verbrauchen oder auszuscheiden, führt eine im Verhältnis zum Verbrauch zu hohe Aufnahme an energieliefernden Nährstoffen zur Anlage von Reserven, d. h. zur Neubildung von Fettgewebe. Fettpolster werden besonders im subcutanen Fett und im Bereich des Abdomens angelegt. Fettablagerung führt zu einer Erhöhung des Körpergewichts.

Das Fettspeichergewebe im Körper ist einem ständigen Abbau und Wiederaufbau unterworfen. Es ist also nicht mit einer stabilen, trägen Reserve gleichzusetzen, die nur bei Bedarf beansprucht wird. Der Abbau der Fettsäuren erfolgt nach dem Prinzip der **β-Oxidation,** d. h. von der Kohlenstoffkette werden jeweils 2 Kohlenstoffatome (das Endkohlenstoffatom mit der Säuregruppe und das benachbarte, unter Beteiligung von wasserstoffübertragenden, wasseranlagernden und gruppenübertragenden Enzymen) abgespalten. Das gebildete aktivierte C_2-Bruchstück wird im Stoffwechsel weiter zu Kohlendioxid und Wasser unter Energieabgabe umgesetzt. Die verbleibende, um 2 Kohlenstoffatome ärmere Fettsäure wird erneut oxidiert. Im Fettstoffwechsel können, rein formelmäßig gesehen, aus 2 aktivierten C_2-Bruchstücken die als Ketonkörper bekannten Verbindungen Acetessigsäure und Hydroxybutyrat entstehen. Diese Verbindungen entstehen auch beim Gesunden in der Leber und werden von der Muskulatur verwertet. Bei der Zuckerkrankheit, auch bei Kohlenhydratmangel oder nach längerem Fasten findet man eine erhöhte Bildung in der Leber, eine Verwertungsstörung und eine vermehrte Ausscheidung dieser Stoffe im Urin.

9.5 Fettbegleitstoffe

Außer den später (siehe Seite 72) noch zu besprechenden fettlöslichen Vitaminen kennt man eine Reihe weiterer fettähnlicher Verbindungen in der Nahrung und im Organismus. Von diesen Stoffen sollen Cholesterin, die Gallensäuren und Phospholipide kurz erwähnt werden.

Cholesterin wird dem Organismus mit der Nahrung zugeführt, es wird jedoch auch im Körper gebildet. Bei cholesterinfreier Kost wird der Bedarf durch Eigensynthese gedeckt. Cholesterin ist Bestandteil von Zellmembranen. Reich an Cholesterin sind tierische Fette und Eigelb. Eine an ungesättigten Fettsäuren im Nahrungsfett reiche Kost senkt den Cholesteringehalt im Plasma. Der Übergang zu einer Kost, die einen hohen Anteil an gesättigten Fettsäuren aufweist, führt zu einer Erhöhung der Cholesterinkonzentration im Plasma. Die einfach ungesättigten Fettsäuren lassen sie unbeeinflußt, während die mehrfach ungesättigten Fettsäuren den Cholesterinspiegel senken. Dieser Effekt wird auf eine vermehrte Ausscheidung von Cholesterin mit dem Stuhl zurückgeführt.

Bestimmte degenerative Veränderungen in den Arterien stehen in einem Zusammenhang mit einer hohen Cholesterinkonzentration im Plasma. Es ist jedoch fraglich, ob die Senkung des Cholesterinspiegels allein genügt, um die Entstehung der Arteriosklerose zu verhindern.

Wichtige Abbauprodukte des Cholesterins sind die **Gallensäuren.** Die Gallensäuren sind bei der Verdauung der Nahrungsfette durch den Organismus von Bedeutung. Ein Teil des Cholesterins wird im Kot mit den Gallensäuren ausgeschieden. Gallensteine bestehen größtenteils aus Cholesterin.

Phospholipide findet man in den Geweben und im Blut; sie sind Bestandteile der Zellmembranen und am Transport der Fette im Organismus beteiligt. Sie enthalten außer Glycerin und Fettsäuren noch Phosphat und stickstoffhaltige Basen wie Cholin. Der bekannteste Vertreter dieser Gruppe ist das Lecithin.

9.6 Störungen des Fettstoffwechsels

Die Erhöhung des **Blutcholesterinspiegels** bzw. des **Blutfettspiegels** (Hyperlipoproteinämien) wird als Risikofaktor für Arteriosklerose, Herzinfarkt und Durchblutungsstörungen angesehen. Die Bezeichnung Hyperlipoproteinämien wurde deshalb für diese Erkrankung gewählt, weil Triglyceride, Phosphatide und Cholesterin im Blut von besonderen Proteinen als Lipoproteine transportiert werden.

Die Lipoproteine unterscheiden sich abhängig von ihrer Lipid-Protein-Zusammensetzung nach ihrer spezifischen Dichte, Tab. 14.

Ein erhöhter Blutcholesterinspiegel wird nicht durch zu hohe Nahrungscholesterinaufnahme hervorgerufen, sondern durch gestörte Cholesterinsynthese im Organismus. Es handelt sich um eine vererbbare Stoffwechsel-

Tab. 14: Eigenschaften und Funktion der Lipoproteine (nach Götz und Rabast [1987])

Dichteklasse	Lipidanteil	Hauptlipid	Entstehungsort	Funktion
Chylomikronen	98–99 %	Triglyceride	Darm	Transport exogener Fette
VLDL (very low density lipoproteins)	90–93 %	Triglyceride	Leber, Darm	Transport endogener Triglyceride
LDL (low density lipoproteins)	78–82 %	Cholesterin	Abbauprodukt der VLDL	Transport des Cholesterins von der Leber zu peripheren Zellen
HDL (high density lipoproteins)	45–50 %	Cholesterin und Phospholipide	Leber, Darm	Transport des Cholesterins von peripheren Zellen zur Leber (?)

krankheit. Der normale Blutcholesterinspiegel liegt zwischen 150 und 200 mg/100 ml. Werte über 250 mg/100 ml werden als erhöht und therapiebedürftig angesehen; hier beginnt der Bereich der starken Risikoerhöhung. Bei Werten zwischen 200–250 mg/100 ml empfiehlt die „Europäische Atherosklerose-Gesellschaft" bereits eine lipidsenkende Diät ohne regelmäßige Kontrolluntersuchungen. Bei erhöhtem Blutcholesterinspiegel lagert sich Cholesterin an den Wänden der Blutgefäße ab. An den so entstehenden Unebenheiten kann sich Calcium anlagern, wodurch die Verkalkung der Blutgefäße bewirkt wird. Folgeerkrankungen davon sind Herzinfarkt und Schlaganfall.

Ein erhöhter Blutcholesterinspiegel läßt sich durch diätetische Maßnahmen senken. Als erste Maßnahme wird empfohlen, bestehendes Übergewicht mit einer Reduktionsdiät abzubauen und den Cholesterinanteil in der Nahrung niedrig zu halten. Daher sollten die cholesterinreichen Lebensmittel Butter, Eier und Innereien nicht gegessen werden. Insgesamt dürfen nicht mehr als 300 mg Cholesterin pro Tag aufgenommen werden. Wie oben aufgeführt, läßt sich der Cholesterinspiegel auch durch den Verzehr von mehrfach ungesättigten Fettsäuren senken. Das Verhältnis von mehrfach ungesättigten Fettsäuren zu gesättigten Fettsäuren wird durch den **P/S-Quotienten** definiert (P ≙ polyunsaturated fatty acids; S ≙ saturated fatty acids). Der P/S-Quotient sollte bei gesunden Erwachsenen 1 betragen, d. h. der Anteil an ungesättigten und gesättigten Fettsäuren in der Nahrung muß gleich groß sein. Tatsächlich liegt er im Durchschnitt nur bei 0,3. Bei Personen mit gestörtem Fettstoffwechsel soll er mindestens 1,4 bis 1,8 betragen. Dazu ist erforderlich, die mehrfach ungesättigten Fettsäuren in der Nahrung bewußt zu erhöhen und die gesättigten Fettsäuren, welche häufig als versteckte Fette auftreten, zu senken. Der Verzehr von Makrelen, Lachs und Hering (zwei- bis dreimal pro Woche) ist zu empfehlen, da die im Fischfett vorkommenden Omega-3-Fettsäuren aufgrund verschiedener Effekte verzögernd auf die Arterioskleroseentwicklung wirken; die Triglyceridkonzentration wird gesenkt, die Thrombozytenaggregation vermindert etc. In der Praxis der diätetischen Therapie sind die »Makrelendiät« und die »Eskimodiät« bekannt.

Auch ballaststoffreiche Nahrung kann zu einem Absinken des Cholesterinspiegels führen. Es ist sinnvoll, pektinhaltige Lebensmittel wie Früchte und Gemüse besonders reichlich zu essen. Ebenso wirken die wasserlöslichen Ballaststoffe aus Hafer und Bohnen senkend auf die Cholesterinkonzentration, das bedeutet, regelmäßig Haferkleie zu verzehren; denn Hafer enthält β-Glucan, ein Nichtstärkepolysaccharid. In der Ernährungspraxis heißt das, täglich mindestens 100 g Haferkleie oder 200 g Haferflocken zu essen. Diese Mengen enthalten etwa 20 g Haferballaststoffe.

Empfehlungen für die cholesterinsenkende Diät (nach Assmann [1988]):

Die **empfehlenswerten Lebensmittel** sind grundsätzlich fettarm bzw. ballaststoffreich; sie sollten regelmäßig täglich verzehrt werden.

In Maßen geeignete Lebensmittel enthalten mehrfach oder einfach ungesättigte Fettsäuren bzw. geringere Mengen an gesättigten Fettsäuren; diese Lebensmittel sind nur in Maßen erlaubt.

Nicht geeignete Lebensmittel enthalten große Mengen an gesättigten Fettsäuren bzw. Cholesterin; sie sollten möglichst nicht gegessen werden.

Neben den diätetischen Maßnahmen ist oft eine medikamentöse Behandlung erforderlich, weil die erhöhte Cholesterinproduktion durch die Diät nicht verhindert werden kann. Durch die Diät soll ein zusätzliches Cholesterinangebot an den Körper vermieden werden.

Eine zweite wichtige Hyperlipoproteinämie stellt der erhöhte **Blutfettspiegel** dar. Er kann aufgrund von Überernährung, Diabetes mellitus oder starkem Alkoholkonsum auftreten und gilt ebenfalls als Risikofaktor für Arteriosklerose. Triglyceridwerte im Blut über 200 mg/100 ml sind als überhöht anzusehen. Zu solchen Werten kann es kommen, wenn in Folge von Überernährung mit Zucker oder Fetten die Lipoproteinsynthese in der Leber stark ansteigt, um synthetisierte Fette oder Nahrungsfette ins Fettgewebe zu transportieren. Diabetes mellitus und Alkoholkonsum lassen die Lipoproteinsynthese ebenfalls sehr stark ansteigen.

Diätetische Maßnahmen betreffen die Nahrungszusammensetzung. Höchstens 40 % des Gesamtenergiebedarfs sollen in Form von Kohlenhydraten zugeführt werden. Statt Mono- und Disacchariden (Zucker) sind Polysaccharide zu bevorzugen, da aus Polysacchariden eine allmähliche Energieentnahme erfolgt. Der Fettverzehr ist ohnehin einzuschränken; Fettarten sind wie bei erhöhtem Cholesterinspiegel zu wählen. Der Energieanteil aus Fetten am Gesamtenergiebedarf muß auf 40 % gesenkt werden; die restlichen 20 % werden durch Eiweiß gedeckt.

Bei Dünndarmresektion, exokriner Pankreasinsuffizienz und verminderter Gallensekretion ist die Verwertung der langkettigen Fettsäuren gestört. Mittelkettige Triglyceride (medium chain triglycerides ≙ **MCT**) mit nur 6 bis 12 Kohlenstoffatomen haben einen anderen Resorptionsmechanismus als die langkettigen Fettsäuren. Sie werden nicht in Chylomikronen eingebaut und über die Lymphe abtransportiert, sondern gelangen als freie Fettsäuren oder auch ungespalten als mittelkettige Triglyceride in das Pfortaderblut. Die Anwesenheit von Gallensekreten und Pankreaslipase zur Emulsion ist hier nicht erforderlich.

Die MCT zieht der Körper zur Energiegewinnung heran, sie können jedoch nicht gespeichert werden. MCT dürfen den Speisen erst nach dem Garen zugesetzt werden, da sie bei starkem Erhitzen zerfallen. Der Körper muß langsam an MCT gewöhnt werden, um Nebenwirkungen wie abdominale Schmerzen, Erbrechen und Kopfschmerzen zu vermeiden; bei langsamer Eingewöhnung können 100 bis 150 g pro Tag vertragen werden. Der Bedarf an essentiellen Fettsäuren ist durch zusätzliche Gabe eines entsprechenden Fettes zu decken. Im Handel angebotene MCT-Margarine enthält bereits 3 % Linolsäure. Auch Nahrungsfette enthalten mittelkettige Fettsäuren, vor allem Butter und Kokosfett.

9.7 Zufuhrempfehlung

Zur Deckung des menschlichen Bedarfs an essentiellen Fettsäuren – die Zufuhrempfehlung für den Erwachsenen beträgt 10 g Linolsäure pro Tag – und fettlöslichen Vitaminen ist eine regelmäßige Zufuhr von Fett mit der Nahrung erforderlich. Meist werden 42–45 % der Gesamtenergie der Nahrung vom Fett geliefert. Nach den Empfehlungen der Deutschen Gesellschaft für Ernährung soll der Fettanteil an der Gesamtenergie 25–30 % betragen; bei großem Energiebedarf muß der Anteil erhöht werden. Bei 10 MJ Tagesbedarf an Energie für den Erwachsenen sind das etwa 3 MJ ≙ 80 g Fett/Tag. Der am Bedarf gemessene zu hohe Fettkonsum ist einer der Hauptursachen für die Zunahme des Anteils der Übergewichtigen unter der Bevölkerung. Der tatsächliche Verbrauch an Fett (1983) lag bei durchschnittlich 137 g pro Kopf und Tag. Etwa die Hälfte der Tagesfettmenge nehmen wir in Form von sichtbarem Fett (Speisefett), d. h. als Butter, Margarine, Schmalz und Öl zu uns; die andere Hälfte ist in Lebensmitteln »versteckt«, nicht ohne weiteres als Fett erkennbar und wird deshalb als unsichtbares Fett bezeichnet, das überwiegend gesättigte Fettsäuren enthält.

Besonders Lebensmittel tierischer Herkunft sind reich an unsichtbarem, verstecktem Fett. Die Skala reicht von der Trinkmilch mit 3,5 % Fett bis zu bestimmten Wurstsorten, die zu 40 % und mehr aus Fett bestehen. Man ist bemüht, den Fettgehalt in solchen Lebensmitteln zu senken, um eine Herabsetzung der Energiezufuhr zu begünstigen (vgl. Kap. 9.8.4). Aus technologischen und geschmacklichen Gründen ist jedoch ein Austausch von Fetten gegen andere Nährstoffe nur begrenzt möglich, wenn man nicht eine starke Verteuerung der Produkte in Kauf nehmen will.

9.8 Fettreiche Lebensmittel

Fettreiche Lebensmittel kann man nach ihrer Herkunft in *tierische* Fette (Butter, Schmalz, Speck) und *pflanzliche* Fette (Margarine, Pflanzenöl) unterteilen. Weiterhin sind hier solche Lebensmittel von Bedeutung, die neben anderen Nährstoffen einen großen Anteil Fett enthalten (Fleisch, Wurst, Käse, Nüsse) (siehe Abb. 11 auf Seite 65).

9.8.1 Butter

Unter den tierischen Fetten ist die Butter in unserer Nahrung das bedeutendste. Sie wird aus dem durch Zentrifugieren hergestellten Rahm erzeugt. Nach dem Herstellungsverfahren lassen sich geschmacklich unterschiedliche Sauerrahmbutter oder Süßrahmbutter unterscheiden. Butter muß mindestens zu 82 % aus Milchfett bestehen; daneben sind noch andere Milchbestandteile, die fettlöslichen Vitamine der Milch und ein Teil der wasserlöslichen Vitamine enthalten. Die Butterqualität wird nach Geruch, Geschmack, Struktur, Aussehen und Konsistenz beurteilt. Danach unterscheidet man zwischen Markenbutter, Molkereibutter und Kochbutter, die alle in Molkereien hergestellt werden müssen. Die deutsche Landbutter wird dagegen im bäuerlichen Betrieb selbst hergestellt. Die gelbe Farbe der Butter kommt durch den Carotingehalt.

Butter darf höchstens 16 % Wasser enthalten; in dem durch Ausschmelzen von Butter erzeugten *Butterschmalz* sind max. 0,5 % Wasser vorhanden. Während Butter nur eine begrenzte Haltbarkeit hat, ist Butterschmalz, das als Back- und Bratfett verwendet werden kann, länger haltbar.

Andere tierische, feste Fette, wie *Schweineschmalz* und *Rindertalg,* stehen insgesamt gesehen in ihrer Bedeutung für die Ernährung des Menschen zurück. Sie zählen wie die pflanzlichen Öle zu den energiereichsten Lebensmitteln, da sie zu 98–99 % aus Reinfett bestehen.

9.8.2 Speiseöle

Als Speiseöle werden vor allem pflanzliche Öle wie Maiskeimöl, Erdnußöl, Sonnenblumenöl, Sojaöl und Baumwollsaatöl verwendet. Die allgemeine Bezeichnung Tafel- und Speiseöl deutet darauf hin, daß Mischungen verschiedener Öle vorliegen, wenn keine andere, genaue Bezeichnung auf der Verpackung zu finden ist.

Während pflanzliche Öle bei normalen Umgebungstemperaturen flüssig sind, ist Butter fest. Durch Aufbewahren bei sehr tiefen Temperaturen kann man pflanzliche Öle zum Festwerden bringen, genauso wie man andererseits Butter durch Erhöhung der Temperatur auch in einen flüssigen Zustand versetzen kann.

9.8.3 Margarine

Der größte Teil der Ölsaaten und auch tierische Öle, wie gereinigte Fischöle, werden für die Margarineproduktion verwendet. Infolge der Ernährungsweise in Mitteleuropa bestand im vori-

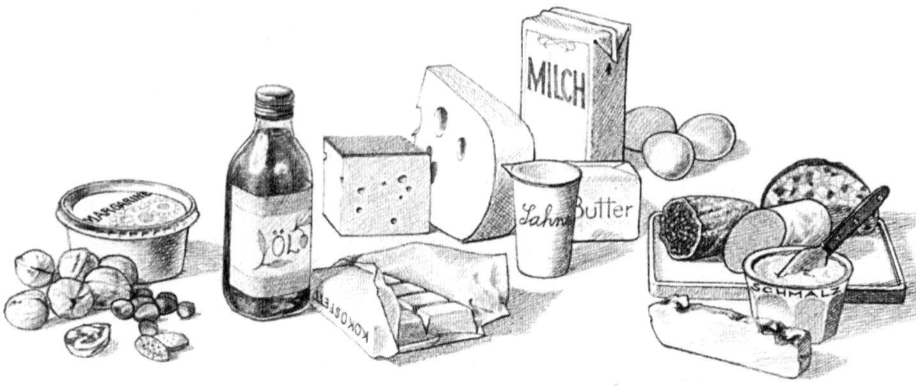

Abb. 11: Fettreiche Lebensmittel

gen Jahrhundert eine Knappheit an festen, streichfähigen Fetten, die zur Entwicklung der Margarine führte. Bei der Margarineherstellung verwendet man pflanzliche Öle mit einem hohen Anteil an ungesättigten Fettsäuren, die einen niedrigeren Schmelzpunkt besitzen als die meist gesättigten Fettsäuren, die z. B. in der Butter vorkommen.

Bei der Margarineherstellung werden durch Anlagerung von Wasserstoff, also Hydrierung der Doppelbindung, die ungesättigten Fettsäuren in gesättigte Fettsäuren überführt. Dadurch wird das Öl gehärtet, d. h. in ein Streichfett umgewandelt.

Die Margarineherstellung ist in den letzten Jahrzehnten entscheidend verbessert worden. Heutige Produkte sind in ihrer Qualität mit Erzeugnissen, wie sie noch kurz nach dem Krieg gehandelt wurden, nicht vergleichbar. Die neuen Produkte sind besser im Geschmack, aber auch im Nährwert, da moderne Hydrierungsverfahren es ermöglichen, daß ein Teil der essentiellen, mehrfach-ungesättigten Fettsäuren erhalten bleibt. Auch bei Aufbewahrung im Kühlschrank bleiben die Produkte streichfähig.

Über die Beantwortung der Frage, ob man als Streichfett Butter oder Margarine verwenden soll, ist in letzter Zeit heftig diskutiert worden. Ein Nachweis, ob nun Butter oder Margarinekonsum für den Menschen vorteilhafter wäre, konnte bisher nicht einwandfrei erbracht werden. Falsch ist auf jeden Fall ein zu hoher Verbrauch an Fett, gleichgültig welche Fettart man bevorzugt.

Von der Verbrauchsmenge an essentiellen Fettsäuren (Linolsäure), die mit 21 g für den Erwachsenen pro Tag im Ernährungsbericht 1988 angegeben wird, beträgt der von der Butter gelieferte Anteil 0,2 g, der von den Speisefetten und Ölen 6 g, der Rest kommt aus anderen Lebensmitteln, wie z. B. Mayonnaise. Da die Deckung der empfohlenen Zufuhrhöhe, die mit 10 g pro Kopf und Tag angegeben wird, nicht als kritisch anzusehen ist, sollte man es dem Geschmack des einzelnen überlassen, ob er nun Butter oder Margarine verwendet.

9.8.4 Energiereduzierte Lebensmittel

Bei der Weiterentwicklung unserer Lebensmittel ist der Trend nach energiereduzierten Produkten deutlich sichtbar. Im Lebensmittelrecht, und zwar in der Nährwert-Kennzeichnungsverordnung, sind die gesetzlichen Regelungen für »brennwertverminderte« Lebensmittel zusammengefaßt. Danach unterscheidet man zwischen kalorienarm (mit geringem Brennwert) und kalorienreduziert (mit vermindertem Brennwert). Um als kalorienreduziert zu gelten, muß das entsprechende Lebensmittel 40 % weniger Energie liefern als vergleichbare normale Lebensmittel. Das Angebot energiereduzierter Lebensmittel reicht von Konfitüren und Milchprodukten über Wurstwaren bis zu Fertiggerichten.

Da eine Energiereduktion bei fettreichen Produkten in der Energiebilanz besonders kräftig zu Buche schlägt, hat man z. B. eine Margarine (Halbfettmargarine) hergestellt, die anstelle der vorgeschriebenen 80 % Fett der »normalen« Margarine, nur noch 40 % enthält. Die Energieeinsparung beträgt 50 %. Sämtliche Milchprodukte und auch Butter werden als Halbfett- oder Magerstufen angeboten. Diese eignen sich für Reduktionsdiäten besonders. Generell wächst der Markt für brennwertverminderte Lebensmittel kontinuierlich (vgl. Light-Produkte Kap. 13.2).

9.8.5 Verderb von Fetten

Selbst Fette bester Qualität sind nur begrenzt haltbar. Die Vorgänge, die zum Verderb führen, sind entweder auf Hydrolyse, also der Spaltung von Triglyceriden in Fettsäuren unter Wasseraufnahme oder auf eine Oxidation der Fette zurückzuführen; sie bewirken Veränderungen im Geruch und Geschmack des Fettes. Man kennt verschiedene Typen der **Ranzigkeit.**

Da ungesättigte Fettsäuren leichter von Sauerstoff angegriffen werden als gesättigte, sind Öle mit hohem Gehalt an ungesättigten Fettsäuren empfindlicher als feste Fette. Manche Öle haben einen natürlichen Gehalt an Stoffen, der sie – für begrenzte Zeit – vor dem Ranzigwerden und daher dem Verderb schützt (Antioxidantien). Gegenmaßnahmen, die man anwenden kann, um den Fettverderb zu verzögern, sind geschlossene, licht- und luftdichte Verpackung, Aufbewahrung im Kühlschrank (die Geschwindigkeit einer chemischen Reaktion ist bei tiefen Temperaturen langsamer als bei Zimmertemperaturen) oder der Zusatz von antioxidativ wirkenden Stoffen, z. B. Tocopherolen.

9.8.6 Verarbeitungshinweise

Fett verbessert den Geschmack von Speisen, da es fettlösliche Aroma- und Geschmacksstoffe zu ihrer vollen Wirkung bringt. Außerdem garen die Lebensmittel in Fett schneller als in Wasser, weil die Gartemperatur höher ist. Wegen der physiko-chemischen Unterschiede zwischen Wasser und Fett müssen bei der Verwendung in der Nahrungszubereitung einige Besonderheiten beachtet werden:

- Fett darf nicht zu hoch erhitzt werden. Die Zersetzungstemperaturen betragen bei Butter und Margarine 150 °C, Pflanzenölen 190 °C und Pflanzenfetten 230 °C. Bereits unter dem Zersetzungspunkt werden die Fettsäuren vom Glycerin abgespalten, höher ungesättigte Fettsäuren werden oxidiert und verlieren ihre essentielle Wirkung. Das Glycorin zersetzt sich zu **Acrolein,** wobei stechende Dämpfe entstehen – das Fett raucht.

  Man verwendet zum Kurzbraten Butter, Margarine und auch Öle, während zum Braten, Schmoren und Fritieren die höher erhitzbaren Pflanzenfette Verwendung finden. Fritierfette sollte man höchstens zwei- bis dreimal benutzen.

- Fett ist ein konzentrierter Energieträger. Sein Gebrauch muß sich deshalb auf die erforderliche Menge beschränken. Unkontrollierter Fettkonsum ist auch in der Nahrungszubereitung zu vermeiden. Als Möglichkeiten zur Fetteinsparung bieten sich an: Braten und Backen in beschichteten Gefäßen, der Einsatz von Alu- und Bratfolie, Garen im Römertopf.

10 Vitamine

10.1 Bedeutung

Während man bereits im vorigen Jahrhundert, zu Liebigs Zeiten, in der die Ernährung betreffenden Literatur Begriffe wie Fett, Proteine oder Energiestoffwechsel findet, wird man nach der Bezeichnung Vitamine vergeblich suchen. Mit den damals üblichen Methoden zur Untersuchung der Nahrung war man nicht in der Lage, diese in sehr kleinen Mengen vorkommenden Verbindungen nachzuweisen. Man kannte aber schon sehr lange Zeit bestimmte Krankheiten, die, wie wir heute wissen, die Folge einer fehlenden oder ungenügenden Zufuhr an Vitaminen sind. Besonders viele Erkenntnisse hierzu wurden in der ersten Hälfte unseres Jahrhunderts gewonnen. Über die Wirkungsmechanismen der einzelnen Vitamine im Körper ist man zum Teil bis heute noch recht unvollständig unterrichtet.

Ein wichtiger Unterschied zwischen den Nährstoffen Eiweiß, Fett, Kohlenhydraten und den Vitaminen liegt in den Mengen, in welchen die jeweiligen Stoffe in der Nahrung vorkommen und im Bedarf an ihnen. Zufuhr und Bedarf liegen bei den Vitaminen im mg-Bereich, ja sogar im μg-Bereich, Tab. 1.

Einige Vitamine enthalten Aminostickstoff. Man vermutete deshalb bei ihrer Entdeckung, daß sie eine Gruppe von Aminen wären. In Verbindung mit ihren gleichzeitig erkannten, für das Leben (vita) wichtigen Eigenschaften im Organismus erhielten sie den Namen Vitamine. Obwohl sich später herausstellte, daß nicht alle Vitamine eine Aminogruppe besitzen, wurde der ursprüngliche Name beibehalten.

10.2 Aufbau

Die Vitamine gehören nicht wie die Aminosäuren einer einzigen Stoffgruppe an, die nach einem einheitlichen Bauprinzip aufgebaut ist. Man findet unter ihnen z. B. fettlösliche, ungesättigte Kohlenwasserstoffe (Vitamin A), eine zuckerartige Verbindung (Vitamin C) sowie Heterocyclen, also Substanzen, die Stickstoff oder Schwefel im Kohlenstoffring enthalten (Vitamin B_6 oder Vitamin B_1), Abb. 12 (siehe Seite 69).

Vitamine sind normale Produkte des Zwischenstoffwechsels. Sie werden bei Mensch und Tier erst dann zu essentiellen Verbindungen, wenn der betreffende Organismus sie überhaupt nicht oder nicht in ausreichender Menge bil-

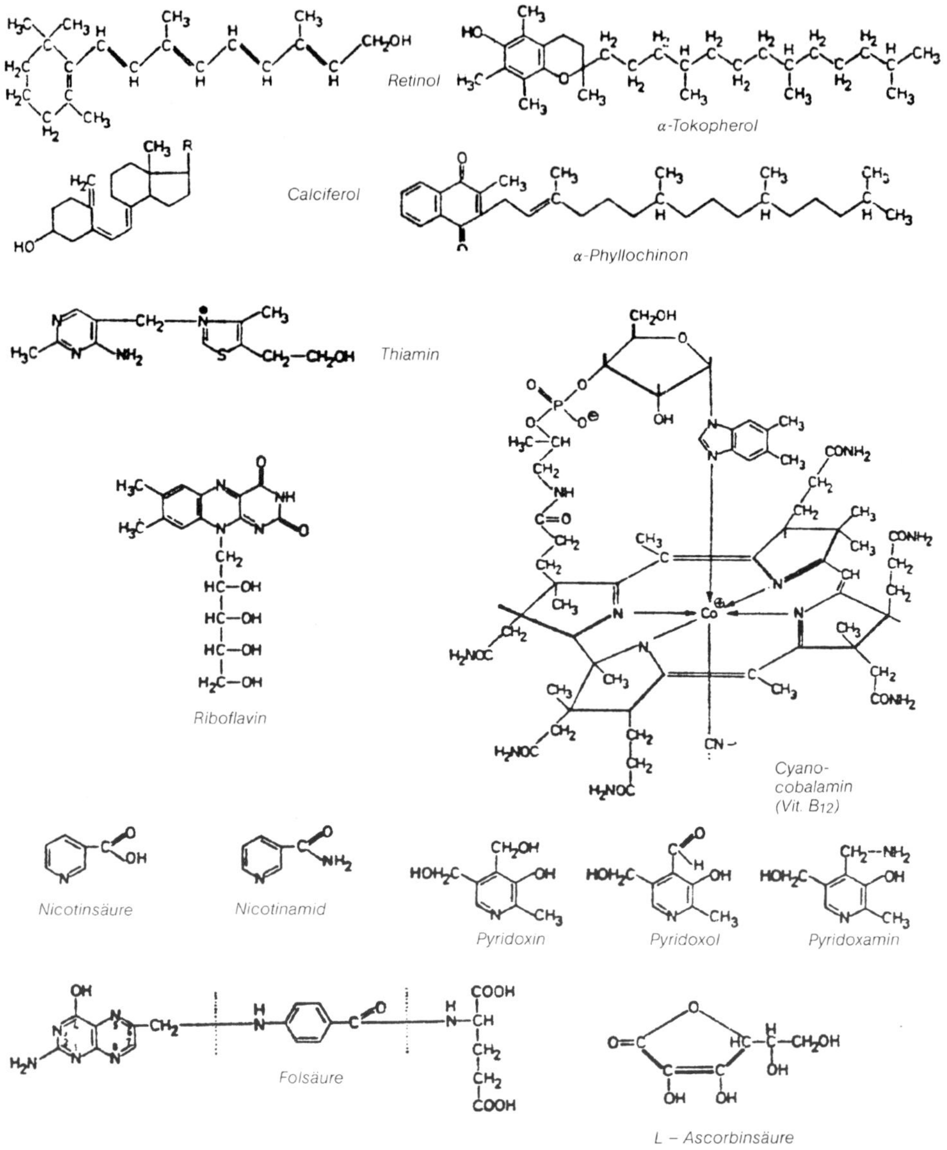

Abb. 12: Strukturformeln der Vitamine

den kann, jedoch einen bestimmten Bedarf zur Aufrechterhaltung spezifischer Funktionen benötigt.

10.3 Wirkungsweise

Vitamine sind *organische* Verbindungen. Sie besitzen deshalb zwar einen Energiegehalt; die mit Vitaminen aufgenommene Energiemenge ist jedoch zu gering, um energetisch berücksichtigt werden zu müssen. Das gibt einen Hinweis auf ihre Wirkung: Sie sind *keine* Energielieferanten, sondern haben im Organismus andere Aufgaben zu erfüllen. Während der Organismus die in verschiedenen Formen vorliegenden Fette, Kohlenhydrate und Proteine, wie in den vorhergehenden Abschnitten erwähnt, weitgehend verwerten kann, ist die Wirkung der einzelnen Vitamine streng strukturspezifisch. Ein Vitamin übt eine ganz bestimmte Wirkung aus, geringe Veränderungen an seiner Struktur führen zu wirkungslosen Derivaten oder zur Bildung von Substanzen, die die Funktionen des Vitamins im Körper beeinträchtigen (Antivitamine).

Provitamine sind Stoffe, die als Vorstufen der eigentlichen Vitamine anzusehen sind und die im Organismus in Vitamine umgewandelt werden. Das bekannteste Beispiel ist das auch als Provitamin A bezeichnete Carotin (Karotte).

Von *Vitaminäquivalenten* spricht man, wenn es wie beim Vitamin A mehrere Verbindungen gibt, die - in unterschiedlichem Ausmaß - eine spezifische Vitaminwirkung entfalten.

10.4 Nomenklatur

Man unterteilt die Vitamine seit langer Zeit aufgrund ihrer Löslichkeiten in *fettlösliche* (Vitamine A, D, E, K) und *wasserlösliche* (Vitamin C und Vitamine der B-Gruppe). Nach den neuen Nomenklaturregeln soll man statt der alten Bezeichnung der Vitamine nach dem Buchstabenprinzip die oft schon von den Entdeckern gewählten Namen der Verbindungen verwenden. Von vielen Vitaminen gibt es mehrere wirksame Verbindungen. Man wählt die wirksamste Form als das eigentliche Vitamin; die anderen Verbindungen werden als Wirk-Äquivalente angegeben.

10.5 Zufuhrempfehlung

Der *Bedarf* an einem Vitamin ist vom Alter, vom Geschlecht und von anderen Faktoren, wie der Zusammensetzung der Nahrung, abhängig. Die Angaben für die wünschenswerte Höhe der täglichen Zufuhr an einem Vitamin (z. B. die Empfehlungen der DGE) enthalten einen über den Bedarf hinausgehenden Sicherheitszuschlag. Die in diesen Tabellen festgelegten Mengen müssen nicht täglich aufgenommen werden; im Durchschnitt eines »mäßig langen Ernährungszeitraumes« (Wochen, Monate) sollte aber die Zufuhr diesen Werten entsprechen. Vom Verbrauch her gesehen, sind diese Angaben Mittelwerte mit einer breiten Streuung nach oben und unten. In der Bevölkerung wird man immer einzelne Personen oder Personengruppen (z. B.

Tab. 15: Nomenklatur der Vitamine

alter Name	neue Bezeichnung (**Trivialnamen**)
fettlöslich	
Vitamin A	all-trans **Retinol**-Äquivalent
Vitamin D	**Cholecalciferol**-Äquivalent
Vitamin E	RRR-α-**Tocopherol**-Äquivalent
Vitamin K	**Phyllochinon**-Äquivalent
wasserlöslich	
Vitamin B_1	**Thiamin**
Vitamin B_2	**Riboflavin**-Äquivalent
Niacin	**Nicotinsäure**-Äquivalent
Vitamin B_6	**Pyridoxin**-Äquivalent
Vitamin B_{12}	**Cyanocobalamin**-Äquivalent
Folsäure	**Folsäure**-Äquivalent
Pantothensäure	**Pantothensäure**-Äquivalent
Biotin	**Biotin**
Vitamin C	**Ascorbinsäure**

Jugendliche, Schwangere oder ältere Menschen) finden, die in ihrer Versorgung erheblich von dem angegebenen Mittelwert abweichen. Liegt die durchschnittliche Zufuhr erheblich über dem als Zufuhr empfohlenen Wert, so ist das Risiko der Unterversorgung bei einzelnen relativ gering; kritisch wird es, wenn beide Werte (Empfehlung und Verbrauch) nahe beieinander liegen, da dann die Gefahr einer zu geringen Zufuhr bei bestimmten Gruppen gegeben ist. Als **kritische Vitamine**[1] gelten für die Bundesrepublik Deutschland die Vitamine B_1, B_2, B_6 und Folsäure (u. a. Nationale Verzehrstudie).

Während die übermäßige Aufnahme von Vitaminen zu Gesundheitsschäden führen kann, wird in jüngster Zeit eine leicht über den Empfehlungen liegende Zufuhr bestimmter Vitamine als positiv diskutiert. Hier gilt der Satz, daß man oft nicht genau weiß, ob ein „etwas Mehr" nicht doch einen positiven Einfluß auf die Gesundheit haben könnte. Während ein Unterschreiten der essentiell notwendigen Zufuhr zu Mangelerscheinungen führt und deshalb leicht meßbar ist, läßt sich der Effekt einer etwas erhöhten Zufuhr nicht eindeutig bestimmen, er ist aber auch nicht auszuschließen.

Eine größere Zufuhr wird besonders für solche Vitamine vorgeschlagen, die neben ihrer spezifischen Funktion noch unspezifisch als Antioxydantien wir-

[1] Vitamine, bei denen die tatsächliche Zufuhr z. T. erheblich unter den Empfehlungen liegt.

ken können: Ascorbinsäure, die Tocopherole und die Carotinoide. Ihre positive Wirkung könnte darin bestehen, daß oxidativ wirkende Stoffwechselmetaboliten wie Peroxidradikale oder Formen von aktivem Sauerstoff im Körper „abgefangen" werden können. Diese Verbindungen können zu Zellveränderungen führen und damit ein Krankheitsrisiko erhöhen.

Wie bereits erwähnt, sind echte, schwere Vitaminmängel überhaupt selten geworden. Der Nachweis der Unterversorgung (latenter Mangel), der mit biochemischen Methoden erfolgt, bedeutet jedoch, daß diese Personen nicht voll gesund und leistungsfähig sind. In den meisten Fällen läßt sich eine Besserung durch eine Ernährungsumstellung bewirken, denn die betroffenen Gruppen begehen meistens grobe Ernährungsfehler.

Die genauen Empfehlungen für die wünschenswerte Höhe der Zufuhr werden bei der Besprechung der einzelnen Vitamine aufgeführt.

10.6 Vitaminmangel und Vitaminüberversorgung

Mit *Avitaminose* bezeichnet man das völlige Fehlen eines Vitamins in der Nahrung. Wird eine gewisse, jedoch den Bedarf nicht deckende Menge zugeführt (Unterversorgung), so spricht man von *Hypovitaminose.* Die Erkennung dieses Unterversorgungszustandes, der durch das Fehlen klinischer Symptome gekennzeichnet ist, bereitet oft erhebliche Schwierigkeiten.

Beim Fehlen eines oder mehrerer Vitamine in der Nahrung kommt es zu Stoffwechselstörungen, die sich beim jugendlichen Organismus in einem verlangsamten Wachstum bemerkbar machen. Da die Körperbestände an den einzelnen Vitaminen sehr unterschiedlich sind, können bis zum Auftreten einer klinisch nachweisbaren Störung unterschiedliche Zeiten (Wochen oder Monate) vergehen. Vorher läßt sich meist mit biochemischen Methoden eine veränderte Stoffwechselsituation, die auf einen Mangel oder eine Unterversorgung (latenter Mangel) hinweist, feststellen. Außer der unspezifischen Wachstumsstörung verursacht das Fehlen eines Vitamins in der Nahrung ein typisches Syndrom (z. B. Ascorbinsäure → Skorbut), das auf einem Ausfall bestimmter Funktionen des Körpers beruht, an denen dieses Vitamin beteiligt ist.

Auslösende Faktoren für **Vitaminmangelzustände** können *ernährungsbedingt* sein:

- *Ökonomische Ursachen:* Geringe Kaufkraft der Bevölkerung ist die Ursache dafür, daß in vielen Entwicklungsländern billige Kohlenhydrate den Hauptbestandteil der Nahrung bilden. Die Nahrung hat einen geringen Fettgehalt. Fettarme, meist pflanzliche Nahrung hat wenig Vitamin A. Außerdem wird die Resorption fettlöslicher Vitamine und Provitamine durch Fettmangel beeinträchtigt.
- *Soziale Ursachen:* Schlechte Wohnverhältnisse begünstigen das Auftreten von Rachitis, der Vitamin-D-Mangelkrankheit, da im Körper vor-

handenes Provitamin nicht umgewandelt werden kann (mangelnde Sonnenlichteinstrahlung).

- *Biologische Ursachen:* Eine für eine normale Versorgung gerade ausreichende Vitaminmenge kann in Zeiten stärkerer Beanspruchung, wie sie in Wachstumsperioden (Kleinkind, Schulkind und Jugendlicher), Schwangerschaft und Laktation vorliegen, unzureichend sein und zu Mangelerscheinungen führen.

- *Verarbeitungsbedingte Ursachen:* Viele Rohstoffe unserer Nahrung müssen verarbeitet werden, um sie vor dem Verderb zu schützen und haltbar zu machen. Jeder Verarbeitungsvorgang ist mit Vitaminverlusten verbunden. Auch beim Kochen und Braten treten Verluste auf, die den Vitamingehalt der Kost herabsetzen können. Ein Teil der Vitamine kann in das Kochwasser übergehen. Lange Koch- und Backzeiten setzen den Vitamingehalt herab. Auch langes Warmhalten der Speisen ist schädlich.

Manchmal kommen auch *Krankheiten* als Ursachen für Vitaminmangel in Betracht:

- *Krankheiten des Magen-Darm-Trakts als Ursache:* Magen- und Darmerkrankungen können die Ausnutzung der Vitamine aus der Nahrung verschlechtern, so z. B. die Resorption fettlöslicher Vitamine durch Gallengangverschluß. Schädigung der Magenschleimhaut führt zur Behinderung der Resorption, besonders beim Vitamin B_{12}.

- *Krankheiten der Leber als Ursache:* Bei Beeinträchtigung dieses für den Stoffwechsel der Vitamine wichtigen Organs findet man Störungen der Umwandlung von Provitaminen in Vitamine, Verwertungsschwierigkeiten und Beeinträchtigung der Speicherung.

Neben Vitaminunterversorgung kann es besonders bei den fettlöslichen Vitaminen zu Vitaminüberversorgung *(Hypervitaminose)* kommen. Während der Körper im Überschuß zugeführte wasserlösliche Vitamine ausscheidet, werden fettlösliche Vitamine gespeichert. Dies kann zu vitaminspezifischen Symptomen führen, z. B. Erbrechen, Durchfall, Blutungen, Kalkablagerungen in Gefäßen, Schilddrüsenstörungen. Gegenüber den Hypovitaminosen treten Hypervitaminosen selten auf.

10.7 Fettlösliche Vitamine

10.7.1 Vitamin A - Retinol

Vitamin A ist eine farblose Verbindung. Sie ist im sauren Medium empfindlich, in Gegenwart von Licht und Luftsauerstoff unbeständig. Der Abbau von Vitamin A wird durch natürliche Schutzstoffe (Antioxidantien, z. B. Tocopherole) verhindert. Provitamin A (β-Carotin) ist ein dunkelorange gefärbtes Terpen, das in der Darmwand oder der Leber durch Spaltung in Retinol übergeht.

Vorkommen: Lebensmittel pflanzlicher Herkunft enthalten nur die Vorstufen des Vitamins. β-Carotin ist in *Gemüse* (Möhre, Spinat) und *Früchten* (Mango,

Tab. 16: Fettlösliche Vitamine

Vitamin	besondere Vitaminlieferanten	Funktion	Zufuhrempfehlung	Hypovitaminose führt zu	Vitaminabbau wird begünstigt durch
Vitamin A	Lebertran, Leber, Käse, Sahne, Butter, Eigelb	Bildung des Sehpurpurs, Synthese von Mucinen	1,0 mg[1] (Mann) 0,8 mg[1] (Frau)	Sehstörung, Nachtblindheit	Lichteinwirkung, Luftsauerstoff, saure Lösungen
Carotin	Möhre, Spinat, Mango, Aprikose				
Vitamin D	Lebertran, Pilze, Eier, Rinderleber, Butter	Knochenbildung	5 μg	Rachitis	Luftsauerstoff
Vitamin E	Getreidekeime, Keimöle, Getreide, Eigelb, Leber	antioxidative Wirkung, Membranstabilität	12 mg[1]	unbekannt	Luftsauerstoff
Vitamin K	Sauerkraut, Rotkohl, Rosenkohl, Leber, Schweinefleisch	Blutgerinnung, Atmungskette	80 μg (Mann) 65 μg (Frau)	Verzögerung der Blutgerinnung	Lichteinwirkung

[1] Angabe in mg-Äquivalent

Aprikose) enthalten. Bei Gemüse wird oft die Eigenfarbe des Carotins durch die intensiv grüne Farbe des Chlorophylls überdeckt.

Im tierischen Organismus wird das mit dem Futter aufgenommene β-Carotin in Retinol umgewandelt. Vitamin-A-reiche Lebensmittel tierischer Herkunft sind *Leber* (besonders die Lebertrane bestimmter Fische), *Milchprodukte* wie Käse und Sahne und das *Eigelb*. Nach gesetzlicher Vorschrift muß die meist aus pflanzlichen Ölen hergestellte Margarine mit Vitamin A angereichert werden, um hierdurch zur Retinolversorgung beizutragen.

Funktionen:

- Beim *Sehvorgang* ist Retinol an der Bildung des *Sehpurpurs* beteiligt und deshalb für den Sehvorgang von Bedeutung.

- Eine allgemeine, noch nicht genau definierte Beteiligung am Wachstum der Epithelzellen der Haut und der Schleimhaut wird vermutet.
- Es liegt eine Wirkung auf die Schilddrüsenaktivität vor, die wahrscheinlich auf eine antagonistische Beziehung zwischen Retinol und Thyroxin zurückzuführen ist.

Mangelerscheinungen: Erste Anzeichen eines Vitamin-A-Mangels äußern sich in *Störungen des Sehvermögens.* Es kommt zur Erschwerung der Dunkeladaptation und schließlich zur Nachtblindheit. Vollständiger und lange anhaltender Mangel führt zur Schädigung der mucösen Membranen der Augen, die austrocknen und verhärten oder sich mit einer Hornhautschicht bedecken. Schäden an der Konjunktiva und Schwächung der Abwehrbereitschaft gegen mikrobielle Infektionen als sekundäre Folgen dieses Mangels können dann zur Blindheit führen.

10.7.2 Vitamin D - Cholecalciferol

Hier kennen wir eine ganze Gruppe chemischer Verbindungen, die Vitamin-D-Wirkung aufweisen. Aus Provitaminen können durch Bestrahlung mit ultraviolettem Licht (Anteil des Sonnenlichts) wirksame Substanzen entstehen. Chemisch gesehen gehören diese Verbindungen zur Gruppe der Sterine.

Vorkommen: Vitamin D selbst ist in hohen Konzentrationen in relativ wenigen Lebensmitteln enthalten; gute Quellen sind *Fischleber* und daraus hergestellte Lebertrane von Dorsch, Makrele, Thunfisch oder Heilbutt. Weniger ist in Lebensmitteln tierischer Herkunft wie *Butter, Eier, Rinderleber* und anderen *Fischen* (Hering, Sardine) enthalten. *Pflanzliche Lebensmittel* sind von größerer Bedeutung für die Versorgung mit Provitaminen, sofern sie Sterine enthalten, die durch Bestrahlung in Vitamin-D-wirksame Verbindungen übergehen. Die Umwandlung kann durch UV-Einwirkung außerhalb des Körpers, hauptsächlich aber im Körper selbst erfolgen. Da diese Provitamine im subcutanen Fettgewebe gespeichert werden, werden sie dort durch den UV-Anteil des Sonnenlichts in Vitamin D überführt.

Funktionen: Die Bedeutung des Cholecalciferols liegt in der *Regulationstätigkeit* für die Aufnahme von Calcium und Phosphat aus der Nahrung und damit in der Regulation dieser Mineralstoffe bei der Knochenbildung. Auch die Ausscheidung der Mineralien über die Niere wird mit beeinflußt.

Mangelerscheinungen: Da Vitamin D an Vorgängen des Knochenstoffwechsels beteiligt ist, führt ein Mangel an diesem Vitamin zu einer *Hemmung der Knochencalcifizierung.* Dies ist besonders auffällig in der Periode des schnellen Knochenwachstums im ersten Lebensabschnitt. Der Knochen ist biegsam, da er weich bleibt. Er verformt sich mit der stärkeren Gewichtsbelastung durch den Körper. Als Folge des Ausbleibens der normalen Verknöcherung kommt es zur Rachitis mit den bekannten Verformungen der Beinknochen, des Brustkorbs und der Kopfknochen. Der Muskeltonus ist herabgesetzt, die Zahnentwicklung verzögert. Rachitis ist nicht nur auf fehlende Vitamin-D-Zufuhr mit der Nahrung zurückzuführen; meist ist die durch schlechte Wohn- und Milieu-Verhältnisse (Hinterhof) verursachte mangelnde Umwandlung von Provitamin D Schuld an der ungenügenden Versorgung.

10.7.3 Vitamin E – Tocopherole

Zu dieser Gruppe gehören eine Reihe fettlöslicher Verbindungen, die sich von einem Tocol genannten Grundkörper ableiten. Provitamine E sind nicht bekannt. Die einzelnen Tocopherole haben eine sehr unterschiedliche biologische Wirksamkeit, die sich deutlich von ihren antioxidativen Wirkungen unterscheidet.

Vorkommen: Tocopherole sind relativ weit in unseren Lebensmitteln verbreitet. *Getreideprodukte* und *Eier* sind gute Vitamin-E-Quellen. Besonders reich sind Getreidekeime und daraus hergestellte Keimöle. Hier findet man oft eine Parallele zwischen den Gehalten an Polyenfettsäuren und an Tocopherolen. So hat Weizenkeimöl mit einem hohen Gehalt an mehrfach ungesättigten Fettsäuren auch einen hohen Tocopherolgehalt. Tierische Fette, Fleisch sowie Obst und Gemüse sind relativ arm an Tocopherolen, soweit in letzteren nicht Öle mit Polyenfettsäuren enthalten sind (z. B. Paprika).

Funktionen: Vitamin E hat *antioxidative Funktionen,* die z. T. auch von anderen Antioxidantien übernommen werden können. Sie beruhen auf dem Abfangen der bei der Oxidation der mehrfach ungesättigten Fettsäuren auftretenden Radikale, die sonst zu Schädigungen im Organismus führen würden. Ob es noch weitere Schutzfunktionen des Vitamin E gibt, weiß man nicht genau. Seine eigentlichen Funktionen und die Wirkungsmechanismen im Organismus müssen noch weiter erforscht werden.

Mangelerscheinungen: Am Erwachsenen sind Tocopherol-Mangelerscheinungen bisher nicht beobachtet worden. Bei Frühgeborenen scheint ein Vitamin-E-Mangel vorliegen zu können, der sich in einer herabgesetzten Stabilität der Erythrocytenmembran äußert und der auf Tocopherolgaben anspricht.

10.7.4 Vitamin K – Phyllochinon

Das zuerst aus Luzernemehl isolierte Vitamin K ist ein gelbliches Öl. Bisher ist noch nicht bekannt, ob der Mensch seinen Bedarf an Vitamin K mit der Nahrung decken muß oder ob die von den Bakterien des Dickdarms, besonders Escheria coli, reichlich gebildeten Vitamin-K-wirksamen Verbindungen für die Bedarfsdeckung sorgen. Es ist jedoch fraglich, ob in diesem Darmabschnitt eine Resorption des Vitamins möglich ist und ob die in den Bakterien enthaltenen Verbindungen ohne weiteres für den Menschen verwertbar sind.

Vorkommen: Vitamin-K-reiche Lebensmittel sind *Blattgemüse, Sauerkraut,* auch *Leber* und *Schweinefleisch.*

Funktion: Vitamin K ist für den Vorgang der normalen *Blutgerinnung* erforderlich, obgleich es selbst kein Bestandteil der Gerinnungsfaktoren ist. Es ist jedoch an der Regulation der Prothrombin- und Faktor VII-Bildung beteiligt.

Mangel: Beim Mangel an Vitamin K beobachtet man eine erhöhte *Neigung zu Blutungen,* da der Prothrombinspiegel absinkt und die Blutgerinnungszeit verlängert wird. Vitamin-K-Mangel beim Menschen kann sekundär durch Störungen der Vitamin-K-Resorption aus dem Verdauungstrakt, des Transports im Organismus oder der Verwertung in der Leber auftreten, wenn z. B. eine Beeinträchtigung dieser Funktionen durch Krankheit vorliegt.

10.7.5 Übersicht über die fettlöslichen Vitamine

Die Resorption der fettlöslichen Vitamine erfolgt gemeinsam mit den Nahrungsfetten. Fettarme Nahrung bewirkt eine Herabsetzung der Resorptionsrate des Carotins. Störungen der Fettresorption durch bestimmte Erkrankungen, die zu Fettstühlen führen, beeinträchtigen immer die Resorption der fettlöslichen Vitamine aus dem Darm (siehe Tab. 16, Seite 85).

10.8 Wasserlösliche Vitamine

10.8.1 Vitamin C – Ascorbinsäure

Ascorbinsäure ist einer der empfindlichsten Nahrungsbestandteile. Luftsauerstoff, hohe Temperaturen und Schwermetallspuren begünstigen die Zerstörung der Ascorbinsäure. Ausschluß von Sauerstoff und Aufbewahrung im Kühl- oder Gefrierfach verzögern den Abbau. Pflanzliche Lebensmittel enthalten manchmal Schutzstoffe (Polyphenole), die die Aufgabe haben, Vitamin C vor der Zerstörung zu bewahren.

Im Überschuß aufgenommene Ascorbinsäure wird, wenn die Gewebe gesättigt sind, im Urin wieder ausgeschieden. Die infektionsverhütende Wirkung hoher Vitamin-C-Gaben ist wissenschaftlich nicht hinreichend belegt.

Vorkommen: Während tierische Lebensmittel und Getreideprodukte kein Vitamin C enthalten, sind *Obst* und *Gemüse* gute bis sehr gute Vitamin-C-Quellen. Citrusfrüchte (Orangen, Zitronen, Grapefruit) und die verschiedenen Kohlarten (Grünkohl, Wirsingkohl, Rosenkohl) enthalten rund 40–100 mg Ascorbinsäure in 100 g, Paprika und schwarze Johannisbeeren 140–180 mg und Sanddornbeeren und Hagebutten 400–1000 mg Ascorbinsäure in 100 g. Man sollte die Angaben als Durchschnittswerte ansehen, da gerade bei diesem empfindlichen Vitamin die Lebensmittel durch unsachgemäßen Transport oder übermäßiges Kochen und Warmhalten praktisch Vitamin-C-frei gemacht werden können. Die ausreichende Vitamin-C-Versorgung ist außerhalb der Obst- und Gemüsesaison durch Gefrierkonserven und Importe von Citrusfrüchten das ganze Jahr über gewährleistet.

Funktion: Ascorbinsäure nimmt am Abbau einiger cyclischer Aminosäuren im Organismus teil. Die Reaktionsme-

Tab. 17: Wasserlösliche Vitamine

Vitamin	besondere Vitaminlieferanten	Funktion	Zufuhrempfehlung	Hypovitaminose führt zu	Vitaminabbau wird begünstigt durch
Vitamin C	Hagebutte, Sanddorn, schwarze Johannisbeere, Paprika, Rosenkohl, Zitrusfrüchte	Kollagensynthese	75 mg	Skorbut	Luftsauerstoff, hohe Temperaturen, Schwermetalle **sehr empfindlich**
Vitamin B_1	Hefe, Schweinefleisch, Getreidekörner, Innereien	Kohlenhydratabbau	1,3 mg (Mann) 1,1 mg (Frau)	Beri-Beri	neutrale bzw. alkalische Lösungen
Vitamin B_2	Innereien, Hefe, Milchprodukte, Eier, Getreidekörner	Coenzyme (Atmungskette)	1,7 mg (Mann) 1,5 mg (Frau)	Schädigung der Schleimhäute	Lichteinwirkung, alkalische Lösungen und Wärme
Niacin	Leber, Hefe, Fleisch, Pilze, grüne Bohnen, Hülsenfrüchte, Kartoffeln	Coenzym (Atmungskette)	18 mg (Mann) 15 mg (Frau)	Pellagra (3-D-Krankheit)	sehr leicht wasserlöslich **sehr stabil**
Vitamin B_6	Leber, Hefe, Fleisch, Getreidekörner, Gemüse	Aminosäurestoffwechsel	1,8 mg (Mann) 1,6 mg (Frau)	Hautschädigungen, Nervenstörungen	**stabil**
Vitamin B_{12}	Innereien, Fleisch, Milchprodukte, Eier	Aminosäurestoffwechsel, Blutbildung	3 μg	Perniciöse Anämie	alkalische Lösungen, hitzebeständig
Folsäure	Leber, Rote Rübe, Wirsing, Chinakohl, Spargel	Aminosäurestoffwechsel	300 μg	Anämie	hohe Temperaturen, Lichteinwirkung
Pantothensäure	Leber, Eigelb, Hefe, Getreidekörner, Weizenkeime	Fettstoffwechsel	6 mg[1]	unbekannt	Hitzeeinwirkung, saure und alkalische Lösungen
Biotin	Innereien, Sojabohne, Hefe, Erbsen (getr.), Nüsse, Gemüse	Fettstoffwechsel	30–100 μg[1]	unbekannt	**stabil**

[1] Schätzwerte für eine angemessene Zufuhr

chanismen sind nicht immer völlig aufgeklärt. Eine Umwandlung von Folsäure in ihre aktiven Formen ist ebenfalls nur in Gegenwart von Ascorbinsäure möglich. Eine ausreichende Versorgung mit Vitamin C ist für die Erhaltung und den Neuaufbau von Bindegewebe notwendig. Hautverletzungen und Knochenbrüche heilen bei reichlicher Ascorbinsäurezufuhr schneller.

Mangelerscheinungen: Beim Fehlen von frischen Lebensmitteln in der Kost, früher z. B. bei langen Segelschiffsreisen oder bei Belagerungen von Städten, kommt es nach 7–8 Monaten zum Ausbruch von *Skorbut,* der für das Zeitalter der Entdeckungen im 16. Jahrhundert charakteristisch war. Skorbut äußert sich in Blutungen im Unterhautgewebe und den Gelenken, geschwollenem und blutendem Zahnfleisch, Lockerung der Zähne, Verzögerung der Wundheilung, erhöhter Knochenbrüchigkeit und Störungen der Herztätigkeit. Die Krankheit ist heute recht selten, am relativ häufigsten kommt sie bei älteren alleinstehenden Menschen und im Anfangsstadium bei falsch ernährten Säuglingen vor (Mehlbrei).

10.8.2 Vitamin B_1 - Thiamin

Unter der Bezeichnung Vitamin-B-Komplex faßt man eine Reihe von wasserlöslichen Verbindungen mit sehr unterschiedlicher Struktur zusammen. Das Vitamin B_1 (Thiamin) ist in seiner Vitaminwirkung streng strukturspezifisch. Geringe Änderungen am Molekül führen zu Antivitaminen oder unwirksamen Verbindungen. Die Stabilität des Thiamins ist günstiger als die der Ascorbinsäure. In sauren Lösungen wird es auch bei hohen Temperaturen nicht zerstört, während es in neutralen oder alkalischen Lösungen abgebaut wird.

Vorkommen: Thiamin ist in vielen Lebensmitteln enthalten, jedoch meist nur in kleinen Mengen. Relativ viel Thiamin findet man in den äußeren Schichten des *Getreidekorns.* Daher ist Vollkornbrot ein wesentlich besserer Thiaminträger als Weißbrot. Als reich an Thiamin sind *Hefeprodukte, Schweinefleisch* und *Herz, Leber, Nieren* anzusehen. In mäßigem Umfang ist Thiamin auch in *Milch, Eier* und *Hülsenfrüchten* enthalten. Nach statistischen Angaben erhält der Verbraucher bei uns das Thiamin zu etwas mehr als der Hälfte aus Lebensmitteln tierischer Herkunft, besonders Schweinefleisch. Der Rest stammt aus pflanzlichen Produkten, wobei besonders Getreideerzeugnisse und *Kartoffeln* von Bedeutung sind.

Funktion: Beim Abbau der Kohlenhydrate wird Glucose über verschiedene Zwischenstufen in Brenztraubensäure (Pyruvat) umgewandelt, die darauf in einem von der Thiaminzufuhr abhängigen Schritt in Acetyl-Coenzym A überführt wird. Thiamin-Mangel führt zu einer Störung des Kohlenhydratstoffwechsels.

Mangelerscheinungen: Eine ungenügende Zufuhr an Thiamin mit der Nahrung führt beim Menschen zu *Ausfallserscheinungen,* die die Muskulatur und das Nervensystem betreffen. Schwerer, fortgesetzter Mangel an Thiamin und eine einseitige, meist kohlenhydratreiche Nahrung führt zur Mangel-Krankheit *Beri-Beri.* Beim Ausbruch der

Krankheit sind außer Thiamin auch noch andere Faktoren mitbeteiligt. Das Vorkommen der heute sehr seltenen Beri-Beri war auf Länder beschränkt, deren Bevölkerung sich überwiegend mit Reis ernährt. Es wurden jedoch nur solche Personen betroffen, die sich mit geschliffenem oder poliertem Reis ernährten, da bei dieser Verarbeitung die nährstoffreichen, thiamin-enthaltenden Außenschichten des Reiskorns als Kleie entfernt werden. Nach Entfernung des »Silberhäutchens« bleibt das fast nur aus Stärke bestehende Innere des Reiskorns (Endosperm) zurück. Man kennt verschiedene Erscheinungsformen der Beri-Beri, die durch Ödeme, Herzversagen und Störungen des Nervensystems gekennzeichnet sind. Beri-Beri kann in allen Altersgruppen auftreten.

10.8.3 Vitamin B_2 - Riboflavin

Riboflavin ist ein gelbes Pulver, welches nicht leicht wasserlöslich ist. Die biologische Wirkung des Riboflavins ist streng strukturspezifisch; geringe Änderungen am Molekül führen zu Aktivitätsverlusten oder Antivitaminen. Die Verbindung ist in saurer Lösung stabil, wird jedoch im alkalischen Milieu in der Wärme leicht zerstört. Durch Lichteinwirkung wird sie ebenfalls abgebaut.

In einigen Ländern wird Riboflavin, mit anderen Vitaminen der B-Gruppe, wie Thiamin, hellen Getreidemehlen zugesetzt, um die durch den Mahlvorgang eingetretenen Verluste an diesen Verbindungen auszugleichen. In Ostasien wird zur besseren Versorgung eine Anreicherung von poliertem Reis mit Vitaminen der B-Gruppe durchgeführt. Es ist jedoch wegen der mangelnden Infrastruktur nicht möglich, an die schlecht versorgten Bevölkerungsgruppen heranzukommen.

Vorkommen: Als gute Quellen für die Vitamine der B-Gruppe gelten im allgemeinen *Vollkornprodukte, Innereien* und *Hefe.* Riboflavin bildet hier eine gewisse Ausnahme. Getreideprodukte enthalten relativ wenig, dagegen sind *Milch, Milchprodukte* und *Eier* reich an Riboflavin.

Funktion: Riboflavin-5-Phosphat ist als Coenzym an der *Zellatmung* (Atmungskette) beteiligt. Es sind etwa 100 Enzyme im Stoffwechsel bekannt, die als Coenzyme Flavin-Adenin-Mononucleotid (FAM) und Flavin-Adenin-Dinucleotid (FAD) aufweisen.

Mangelerscheinungen: Riboflavinmängel leichterer Art werden auch bei uns beobachtet. Die Zeichen für eine Unterversorgung sind im *Gesichtsbereich* zu finden: Rhagaden an den Mundwinkeln, Atrophie der Zungenschleimhaut und Veränderungen der Haut im Bereich von Augen, Nase und Lippen. Da riboflavinhaltige Lebensmittel meist tierischer Herkunft und damit relativ teuer sind, findet man bei ärmeren Bevölkerungsschichten in Entwicklungsländern häufig Riboflavinmangelerscheinungen, die oft mit anderen Ernährungsmängeln kombiniert sind. Ein Mangel wird meist in der Zeit vor der Ernte (Knappheit an Lebensmitteln) beobachtet.

10.8.4 Niacin - Nicotinsäure - Nicotinsäureamid

Zu den Besonderheiten des Niacins gehört es, daß es teilweise im Stoffwechsel aus der ebenfalls essentiellen Aminosäure Tryptophan gebildet werden kann. Der Organismus kann seinen Bedarf daher exogen, d. h. durch Zufuhr von Niacin mit der Nahrung oder endogen, d. h. durch Umwandlung von Tryptophan im Stoffwechsel, decken. Aus 60 mg Tryptophan werden etwa 1 mg Niacin gebildet. Nicotinsäure ist ein Pyridinderivat und ein in Wasser leicht lösliches, weißes Pulver. Die Verbindung ist sehr stabil. Wegen der guten Löslichkeit geht das Niacin allerdings leicht in das Kochwasser über, das deshalb mitverwendet werden sollte.

Vorkommen: Niacin ist in vielen Lebensmitteln enthalten, zum Teil in einer gebundenen Form. Bei unserer üblichen Ernährung ist die Niacinversorgung meist ausreichend. Die Versorgung erfolgt zu etwa 35 % aus Lebensmitteln pflanzlicher Herkunft, besonders *Kartoffeln, Gemüse* und *Obst.* Die anderen 65 % stammen aus tierischen Produkten, besonders *Fleisch. Hefe, Kleie* und *Keime* enthalten reichlich Niacin.

Funktion: Nicotinsäureamid ist ein Bestandteil des Nicotinsäure-Adenin-Dinucleotids und anderer, ähnlich gebauter Verbindungen, die an der *Wasserstoffübertragung* (z. B. Fettsäuresynthese) und an der *Atmungskette* beteiligt sind. Diese Verbindungen sind Bestandteile vieler Enzymsysteme des Körpers.

Mangelerscheinungen: Schwerer Mangel an Niacin führt zur *Pellagra,* einer durch Hautveränderungen und Störungen des Nervensystems gekennzeichneten Krankheit. Sie kommt in Ländern vor, in denen Mais das Grundnahrungsmittel ist. Das Niacin in Mais ist nicht ohne weiteres verfügbar. Maisprotein enthält auch wenig Tryptophan, so daß eine Umwandlung der Aminosäure in dieses Vitamin nicht möglich ist. Verbessert man die Ernährung, z. B. durch Zulagen von Milchprodukten oder Eiern, so bessert sich die Krankheit, da diese Lebensmittel zwar wenig Niacin enthalten, aber reich an Tryptophan sind. Man bezeichnet Niacinmangel auch als *3-D-Krankheit,* weil Schäden an der Haut (Dermatitis), im Verdauungstrakt (Diarrhoe) und im Nervensystem (Dementia) auftreten.

10.8.5 Vitamin B_6 - Pyridoxin

Bei diesem Vitamin kennt man 3 wirksame Verbindungen, die im Organismus in Pyridoxalphosphat überführt werden können. Es handelt sich um Abkömmlinge des Pyridins.

Vorkommen: Vitamin B_6 ist in Lebensmitteln pflanzlicher und tierischer Herkunft reichlich enthalten. Besonders reiche Quellen sind *Leber, Fleisch, Vollkornprodukte* und *Gemüse.*

Funktion: Pyridoxinphosphat ist im Stoffwechsel an der Übertragung von Aminogruppen beteiligt und deshalb *Coenzym* der Transaminasen. Da Pyridoxin am Stoffwechselweg des Abbaus von Tryptophan zu Niacin beteiligt ist, bewirkt eine ungenügende Zufuhr von Pyridoxin eine Blockierung dieses Stoffwechselweges. Anstelle von Niacin wird ein sonst nur in geringer Menge auftretendes Nebenprodukt, die Xanthinsäure, gebildet und im Urin ausgeschieden. Diese Reaktionsfolge verwendet man zum Nachweis eines Pyridoxinmangels.

Mangelerscheinungen: Die enge Verknüpfung des Vitamins mit dem Stoffwechsel der Aminosäuren führt bei einer ungenügenden Versorgung zu erheblichen Mangelerscheinungen, wie *Veränderungen des Stoffwechsels des Nervengewebes,* zu *Hautschäden* (Dermatitis, Cheilosis) und *Anämie.* Durch die bei Mangel eintretende Beeinträchtigung der Tryptophan-Umwandlung in Niacin kann Vitamin-B_6-Mangel auch am Auftreten der Pellagra mitbeteiligt sein.

10.8.6 Vitamin B_{12} Cobalamin

Die chemische Struktur des Vitamin B_{12} ist sehr kompliziert. Die Verbindung enthält als einziges Vitamin einen anorganischen Bestandteil, das Kobalt, dessen lebensnotwendige Bedeutung für den Menschen damit bewiesen wurde. Cobalamin ist ein rotgefärbtes, leicht wasserlösliches Pulver. Es ist hitzebeständig, wird allerdings im alkalischen Bereich leicht zerstört. Am Molekül sind kleine Veränderungen möglich, ohne daß es zu einer Beeinträchtigung der Wirksamkeit kommt. Man bezeichnet die Gruppe der Vitamin-B_{12}-wirksamen Verbindungen als *Corroide.*

Vorkommen: Nur bestimmte Mikroorganismen sind befähigt, Cobalamin zu bilden. Die Versorgung von Mensch und Tier erfolgt daher indirekt oder direkt (fermentierte Lebensmittel) über das von den Mikroorganismen hergestellte Vitamin B_{12}. Gute Träger für das Vitamin sind *Innereien, Fleisch, Milchprodukte* und *Eier.* Pflanzliche Produkte enthalten kein Vitamin B_{12}.

Funktion: Vitamin B_{12} ist an der Entwicklung bestimmter Körperzellen *(Reifung der roten Blutkörperchen)* beteiligt. Es erfüllt als *Coenzym* z. B. der Methylmalonat-Isomerase ähnliche Funktionen wie die anderen Vitamine der B-Gruppe.

Die Resorption des Vitamins B_{12} ist komplizierter als bei den anderen Vitaminen. Das mit der Nahrung aufgenommene Vitamin (extrinsic factor) wird durch Kombination mit einer in der Magenschleimhaut gebildeten Verbindung (intrinsic factor) zu einem resorptionsfähigen Komplex. Beim Fehlen der Verbindung wird nur sehr wenig Cobalamin resorbiert.

Mangelerscheinungen: Ungenügende Versorgung mit Cobalamin äußert sich am ehesten bei Zellen mit hoher Teilungsgeschwindigkeit. Man findet Schäden im *blutzellenbildenden Gewebe des Knochenmarks* und im *Verdauungstrakt.* Im Knochenmark findet man abnormale Zellen (Megaloblasten). Das *Nervensystem* wird ebenfalls beeinflußt.

Das Krankheitsbild des Vitamin-B_{12}-Mangels ist die *perniciöse Anämie,* daher ist eine alte Bezeichnung für das Vitamin Antiperniciosafaktor. Durch eine im Mangel auftretende Schädigung der Magenschleimhaut wird die

Resorption des evtl. mit der Nahrung noch zugeführten Cobalamins weiter verschlechtert.

10.8.7 Folsäure

Hier kennt man eine Reihe wirksamer Verbindungen, die sich jedoch nicht in der Grundstruktur, sondern in der Anzahl der Glutaminsäurereste am Molekül unterscheiden. Die eigentlich wirksamen Faktoren sind hydrierte Formen der Folsäure, die am C_1-Stoffwechsel (Übertragung von Methyl-[CH_3-]Gruppen) beteiligt sind.

Vorkommen: Gute Quellen für Folsäure sind *frische, grüne Gemüse* und *Leber*. Man hat angenommen, daß bei der Versorgung mit Folsäure keine Probleme auftreten, bis sich herausstellte, daß bei der Zubereitung der Kost erhebliche Verluste an Folsäure auftreten können.

Mangelerscheinungen: Im Mangel beobachtet man eine *Megaloblasten-Anämie* durch Störungen der Blutzellenbildung. Derartige Krankheiten treten in Entwicklungsländern häufig auf. Bei uns wird Folsäuremangel manchmal während der Schwangerschaft oder bei Patienten mit Resorptionsstörungen nachgewiesen.

10.8.8 Pantothensäure

Wirksam ist die Pantothensäure als Baustein des Coenzyms A, das im Stoffwechsel für die Übertragung von Acetylgruppen (Säurereste) notwendig ist. Pantothensäure ist in Lebensmitteln so weit verbreitet, daß ein Mangel beim Menschen unbekannt ist. Pantothensäure ist in neutraler Lösung stabil, sie wird aber durch Hitze, Säure oder Alkali leicht zerstört.

10.8.9 Biotin

Biotin ist im Stoffwechsel an der Biosynthese von Fettsäuren beteiligt. Einen Mangel beim Menschen kann man nur künstlich mit einer Kost erzeugen, die viel rohes Eiereiweiß enthält, da das hierin enthaltene **Avidin** (ein Protein) Biotin komplex bindet und damit der Resorption entzieht. Durch Kochen oder Braten der Eier wird das Avidin denaturiert und unwirksam. An den Versuchspersonen traten nach Verabfolgung von Versuchskost (Eiklar und Rotwein) nach 10 Tagen die ersten, untypischen *Mangelerscheinungen* wie Müdigkeit, Abgeschlagenheit, Kopfschmerzen und Appetitverlust auf. Danach aber entwickelten sich die für Biotinmangel typischen *Symptome:* Muskelschmerzen, trockene Haut und Veränderungen an der Zungenschleimhaut. Die Symptome verschwanden, wenn täglich 0,15–0,3 mg Biotin zugeführt wurden. Biotin ist reichlich in *Leber, Niere* und *Hefeextrakten* enthalten; auch in *Hülsenfrüchten, Nüssen* und einigen *Gemüsesorten* kommt es vor.

10.8.10 Übersicht über die wasserlöslichen Vitamine

Die gemeinsamen Eigenschaften der wasserlöslichen Vitamine sollen noch einmal in kurzer Form dargestellt werden, wobei die Ascorbinsäure nicht mit einbezogen wird. Die Spezifität der Verbindungen ist sehr groß. Da sie als Bestandteile von Enzymen bestimmte Stoffwechselabläufe regulieren, führen Änderungen in der Struktur meist zum Verlust der Wirksamkeit oder zu Antivitaminen.

Die Speicherfähigkeit des Körpers (Reservekapazität) ist unterschiedlich ausgeprägt. Die im Stadium der Gewebesättigung enthaltene Menge an wasserlöslichen Vitaminen reicht für einige Tage, Wochen, Monate und Jahre (z. B. bei den Vitaminen B_1 1–2 Wochen, B_2, B_6, C und Niacin 2–6 Wochen, Folsäure 3–4 Monate und B_{12} 3–5 Jahre). Bei einer Unterbrechung der empfohlenen Zufuhr lassen sich in Abhängigkeit von dem einzelnen Vitamin vor dem Auftreten von klinischen Mangelerscheinungen biochemische Veränderungen im Stoffwechsel nachweisen. Da die Vitamine direkt am Zellstoffwechsel beteiligt sind, sind Gewebe mit hoher Aktivität wie Innereien (Leber, Herz, Niere) oder Hefe meist gute Quellen für Vitamine. Ähnliches gilt für die Außenschichten des Getreidekorns und die Hülsenfrüchte.

Vitaminverluste können generell zwei Ursachen haben:

- Abbau oder Zerstörung durch oxidative Vorgänge (Instabilität);
- Verluste durch Austreten der Vitamine in das Kochwasser (Wasserlöslichkeit) (siehe Tab. 17, Seite 82).

10.9 Vitaminreiche Lebensmittel

Da es kein Lebensmittel gibt, das bei den üblichen Verzehrmengen alle für den Menschen notwendigen Vitamine enthält, gewährleistet nur eine *gemischte Kost* die ausreichende Versorgung mit Vitaminen. Es gibt allerdings zwei Lebensmittelgruppen – nämlich *Obst* und *Gemüse* –, die von großer Bedeutung für die Zufuhr von Vitaminen und Mineralstoffen sind.

Der Verbrauch von Obst und Gemüse hat seit 1955 stetig zugenommen und blieb seit 1984 ungefähr auf der erreichten Höhe. 1986/87 lag der Konsum von Frischobst bei 95 kg pro Kopf und Jahr und von Gemüse bei 77 kg pro Kopf und Jahr.

(Die meisten der in Abb. 13 dargestellten Lebensmittel wurden bereits bei den anderen Nährstoffen diskutiert. Jetzt sollen vor allen Dingen die wichtigen Vitaminträger Obst und Gemüse behandelt werden.)

10.9.1 Obst

Unter dem Begriff Obst versteht man die saftigen, fleischigen Früchte mehrjähriger Pflanzen, die oft auch im rohen Zustand verzehrt werden können. Als Schalenobst werden auch manche Samenkerne, wie Nüsse und Mandeln, zum Obst gerechnet.

Das Obst wird von Holzgewächsen oder Staudengewächsen geerntet, die meist angebaut werden. Daneben gibt es noch die Wildfruchtarten, wie Sanddorn, Holunder und Hagebutte. In sei-

Abb. 13: Vitaminhaltige Lebensmittel

ner ernährungsphysiologischen Bedeutung ist Obst durch seine Energiearmut (Ausnahme: Schalenobst) und seinen hohen Gehalt an Wasser, Vitaminen, Mineralstoffen sowie Ballaststoffen charakterisiert. Die in einigen Obstarten (Äpfel, Quitten, Johannisbeeren) reichlich enthaltenen Pektine quellen im Darm. Ein akuter Darmkatarrh kann aus diesem Grund mit geriebenen Äpfeln behandelt werden.

Hinzu kommt der ausgesprochen angenehme Geschmack vieler Obstarten, der auf einen ausgeglichenen Gehalt an Aromastoffen, niedrigmolekularen, süßschmeckenden Zuckern und Fruchtsäuren zurückzuführen ist. Die Qualitätsanforderungen an Obst und Gemüse sind in den sogenannten Handelsklassen-Verordnungen festgelegt.

Der nachfolgende **Obstkatalog** bringt eine allgemein übliche Aufstellung der Obstarten:

- *Kernobst:* Äpfel, Birnen, Quitten; Äpfel und Birnen für den Frischverzehr als Tafelobst sowie als Mostobst zur Herstellung von Apfelsaft, Marmelade und Gelees;
- *Steinobst:* Kirschen, Aprikosen, Pfirsiche, Pflaumen;
- *Beerenobst:* Himbeeren, Brombeeren, Erdbeeren, Johannisbeeren, Stachelbeeren, Heidelbeeren, Preißelbeeren, Weintrauben;
- *Schalenobst:* Walnüsse, Haselnüsse sowie andere Nußarten;
- *Südfrüchte:* Citrusfrüchte, Bananen, Ananas, Feigen, Datteln. Unter der Bezeichnung „Südfrüchte" faßt man eine ganze Reihe aus verschiedenen Pflanzenfamilien stammender Früchte zusammen, die gemeinsam haben, daß sie in den Tropen oder Subtropen angebaut werden.

Obst ist – wenn man vom Trockenobst absieht – nur *begrenzt lagerfähig*, wobei große Unterschiede in der Haltbarkeit bestehen. Frische Erdbeeren verderben z. B. nach kurzer Zeit; bei geeigneter, kühler Lagerung sind dagegen manche Apfelsorten monatelang haltbar.

Die typische Zusammensetzung des Obstes ist durch hohen Wassergehalt bis 90 %, einen Kohlenhydratanteil bis 10 % (Ausnahme: Weintrauben, Ananas, Bananen) und einen Fruchtsäureanteil gekennzeichnet. Der Gehalt an Vitaminen (besonders an Ascorbinsäure, Thiamin, Riboflavin, Niacin, Pantothensäure und Carotinen) ist starken Schwankungen unterworfen. Diese sind nicht von Art zu Art oder von Sorte zu Sorte vorhanden, sondern werden auch bei der gleichen Sorte vom Standort, dem Klima, dem Erntetermin und den Anbaubedingungen beeinflußt. Das sollte man bei der Berechnung, z. B. des Vitamin-C-Gehaltes, berücksichtigen und nicht die Angaben auf Stellen nach dem Komma aus der Lebensmittel-Tabelle berechnen. Der dort angegebene Wert ist ein langjähriger Durchschnittswert, der zwar zutreffend sein kann, jedoch meist starken Schwankungen nach oben und nach unten unterliegt. Es empfiehlt sich deshalb, bei der Berechnung der Lebensmittel als Vitaminträger nur von guten, mäßigen oder schlechten Vitaminträgern zu sprechen. Wer es ganz genau wissen will, kommt um die chemische Bestimmung des Gehaltes kaum herum.

Die bei der Obsternte anfallenden Mengen sind viel zu groß, um im direkten Verzehr bewältigt zu werden. Daher hat man sich schon seit langem bemüht, die Haltbarkeit der Früchte durch geeignete Maßnahmen zu verlängern. Große Bedeutung hat die Herstellung von *Obstkonserven* in Gläsern oder Dosen, im Haushalt als »Einwecken« bekannt. Für die Konservierung ist nur Obst von bester Qualität verwendbar; bei der Herstellung von Obstkonserven wird eine Zuckerlösung zugegeben. Auch tiefgefrorenes Obst wird häufig erst nach Zugabe einer Zuckerlösung oder von Trockenzucker eingefroren. Tiefgefrorenes Obst soll bei mindestens -18 °C gelagert werden.

Ein altes Verfahren zur Verlängerung der Haltbarkeit ist die Herstellung von Trockenobst, die in südlichen, warmen Ländern durch Sonnentrocknung von Aprikosen, Birnen, Feigen, Datteln und Weintrauben (Rosinen) erfolgt. In modernen Verfahren der Lebensmitteltechnologie wird das Obst im Bandtrockner bis auf etwa 70 °C erhitzt und bis auf einen Restwassergehalt von etwa 20 % getrocknet. Zur Verhütung von Bräunungsreaktionen wird manchmal mit Schwefeldioxid vorbehandelt.

Weiterhin werden die wertvollen Inhaltsstoffe der Früchte unter Zerstörung der Fruchtform in andere haltbare Produkte überführt. Hierzu gehören die Herstellung von Konfitüren, Marmeladen, Gelees und Mus sowie die Bereitung von Säften, Süßmosten, Saftkonzentraten oder Obstsirupen aus einer der mehreren Obstarten.

Die Produkte sollten kühl gelagert werden, um Veränderungen im Nährwert (besonders den Abbau von Vitaminen sowie Aromastoffen) möglichst zu vermeiden.

10.9.2 Gemüse

Frische, nicht trockene Teile meist einjähriger Pflanzen bezeichnet man als Gemüse.

Man kann die Gemüse nach der Nutzung der Organe und nach dem botanischen System einteilen. Für die Ernährungspraxis ist die folgende Gliederung sinnvoll:

- *Wurzelgemüse:* Knollensellerie, Meerrettich, Möhre, Radieschen, Rettich, Rote Bete, Schwarzwurzel, Wurzelpetersilie;
- *Zwiebelgemüse:* Fenchel, Porree, Schalotte, Zwiebel;
- *Stengelgemüse:* Spargel;
- *Blatt- und Stielgemüse:* Blattpetersilie, Bleichsellerie, Chicorée, Endivie, Feldsalat, Kopfsalat, Löwenzahn, Mangold, Rhabarber, Schnittlauch, Spinat, Stielmus;
- *Fruchtgemüse:* Aubergine, Gurke, Kürbis, Melone, Paprika, Tomate, Wassermelone, Zucchini, Zuckermais;
- *Hülsengemüse:* Bohne, Erbse;
- *Kohlgemüse:* Blumenkohl, Broccoli, Chinakohl, Grünkohl, Kohlrabi, Rosenkohl, Rotkohl, Weißkohl, Wirsing.

Kartoffeln werden manchmal auch zu den Gemüsen gerechnet, da sie in ihrem hohen Wassergehalt, geringem Energiewert sowie ihrem Vitamin- und Mineralstoffgehalt viel mit den Gemüsen gemeinsam haben. Gemüse besitzen allerdings meist einen höheren Anteil an Ballaststoffen; auch erscheint wegen der immer noch hohen Verbrauchsmenge an Kartoffeln gegenüber den Gemüsen eine Abgrenzung sinnvoll. Der Konsum liegt mit ca. 75 kg pro Kopf und Jahr bei beiden fast gleich hoch. Die Kartoffeln wurden im Abschnitt Kohlenhydrate abgehandelt.

Gemüse sind wie das Obst *energiearm.* Die besondere ernährungsphysiologische Bedeutung der Gemüse beruht auf ihrem Gehalt an *Vitaminen* (Carotin, Vitamine der B-Gruppe und Vitamin C). Bei den Mineralstoffen überragt das Kalium; daneben findet man Calcium, Phosphor und Eisen sowie viele Spurenelemente. Gemüse sind natriumarm. Von den Kohlenhydraten findet man Glucose, Fructose und Saccharose; von den Polysacchariden ist die Stärke vorhanden. Daneben sind wichtige Ballaststoffe wie Cellulose und Pektine enthalten.

Die *Haltbarkeit* von Frischgemüse ist begrenzt. Besonders empfindlich sind Blattgemüse wie Salat. Es genügen schon ungünstige Transportbedingungen oder längeres Lagern im Laden nach der Ernte, um einen Nährwertverlust zu bewirken. In eine Kategorie mit etwas längerer Haltbarkeit gehören Tomaten, Gurken, grüne Bohnen und Spargel. Noch länger kann man die Kohlarten und Wurzelgemüse lagern, wobei sorten- und artenbedingt Unterschiede bestehen. Die Haltbarkeit von Gemüse läßt sich erhöhen. Da es sich im allgemeinen bei den ablaufenden Vorgängen um chemische Reaktionen handelt, die temperaturabhängig sind, bewirkt eine Aufbewahrung im Kühlraum, unter Herabsetzung der Reaktionsgeschwindigkeit, eine längere

Haltbarkeit des aufbewahrten Produktes.

Ein sehr altes Verfahren zur Haltbarmachung von Gemüsen ist das *Einsäuern* durch Milchsäuregärung. Die Verschiebung des pH-Wertes in den sauren Bereich erhöht die Haltbarkeit. Typische Beispiele hierfür sind Sauerkraut und saure Bohnen. Von größerer Bedeutung ist die *Konservierung* von Gemüse in Dosen oder Gläsern. Wie bei dem noch zu besprechenden Verfahren der Herstellung von tiefgefrorenem Gemüse sollten zur Herstellung von Gemüsekonserven möglichst frische Rohprodukte verwendet werden, d. h. die Verarbeitung sollte unmittelbar nach der Ernte und nach möglichst kurzer Transportbelastung erfolgen, um eine gute Qualität zu erzielen. Aus schlechter Rohware kann man keine gute Konserve herstellen.

Nach der üblichen Vorbereitung und Zubereitung der Ware, die sich zwar nicht im Prinzip, aber in den Dimensionen von der im Haushalt unterscheidet, werden die Produkte blanchiert. Unter **Blanchieren** versteht man ein kurzzeitiges Erhitzen des Gemüses durch Behandlung mit heißem Wasser oder Dampf. Ähnlich wie beim Kochen im Haushalt wird hierdurch eine Inaktivierung der Enzyme, eine Herabsetzung der Keimzahl, eine Austreibung der im Gewebe eingeschlossenen Luft und gelegentlich auch das Auftreten eines bestimmten Geschmacks bewirkt. Als Nachteil des Blanchierens – auch hier ist die Parallele zum Haushalt gegeben – sind die Auslaugverluste für Vitamine und Mineralstoffe anzuführen, die man aber durch bestimmte Verfahrensführung geringhalten kann. Nach dem Füllen der Dosen und Gläser wird eine 1–2 %ige Kochsalzlösung als Aufgußflüssigkeit, manchmal auch geringe Mengen Zucker oder Citronensäure, zugesetzt. Danach erfolgt die Sterilisation im Autoklaven.

Als jüngstes Verfahren zur Herstellung von Gemüse-Dauerwaren ist die Produktion von *tiefgefrorenem* und *gefriergetrocknetem Gemüse* anzuführen. Dabei werden zunächst die bei der Herstellung von Dosenkonserven erforderlichen Schritte der Zu- und Vorbereitung sowie des Blanchierens durchgeführt. Danach wird das Erzeugnis ohne Verwendung von Aufgußflüssigkeit (Vermeiden von Verlusten durch Auslaugen) entweder verpackt oder unverpackt im Gefriertunnel tiefgefroren. Sachgemäß erzeugtes und aufbewahrtes Gemüse ist mindestens ein Jahr haltbar. Die Gefriertemperatur bei der Lagerung sollte bei -18 °C oder tiefer liegen. Bei der Verwendung von tiefgefrorenem Gemüse sollte man, je nach Vorschrift, das Produkt vorher auftauen oder aus dem gefrorenen Zustand heraus erhitzen. Tiefgefrorene Gemüse stehen, was Geschmack, Struktur und Farbe, aber auch den eigentlichen Nährwert – also den Vitamin- und Mineralstoffgehalt – anbetrifft, in ihren Werten dem Rohprodukt, also dem Frischgemüse, näher als die Dosenkonserven.

Als letzte Möglichkeit der Haltbarmachung ist die Herstellung von *Gemüsesäften* zu erwähnen.

10.9.3 Verarbeitungshinweise

Sollen bei der Verarbeitung von Lebensmitteln die Vitamine möglichst weitgehend ohne Wertverlust erhalten bleiben, muß man einige Regeln beachten. Die meisten davon wurden bereits vorher angesprochen und werden hier noch einmal zusammengefaßt erwähnt und ergänzt.

Während die Lebensmittel, welche **fettlösliche Vitamine** enthalten, *mit einem Zusatz von Fett* verzehrt werden müssen, damit diese ihre Wirkung entfalten können, sollen die **wasserlöslichen Vitamine** enthaltenden Lebensmittel möglichst *wenig mit Wasser in Berührung kommen*, um Auslaugungen zu vermeiden. Deshalb ist z. B. ein Möhrenrohkostsalat mit Öl anzurichten. Das Knabbern einer Möhre als Zwischenmahlzeit zur Deckung des Vitamin-A-Bedarfs ist wertlos. Beim Garen von Gemüse ist es sinnvoll, dieses in Pflanzenölen bzw. -fetten zu dünsten, die mehrfach ungesättigte Fettsäuren enthalten. Ebenso sind Salate besonders mit solchen Ölen zu marinieren.

Zum Erhalt der wasserlöslichen Vitamine sollen Gemüse erst unmittelbar vor dem Garen oder dem direkten Verzehr geputzt, gewaschen bzw. zerkleinert werden. Nach der Vorbereitung muß das Gemüse möglichst schnell durch Dünsten oder Dämpfen zubereitet werden.

Warmhalten über längere Zeit und Wiederaufwärmen von Speisen ist zu vermeiden, da hierbei erhebliche Nährwertverluste eintreten.

11 Wasser

11.1 Bedeutung

Alle bisher behandelten Nährstoffe sind organische Verbindungen (Kohlenstoffverbindungen). Genauso wichtig wie diese sind für die menschliche Ernährung einige anorganische Verbindungen bzw. einzelne chemische Elemente, die im weiteren zu behandeln sind.

Wasser ist der wichtigste anorganische Bestandteil des menschlichen Organismus. Er setzt sich zu ca. 60 % aus Wasser zusammen. Auch der größte Teil unserer Nahrung besteht daraus, sei es in Form von Trinkwasser und Getränken oder als Bestandteil der Lebensmittel.

Die Bedeutung des Wassers liegt in seiner Funktion als:

- *Lösungsmittel* für anorganische Salze, organische Verbindungen und Gase; es ist Transportmittel für die Nährstoffe (extrazelluläres Wasser).
- *Zellbaustein:* Wasser ist wesentlicher Bestandteil der Zellen (intrazelluläres Wasser).
- *Dielektritum:* Durch die unterschiedliche Wasserstoffionenkonzentration im intra- und extrazellulären Wasser wird der Stoffaustausch zwischen den Zellen und der Gewebsflüssigkeit ermöglicht.
- *Wärmeregulator:* Durch mehr oder weniger starkes Ausscheiden von Wasser durch die Haut (Schwitzen) entsteht unterschiedliche Verdunstungskälte, die zur Wärmeregulation des Körpers dient.

11.2 Zufuhrempfehlung

Es ist wichtig, die **Wasserbilanz** des Organismus aufrechtzuerhalten. Normalerweise beträgt die *Wasseraufnahme* eines Erwachsenen in 24 Stunden ca. 2,5 l; davon nimmt man etwa 1,2 l als Getränk zu sich, 1 l ist in Speisen enthalten. 0,3 l stammen aus Oxidationswasser; dieses entsteht beim Abbau der Nährstoffe oder bei der Veresterung von Fettsäuren mit Glycerin (siehe Kap. 9.2).

Durch *Wasserausscheidung* wird dem Körper Wasser entzogen, mit dem Harn ungefähr 1,4 l, dem Kot 0,1 l, über Haut und Lungen 1 l. Damit liegt die Wasserausscheidung genauso hoch wie die Wasserzufuhr. Es gilt die Faustregel, daß das Harnvolumen etwa so groß sein soll wie die Getränkezufuhr; dies betrifft Erwachsene in gemäßigtem Klima. Der Richtwert für die Höhe der Gesamtzufuhr von Wasser beträgt beim Erwachsenen etwa 1 ml/kcal

(≈ 250 ml/MJ). Durchfall, Erbrechen oder starkes Schwitzen sind mit größerem Wasserverlust verbunden, der über erhöhte Wasserzufuhr ausgeglichen werden muß, so daß der Wasserbedarf auf einige Liter ansteigen kann.

Die Leistung für den Wasserumsatz wird durch Herz und Niere erbracht. Ist eines oder sind beide Organe beeinträchtigt, wodurch die Wasserabgabe gestört wird, können bei Steigerung der Wasseraufnahme Ödeme auftreten.

Die Wasserregulation erfolgt mit Hilfe des Durstes über das Durstzentrum im Hypothalamus. Dort gebildete Hormone steuern in Zusammenarbeit mit der Niere das Durstgefühl.

11.3 Getränke

11.3.1 Trinkwasser

Trinkwasser, das rechtlich als Lebensmittel gilt, unterliegt der Trinkwasserverordnung. Es muß festgesetzte, analytisch kontrollierbare Anforderungen erfüllen. Das heißt, Trinkwasser muß z. B. klar und farblos sowie ohne fremdartigen Geschmack und Geruch sein. Wenn keine Naturwässer zu Verfügung stehen, muß das später für Trinkwasserzwecke verwendete Rohwasser erst gereinigt und aufbereitet werden, ehe es an den Verbraucher abgegeben wird. Oft muß es mit Chlor versetzt werden, um den bakteriologischen Anforderungen zu entsprechen. Gutes Wasser ist für die Herstellung von Getränken aus Teeblättern und Kaffeebohnen von großer Bedeutung.

Die *Wasserhärte* wird durch den Gehalt an Calcium- und Magnesiumsalzen bestimmt. Beide Kationen liegen meist als Hydrogencarbonate vor. Beim Kochen von hartem Wasser bilden sich aus den Hydrogencarbonaten die unlöslichen Carbonate, die sich als Kesselstein an den Gefäßwänden ansetzen.

11.3.2 Alkoholfreie Getränke

Zu den alkoholfreien Getränken zählen: Mineral- und Tafelwasser, Limonade, Fruchtsäfte, Fruchtnektare, Fruchtsaftgetränke, Kaffee, Tee.

Mineralwässer müssen aus Quellen stammen und eine Mindestmenge an gelösten Salzen oder an Kohlendioxid enthalten. Richtlinien für die Abfüller oder Hersteller sind in der Verordnung über Mineral- und Tafelwasser im Lebensmittelrecht aufgeführt. Im Gegensatz zu natürlichem Mineralwasser wird Tafelwasser künstlich hergestellt; es kann eine Mischung verschiedenartiger Wässer sein, der Zutaten, wie z. B. Sole, Meerwasser, bestimmte Mineralsalze, Kohlendioxid, zugegeben werden. Die Zutaten müssen auf dem Etikett angegeben werden.

Limonaden werden unter Zusatz von Kohlendioxid bereitet. Wesentlich ist ihr Zuckergehalt, der mindestens bei 7 % liegen soll. Der Geschmack dieser Getränke wird durch Zusatz von Essenzen oder auch von Fruchtsäften bestimmt. Cola-Getränke haben z. B. einen Zuckergehalt von 10 %; außerdem wird ihnen zur Säuerung Phosphorsäure zugesetzt.

Fruchtsäfte sind meist durch Wärmebehandlung (Pasteurisieren) haltbar gemachte, unvergorene Säfte; der Fruchtanteil beträgt 100 %. Der Saft wird mechanisch aus dem genießbaren Teil von frischen Früchten (z. B. Kernobst, Zitrusfrüchten, Wildfrüchten) gewonnen. Auch Gemische von Säften mehrerer Fruchtarten sind im Handel. Säfte aus Fruchtkonzentraten weisen gewisse Aromaverluste auf. Diese Erzeugnisse müssen durch die Angabe, z. B. »aus Orangensaftkonzentrat«, neben der Saftbezeichnung gekennzeichnet sein.

Fruchtnektare werden aus Fruchtsaft, -mark oder Konzentraten unter Zusatz von Wasser und Zucker hergestellt. Der Gehalt an Fruchtsaft ist gesetzlich festgelegt und beträgt zwischen 25 % und 50 %. Die Mindestfruchtgehalte müssen auf der Verpackung in der Nähe des Produktnamens angegeben sein. Die anspruchsvolle Bezeichnung Nektar verleitet den Verbraucher fälschlicherweise zu einer höheren Einschätzung. Dabei wird übersehen, daß Fruchtnektar praktisch ein mit Zuckerwasser verlängerter Fruchtsaft ist.

Fruchtsaftgetränke werden meist auf der Basis von Fruchtsäften und Fruchtessenzen hergestellt. Der Fruchtanteil liegt je nach Fruchtsorte zwischen 6 % (Zitrusfrüchte) und 30 % (Kernobst- und Traubensäfte). Kohlensäure ist durchweg nicht enthalten. Wenn diese Getränke nicht vitaminisiert werden, ist ihr eigener Vitamingehalt häufig unbedeutend.

Zur Herstellung von **Kaffee** verwendet man die gerösteten Samen bestimmter Coffea-Arten. Durch Rösten entwickeln sich Aroma- und Geschmacksstoffe in der Kaffeebohne, die dem Getränk den typischen Geschmack verleihen. Durch Mischen der verschiedenen Sorten erhält man unterschiedliche Geschmacksrichtungen, die entsprechend den Erwartungen des Verbrauchers in den einzelnen Ländern hergestellt werden. Die anregende Wirkung des Kaffees beruht überwiegend auf seinem Gehalt an Coffein (1,3–2 % der Kaffeebohne). Eine Tasse Kaffee enthält etwa 0,1 g Coffein; die gleiche Menge ist etwa in 1 Liter Cola-Getränk enthalten. Zur Herstellung von *entcoffeiniertem* oder *coffeinarmen* Kaffee wird dem Rohkaffee das Coffein durch Extraktion ganz oder teilweise entzogen. Trocknet man Kaffee-Aufgüsse ein, so erhält man Pulverkaffee oder löslichen Kaffee (Sprühtrocknung).

Als Rohstoff für **Tee** verwendet man die Knospen und jungen Blätter von Thea-Arten, und zwar in der unfermentierten Form als grünen Tee – hauptsächlich in Ostasien – oder in der fermentierten Form, als den bei uns allgemein üblichen schwarzen Tee. In Europa wurde der Tee erstmalig im 17. Jahrhundert bekannt; er wurde zu der Zeit hauptsächlich in Ostasien angebaut. Im vorigen Jahrhundert kam Indien als Großanbaugebiet hinzu; heute versucht man den Plantagenbau auch in Ostafrika. Teeblätter enthalten bis zu 3 % Coffein. Die anregende Wirkung des Tee-Getränks ist – wie beim Kaffee – in der Hauptsache wohl auf diesen Coffeingehalt zurückzuführen. Allerdings ist die anregende Wirkung von Kaffee und Tee verschieden, was für eine Beteiligung anderer, für Kaffee und Tee unterschiedlicher Substanzen bei der Wirkung spricht. Bei der Fermentation des Teeblatts werden im Tee enthaltene Katechine oxidiert und in ihrer Struktur verändert. Teefarbe und Teearoma sind mit diesen Vorgängen gekoppelt.

11.3.3 Alkoholische Getränke

Eine weitere Gruppe von Getränken ist durch einen Alkoholgehalt in unterschiedlicher Höhe gekennzeichnet. Hierzu gehören Bier, Wein und Spirituosen. Der in den Getränken enthaltene Äthylalkohol entsteht durch Gärung. Hierunter versteht man den durch eine Reihe von Enzymen gesteuerten Abbau von Glucose zu Äthanol und Kohlendioxid. In kleinen Mengen fallen außerdem noch Nebenprodukte an, wie Glycerin und Ester, die zur Verbesserung des Geschmacks erwünscht sind, aber auch Fuselöle, die unerwünscht sind. Alkohol wirkt in kleinen Mengen anregend; regelmäßig und in größeren Mengen getrunken, führt er jedoch zu Leberschädigungen und Trunksucht.

Bier: In der Bundesrepublik betrug 1987 der Pro-Kopf-Verbrauch an Bier 145 Liter. In Deutschland gilt, im Gegensatz zu anderen Ländern, ein aus dem 16. Jahrhundert stammendes Reinheitsgebot, welches besagt, daß Bier nur aus Gerstenmalz, Hopfen und Wasser unter Hefezusatz hergestellt werden darf. Man unterscheidet verschiedene Biertypen nach Farbe (helle und dunkle Biere), der Art des Hopfenzusatzes (z. B. Pilsner oder Münchner Bier) und dem Brauverfahren (ober- und untergärige Biere).

Als »**alkoholfrei**« gelten Biere mit max. 0,5 % Alkohol, solche mit max. 1,5 % Alkohol als »**alkoholarm**«. Vollbiere (»normales« Bier) hat einen Alkoholgehalt von 3–4,5 %. Auch »Leichtbiere« kommen dem Trend nach energie- und alkoholärmeren Bieren entgegen. Sie dürfen höchstens 60 % des Nährstoffgehaltes von Vollbier haben (vgl. Kap. 13.2).

Wein: Gegenüber dem Bierverbrauch ist der Verbrauch an Wein in der Bundesrepublik gering. Ähnlich wie beim Bier ist auch beim Wein in den letzten Jahren ein konstanter Verbrauch zu beobachten.

Wein erhält man durch alkoholische Gärung des frischen Safts der Trauben des Weinstocks. Auch Sekt bzw. Schaumwein, Dessertwein und Fruchtwein zählen zu den Weinen.

Spirituosen: Gegenüber Wein und Bier zeichnen sich Spirituosen durch einen höheren Alkoholgehalt aus, der mindestens 30 Volumen- % betragen muß. Da ein derartig hoher Alkoholgehalt nicht direkt durch alkoholische Gärung erreicht werden kann, gewinnt man Spirituosen durch Destillieren (Brennen) alkoholhaltiger Lösungen.

12 Mineralstoffe

12.1 Bedeutung

Die meisten Bestandteile unserer Nahrung sind organischer Natur, neben dem Wasser gibt es aber auch anorganische Verbindungen, die wesentliche Funktionen im Organismus erfüllen. Diese werden Mineralstoffe genannt. Aufgrund ihres mengenmäßigen Vorkommens und der Höhe ihres Bedarfs bezeichnet man einige von ihnen als Mineralstoffe im engeren Sinne, andere als Spurenelemente.

Die **Mineralstoffe im engeren Sinn** haben folgende Aufgaben:

- Veränderung der chemisch-physikalischen Eigenschaften des Lösungsmittels Wasser;
- Stützfunktionen als Bausteine der harten Gewebe (Knochen).

Die **Spurenelemente** liegen oft in Form biologisch aktiver Verbindungen vor:

- Eisen als Zentralatom im Hämoglobin;
- Zink als Cofaktor von Enzymen;
- Jod als Teil von Schilddrüsenhormonen und
- Kobalt als Bestandteil von Vitamin B_{12}.

Salze von Mineralstoffen und Spurenelementen werden zur Anreicherung von Lebensmitteln verwendet. Die Begründung hierfür soll am Beispiel des Calciums erläutert werden.

In unserer Ernährungssituation ist eine optimale Versorgung mit Calcium schwierig, wenn der Verzehr an Milch und Milchprodukten gering ist. Diese Lebensmittel stellen einen großen Teil des Nahrungscalciums. In allen Lebensabschnitten ist jedoch eine ausreichende Calciumzufuhr notwendig. Im Kindesalter sollte sie reichlich sein, um eine genügend große Knochenmasse beim Eintritt in das Erwachsenenalter zu erreichen. Der danach langsam einsetzende Knochenabbau verstärkt sich im Alter und führt durch abnehmende Knochendichte zu einer erhöhten Knochenbrüchigkeit.

Mit Calciumsalzen lassen sich ohne Probleme viele Lebensmittel anreichern, so z. B. Obstsäfte und Getränke, die von Jugendlichen anstelle von Milch getrunken werden. Aber auch Grundnahrungsmittel wie Brot oder Backwaren kommen hierfür infrage.

Einige Mineralstoffe kommen in der Nahrung und im Organismus häufig gemeinsam vor. Sie werden deshalb im folgenden auch gemeinsam behandelt. Es wird nicht mehr in Mineralstoffe im engeren Sinn oder Spurenelemente unterschieden.

12.2 Natrium, Kalium, Chlorid

Diese Gruppe bezeichnet man oft auch als die *Elektrolyte* (geladene Teilchen) *der Körperflüssigkeiten*; sie tragen wesentlich zu den Eigenschaften des Körperwassers bei.

Die Menge an Natrium im Körper beträgt etwa 100 g, die Menge an Kalium etwa 150 g. Die Verteilung von Natrium und Kalium im Körper hängt mit ihrer Funktion zusammen. Beim Natrium sind etwa 60 % des Bestandes in der extrazellulären Flüssigkeit zu finden und etwa 10 % intrazellulär, während die restlichen 30 % im Knochen vorliegen. Kalium ist dagegen zu fast 98 % intrazellulär lokalisiert; $^{4}/_{5}$ der Menge befindet sich im Skelettmuskel. Das Chlorid ist noch weitgehender als das Natrium extrazellulär nachweisbar.

Stoffwechsel: Natrium, Kalium und Chlorid werden vollständig aus dem Magen-Darm-Trakt resorbiert. Die Ausscheidung und damit die Aufrechterhaltung des Körperbestandes ist bei Natrium und Kalium unterschiedlich. Die Natriumbilanz wird durch die Niere geregelt, die einen Natriumüberschuß durch Ausscheidung rasch beseitigt und beim Mangel die Abgabe herabsetzt oder ganz unterbindet. Dagegen wird Kalium immer, auch bei ungenügender Zufuhr, ausgeschieden, da die Rückresorption durch die Niere unvollständig ist. Chlorid entspricht in seinem Verhalten etwa dem Natrium.

Funktion: Während der osmotische Druck außerhalb der Zellen in den extrazellulären Flüssigkeiten von den Natrium- und Chlorid-Ionen aufrechterhalten wird, ist Kalium für den intrazellulären Druck verantwortlich. Kalium und Natrium haben spezifische Wirkungen bei der Erregbarkeit von Nerven und Muskeln; sie aktivieren auch eine Anzahl von Enzymen. Chlorid ermöglicht das Vorliegen einer hohen Säurekonzentration im Magensaft.

Zufuhrempfehlung: Da über den Schweiß Mineralstoffe abgegeben werden, muß bei hohen Wasserverlusten durch Schwitzen nicht nur Wasser, sondern auch Kochsalz aufgenommen werden, um den Verlust auszugleichen. Erhöhte Natriumaufnahme bewirkt eine vermehrte Kaliumausscheidung im Urin und umgekehrt. Kaliumreiche Lebensmittel sind meist pflanzlichen Ursprungs (Obst, Gemüse), während die Natrium- bzw. Chloridzufuhr über das Salzen der Speisen mit Kochsalz überreichlich gedeckt wird. Als geschätzter täglicher Mindestbedarf werden 550 mg Natrium und 2000 mg Kalium sowie 830 mg Chlorid angenommen. Die tatsächliche Aufnahme beträgt beim Kalium etwa 3 g und bei Natrium ungefähr das Fünffache.

Natriummangel tritt nach starken Verlusten an Natrium durch Schwitzen und ungenügende Kochsalzzufuhr auf. Kaliummangel kann außer bei ungenügender Zufuhr auch bei Erbrechen und Durchfall vorkommen.

12.3 Calcium, Phosphor, Magnesium

Der Körperbestand in dieser Dreiergruppe von Mineralien ist sehr unterschiedlich. Calcium liegt mit 2 % der Körpermasse, also 1–1,5 kg mengenmäßig an der Spitze der Mineralstoffe überhaupt. Phosphat steht dem kaum nach mit etwa 1 % der Körpermasse, also 550–800 g. 99 % des Calciums und etwa 80 % des Phosphats ist in den Knochen lokalisiert.

Das restliche Phosphat ist in organischer Form als energiereiche Ester gebunden und von großer Bedeutung bei der Erzeugung und Verwertung aus der Nahrung im Stoffwechsel. Daneben nimmt sich Magnesium mit einem Körperbestandteil von nur 20 g recht bescheiden aus. Ein Teil des Magnesiums ist im Skelett fixiert. Das Ion ist als Bestandteil von Enzymen von Bedeutung.

Stoffwechsel: Die Resorption von Calcium im Dünndarm ist von der Art der angebotenen Calcium-Verbindung und der Höhe der Calciumzufuhr abhängig. Sie geht in Kombination mit der Phosphataufnahme vor sich. Entstehen von Komplexen oder die Bildung unlöslicher Salze können die Aufnahme herabsetzen. In Lebensmitteln vorkommendes Oxalat und Phytat bilden unlösliche Calciumsalze, die kaum resorbiert werden. Die Phosphatresorption wird durch Vorliegen schwerlöslicher Phosphate, z. B. des Aluminiums oder Eisens, beeinträchtigt. Die Regulation der Calcium- und Phosphataufnahme im Darm erfolgt durch Vitamin D, außerdem wird die Resorption durch Protein beeinflußt. Die Aufnahme von Magnesium geht in ähnlicher Weise, jedoch wahrscheinlich ohne Beteiligung von Calciferol, vor sich.

Funktion: Der geringe, in löslicher Form vorliegende Calciumanteil – entweder als Ion, als Citratkomplex oder an Protein gebunden – erfüllt wichtige Funktionen im Organismus. Wirksam ist nur das ionisierte Calcium, z. B. bei der Reizübertragung der peripheren Nerven und der Muskeln sowie als Faktor bei der Blutgerinnung. Im Knochen hat es eine Stützfunktion.

Das Phosphat hat unter anderem die gleiche Funktion. Es ist außerdem an vielen Reaktionen im Organismus beteiligt. Phosphat ist ein bedeutendes Anion in der Zelle. Es ist ein essentieller Bestandteil der Nukleinsäuren. Bei vielen Vitaminen der B-Gruppe erhält man die wirksame Form im Organismus erst durch Übertragung von Phosphatresten auf das Vitamin. Die Energieübertragung im Organismus läuft in der Hauptsache über Adenosintriphosphat; der Energieumsatz erfolgt durch Auflösung oder Knüpfung von Phosphatbindungen. Auch beim Abbau der Kohlenhydrate treten phosphorylierte Verbindungen auf. Weitere phosphorhaltige Verbindungen sind die Phospholipide. Zwischen den drei Ionen gibt es Wechselbeziehungen, die durch Einwirken weiterer Faktoren kompliziert werden. So wirken Calcium und Magnesium auf die neuromuskuläre Erregbarkeit und auf die Verkalkung des Knochengewebes ein.

Zufuhrempfehlung: Der genaue Calciumbedarf ist schwierig festzulegen. Es gibt Länder mit einer Tagesaufnahme von nur 0,3 g (Philippinen) bis zu einigen Gramm (Finnland), ohne daß sich Calciummangel oder -überversorgungsanzeichen feststellen lassen. In der Bundesrepublik Deutschland betrug die Calciumaufnahme 1983 im Durchschnitt 0,7 g/Tag. Dies entspricht fast den empfohlenen Werten (900 mg/Tag für den Erwachsenen). Eine höhere Zufuhr ist für Schwangere und Stillende und, prozentual gesehen, auch für Kinder und Jugendliche notwendig, um neue Knochensubstanz bilden zu können.

Die wichtigste Calciumquelle ist die Milch, wobei es gleichgültig ist, ob Voll- oder Magermilch getrunken wird. Bei der Calciumaufnahme mit der Nahrung in der Bundesrepublik Deutschland entfallen knapp $^2/_3$ des Calciums auf Milch und Milchprodukte.

Die obligate und gut verträgliche Zufuhr von Phosphor beträgt 1400 mg/Tag für den Erwachsenen. Da Phosphat in vielen Lebensmitteln vorkommt, ist Mangel beim Menschen nicht bekannt. Recht gute Quellen für Phosphat sind diejenigen Lebensmittel, die auch reich an Calcium und Protein sind.

Der *Bedarf an Magnesium* wird mit *350* bzw. *300 mg/Tag* angegeben. Ein alimentär bedingter Mangel beim Menschen ist nicht bekannt, da Magnesium Bestandteil vieler pflanzlicher Lebensmittel ist. Bei besonderen Stoffwechselsituationen, z. B. Störungen des Magen-Darm-Traktes, kann jedoch ein Mangel auftreten, der sich z. B. in einer veränderten neuromuskulären Erregbarkeit (Tetanie) und in einer Beeinflussung der Herzfunktion äußern kann.

12.4 Eisen

Der Eisenbestand des Körpers beträgt 4-5 g. Eisen dient zum Transport und zur Speicherung von Sauerstoff (Hämoglobin, Myoglobin). Das Eisen bildet mit einem Phorphyrinring die prosthetische Gruppe Häm, die in Kombination mit Protein (Globin) als wirksame Verbindung vorliegt. Eine weitere Funktion des Eisens ist die Beteiligung an Enzymsystemen, die zur Verwertung des Sauerstoffs im Organismus dienen. Für Transport- und Speicherzwecke liegen Verbindungen des Eisens mit anderen Proteinen, z. B. Transferrin, Ferritin und Hämosiderin, vor. Etwa die Hälfte des im Körper vorhandenen Eisens ist im Blut lokalisiert.

Von dem mit der Nahrung aufgenommenen Eisen werden normalerweise nur 10–15 % resorbiert, d. h. die Bioverfügbarkeit ist begrenzt. Allerdings kann die Aufnahme nach starken Blutverlusten ansteigen. Die normale Eisenaufnahme beträgt nur 1–2 mg Eisen/Tag, bei einer Zufuhr von etwa 10–15 mg. Die Ausscheidung von Eisen erfolgt hauptsächlich mit dem Kot.

Leichte Eisenmangelzustände findet man vor allem bei Frauen, bei Kindern und Säuglingen. Als Ursachen für den Mangel ist bei Frauen der regelmäßige Blutverlust bei der Menstruation anzusehen. Da Muttermilch relativ arm an Eisen ist, ist der Säugling auf seine geringen Vorräte angewiesen, die etwa 200–400 mg Eisen betragen und etwa nach 4 Monaten aufgebraucht sind. Danach muß eine ausreichende Eisenversorgung aus der Nahrung erfolgen. Lebensmittel mit gutem Eisengehalt sind Leber, Eier und Fleisch, aber auch Gemüse, Getreideprodukte und Kartoffeln. Eisen in Fleisch und Fleischprodukten wird besser resorbiert als Eisen aus pflanzlichen Lebensmitteln; zudem fördert Fleisch auch die Eisenresorption aus pflanzlicher Nahrung.

Eisenmangel äußert sich im Auftreten einer mikrocytären und hypochromen Anämie und in einem Abfall des Erythrocytenvolumens sowie der Hämoglobinkonzentration im Blut.

12.5 Zink

Der Zinkbestand des Menschen liegt bei 1–2 g. Mit der Nahrung werden etwa 10 mg/Tag zugeführt, wovon allerdings, ähnlich wie beim Eisen, nur 1–2 mg resorbiert werden. Nicht resorbiertes Zink wird mit dem Kot ausgeschieden. Die Zinkausscheidung im Urin liegt bei etwa 0,5 mg Zink/Tag. Zink ist essentieller Bestandteil einer Reihe von Enzymen. Es gibt weitere Enzyme, deren Aktivität durch Zinkionen erhöht oder herabgesetzt wird. Reich an Zink sind die Testes und die Inselzellen des Pankreas, aber auch in Erythrocyten, Iris und Retina des Auges (Vorliegen von Zinkkomplexen) sind relativ hohe Zinkkonzentrationen nachweisbar. Es gibt noch viele ungeklärte Fragen im Zusammenhang mit der physiologischen Funktion dieses Ions.

Zinkmangel beim Menschen tritt bei Lebercirrhose bei Alkoholikern und bei Proteinmangelkrankheiten in Entwicklungsländern auf. Zum Nachweis eines Zinkmangels beim Menschen ist eine Bestimmung an den Haaren geeignet; die Zinkwerte sinken beim Vorliegen eines Mangels unter den Normalwert ab.

12.6 Kupfer

Alle Gewebe des menschlichen Körpers enthalten Spuren an Kupfer; allerdings beträgt die Gesamtkupfermenge nur Bruchteile eines Gramms, nämlich 100–150 mg. Von dem mit der Nahrung zugeführten Kupfer, etwa 2–3 mg, wird nur ein geringer Teil resorbiert. Kupfermangel vermindert die Eisenverwertung. Eine ungenügende Zufuhr an Kupfer kann zu einer Eisenmangelanämie führen. Im Blut ist Kupfer an ein Globulin gebunden, das Coeruloplasmin heißt. Kupfer ist Bestandteil von mehreren Enzymen, die meist an Oxidations-Reduktions-Mechanismen der Zelle beteiligt sind.

Muttermilch ist kupferarm. Deshalb hat das Neugeborene in der Leber größere Kupferreserven als der Erwachsene. Mit diesen Reserven wird der Kupferbedarf der ersten Monate gedeckt.

12.7 Mangan

Der Manganbestand des Menschen wird mit etwa 20 mg angegeben, die angemessene Manganzufuhr mit 2–5 mg/Tag. Die Transportform im Blut ist das Transmanganin; hierin ist Mangan in biologisch nicht wirksamer dreiwertiger Form an ein Globulin gebunden. Mangan ist als Aktivator einer Reihe von Enzymen bekannt (z. B. Arginase). Bei einigen dieser Enzyme kann die Aktivierung allerdings außer durch Mangan auch durch andere Metallionen, z. B. Magnesium, erfolgen.

Manganmangelerscheinungen beim Menschen sind nicht bekannt. Im Tierversuch führt eine zu geringe Manganzufuhr u. a. zu Störungen des Knochenstoffwechsels.

12.8 Molybdän

Der Körperbestand des Menschen an Molybdän wird auf 20 mg geschätzt, bei einer Molybdänzufuhr von etwa 0,1–0,2 mg/Tag. Das Molybdän ist ein essentieller Nahrungsbestandteil, obgleich man Mangelsymptome noch nicht beobachtet hat. Die Flavinenzyme enthalten außer dem Molybdän meist noch Eisen. Transport- und Speicherform des Molybdäns sind nicht bekannt. Ein Überschuß an Molybdän führt zu Vergiftungserscheinungen. Man hat diese Erscheinungen an Tieren beobachtet, deren Futter von Böden stammte, die einen hohen Molybdängehalt aufwiesen. Auch beim Menschen sind die als Folgen einer zu hohen Molybdänzufuhr auftretenden Knochenveränderungen (Genu valgum) beschrieben. Wahrscheinlich wird der Stoffwechsel des Kupfers durch Molybdän gestört.

12.9 Kobalt

Die Notwendigkeit der Zufuhr dieses Elements für den Menschen wurde endgültig durch die Entdeckung des Vitamins B_{12} bewiesen. Der Kobaltbedarf des Menschen wird durch den Cobalaminbedarf bestimmt. Die durchschnittliche Tageszufuhr mit der Nahrung liegt etwa zwischen 5 und 10 μg. Hiervon wird jedoch nur ein Teil resorbiert. Beim Kobalt ist die Spanne zwischen erforderlicher Menge und toxischer Dosis sehr gering. Schon relativ kleine Mengen über den Bedarf führen zu einer Hemmung der Zellatmung.

12.10 Jod

Im menschlichen Körper sind ca. 30 mg Jod enthalten; davon sind allein 8–10 mg in der Schilddrüse nachweisbar. Die Schilddrüse verfügt über die höchste Jodkonzentration im Organismus. Die empfohlene Jodzufuhr beträgt 0,2 mg pro Tag. Die Jodzufuhr erfolgt insbesondere durch jodhaltiges Trinkwasser und jodiertes Kochsalz. Auch Fische und andere Meeresprodukte haben einen hohen Jodgehalt.

Das mit der Nahrung aufgenommene Jodid wird schnell aus dem Verdauungstrakt resorbiert. Ein Teil des Jods gelangt in die Schilddrüse und wird dort nach Oxidation an Tyrosin unter Bildung von Mono- und Dijodotyrosin gebunden. Diese dienen als Vorstufen für das Hormon Thyroxin, mit drei oder vier Jodatomen im Molekül. Die Jodaufnahme ist vom Aktivitätszustand der Schilddrüse abhängig.

Durch Sekretion von Schilddrüsenhormon wird der Grundumsatz, die Blutzirkulation und der Status des Bindegewebes kontrolliert. Bei mangelnder Jodzufuhr über Nahrung und Trinkwasser kommt es zum Auftreten des *endemischen Kropfes*, der als eine kompensatorische Hypertrophie der Schilddrüse anzusehen ist. Das häufige Vorkommen dieser Mangelerscheinung in abgelegenen Gebirgstälern läßt sich dadurch erklären, daß aufgrund der Jodarmut des Bodens im Gebiet erzeugte Lebensmittel und das Trinkwasser kaum Jod enthalten. Eine Abhilfe läßt sich hier durch Gebrauch von jodiertem Kochsalz schaffen. Es wurde festgestellt, daß eine ungenügende Versorgung mit Jod weit häufiger ist, als man gemeinhin annimmt.

Jodiertes Speisesalz darf in der Bundesrepublik Deutschland seit 1989 nicht nur im Haushalt, sondern auch in Einrichtungen der Gemeinschaftsverpflegung und bei der Lebensmittelherstellung verwendet werden. Damit wird ein sicherer Beitrag zur Jodversorgung geleistet.

12.11 Fluor

Fluorid ist in wechselnden Mengen im Trinkwasser enthalten; besonders harte Wasser sind oft reich an Fluorid. Unter den Lebensmitteln sind Tee und Seefisch relativ fluoridreich. Fluorid wird – ähnlich wie Chlorid – aus der Nahrung schnell aufgenommen; die Ausscheidung erfolgt mit dem Urin.

Fluorid bewirkt, wenn es in Mengen von etwa 1–2 mg/Tag zugeführt wird, eine Härtung des Zahnschmelzes. Wegen der Zunahme der Karieshäufigkeit hat man in einigen Ländern Untersuchungen angestellt. Durch eine Fluoridanreicherung des Trinkwassers wird eine Herabsetzung der Karieshäufigkeit bei Jugendlichen erreicht.

12.12 Toxische Mineralstoffe

Neben den bisher genannten Mineralstoffen können in Lebensmitteln bisweilen weitere Elemente nachgewiesen werden, denen vermutlich keine physiologische Bedeutung zukommt (Aluminium, Silicium, Silber, Gold), und andere, die bereits in kleinen Mengen toxisch wirken (Blei, Quecksilber, Arsen, Cadmium, Selen). Grundsätzlich gibt es für jeden Mineralstoff eine toxisch wirkende Dosis; für die hier angegebenen Mineralstoffe ist diese Dosis besonders niedrig. Deshalb werden vom Gesetzgeber und der Weltgesundheitsorganisation (WHO) Grenzwerte für den Gehalt an diesen Mineralstoffen in den Lebensmitteln vorgegeben. Pflanzliche Lebensmittel und Muskelfleisch von Schlachttieren enthalten keine nennenswerten Mengen dieser Elemente. Dagegen können Innereien von Schlachttieren, von Wild (Kontamination durch Speicherung in Ausscheidungsorganen) und Fische je nach Fanggebiet stärker belastet sein. In der Nähe von Hüttenwerken und stark befahrenen Straßen können auf Pflanzen erhöhte Bleigehalte vorkommen.

Die Bleibelastung durch pflanzliche Lebensmittel läßt sich bis zu 70 % redu-

Tab. 18: Übersicht – Mineralstoffe

Mineralstoff	besondere Mineralstofflieferanten	Zufuhrempfehlung[1]	Funktion
Natrium	Kochsalz	5 g (Kochsalz)	Regulation des osmotischen Drucks außerhalb der Zellen, Erregbarkeit von Muskeln und Nerven, Enzymaktivator
Kalium	Getreide, Spinat, Avocado, Grünkohl, Kartoffel, Banane	2 g[2]	Regulation des osmotischen Drucks innerhalb der Zellen, Erregbarkeit von Muskeln und Nerven, Enzymaktivator
Chlorid	Kochsalz	5 g (Kochsalz)	Regulation des osmotischen Drucks außerhalb der Zellen, Salzsäurebildung im Magen
Calcium	Käse, Milch, Joghurt, Quark, Hülsenfrüchte	900 mg	Reizübertragung, Blutgerinnung, Stützfunktion (Knochenaufbau)
Phosphor	Käse, Hülsenfrüchte, Milch, Joghurt, Quark	1 400 mg[3]	Bestandteil der Nukleinsäuren, Energieübertragung, Kohlenhydratabbau
Magnesium	Spinat, Fenchel, Zuckermais, Grünkohl, Bohnen	350 mg (Mann) 300 mg (Frau)	Neuromuskuläre Erregbarkeit, Verkalkung des Knochengewebes
Eisen	Leber, Eigelb, Hülsenfrüchte, Spinat, Schwarzwurzel, Mangold, Getreide, Fleisch	10 mg (Mann) 15 mg (Frau)	Blutbildung, Sauerstofftransport, Bestandteil von Enzymen
Zink	Leber, Weizen, Rindfleisch	15 mg (Mann) 12 mg (Frau)	Insulinsynthese, Bestandteil von Enzymen des Kohlenhydrat- und Eiweißabbaus
Kupfer	Bohne (getr.), Getreide, Eigelb, Hering, Kabeljau	1,5–3 mg[4]	Hämoglobulinsynthese, Enzymbestandteil
Mangan	Getreide, Hülsenfrüchte, Rote Rübe, Spinat, Grünkohl	2–5 mg[4]	Enzymaktivator
Molybdän	Hülsenfrüchte, Getreide, Nüsse	75–250 μg[4]	Bestandteil von Enzymen
Kobalt	Hülsenfrüchte, Rinderleber, Getreide	unbekannt (Bestandteil des Vitamins B_{12})	Zentralatom von Vitamin B_{12}
Jod	Fisch, Möhre, Broccoli, Spinat, Grünkohl, Feldsalat	200 μg	Bestandteil des Schilddrüsenhormons, Regulation des Grundumsatzes
Fluor	Wasser, Tee (schwarz), Fisch	1,5–4 mg[5]	Härtung des Zahnschmelzes

[1] DGE 1991
[2] Geschätzter täglicher Mindestbedarf
[3] Obligate und gut verträgliche Zufuhr
[4] Schätzwert für eine angemessene Zufuhr
[5] Richtwert zur angemessenen Gesamtzufuhr (Nahrung, Trinkwasser und Supplemente)

zieren, indem die Pflanzen vor dem Verzehr gründlich gewaschen werden, da sich das Blei vor allem auf der Pflanzenoberfläche befindet.

12.13 Mineralstoffreiche Lebensmittel

Mineralstoffe sind vor allem in solchen Lebensmitteln enthalten, die auch reich an Vitaminen sind. Einzelne Mineralstoffe kommen häufig zusammen mit anderen Nährstoffen vor. Zum Beispiel Calcium mit Protein in der Milch, Kalium mit Kohlenhydraten in Getreideprodukten. Fast alle Lebensmittel enthalten neben anderen Nährstoffen auch Mineralstoffe. Bei einer ausgewogenen Ernährung ist die Versorgung mit Mineralstoffen demnach sichergestellt.

12.14 Verarbeitungshinweise

Mineralstoffe gehören in bezug auf die Behandlung bei der Nahrungszubereitung zu den weniger empfindlichen Nährstoffen. Da es sich um chemische Elemente und anorganische Verbindungen handelt, können sie bei der Nahrungszubereitung nicht zerstört werden. Sie können aber sehr wohl verlorengehen, weil sie beim Garen teilweise in die Garflüssigkeit gelangen (Auslaugen). Wie zum optimalen Ausnutzen der in der Nahrung enthaltenen wasserlöslichen Vitamine sollte zum vollständigen Verwerten der Mineralstoffe die Garflüssigkeit bei der Speisenzubereitung mit verwendet werden.

Durch Waschen von Lebensmitteln entstehen keine Mineralstoffverluste; die lebensnotwendigen Mineralstoffe sind in die Zellstruktur eingebunden. Dagegen können toxische Mineralstoffe auf der Oberfläche von pflanzlichen Lebensmitteln haften. Diese werden durch gründliches Waschen größtenteils entfernt.

Ein großes Ernährungsproblem ergibt sich aus der *überhöhten Verwendung von Kochsalz* (Natriumchlorid). Salz hebt wie jedes Gewürz den Geschmack der Speisen, was den Appetit anregt und damit der Verdauung förderlich ist. Leider neigen deshalb viele zu übermäßigem Salzverbrauch. Der tägliche Natriumbedarf wird durch vorgefertigte Lebensmittel wie Brot, Käse, Wurst bei weitem gedeckt. Zusätzliches Salzen bei der Nahrungszubereitung muß sich zum Vermeiden überhöhter Natriumzufuhr (Bluthochdruck) auf ein Minimum beschränken.

Zur *Aufrechterhaltung des Jodhaushalts* im Körper empfiehlt es sich, anstelle des normalen Speisesalzes jodiertes Speisesalz zu verwenden. In Gebieten, in denen im Trinkwasser nicht genügend Jod enthalten ist, kann damit der Jodunterversorgung (Kropfbildung) vorgebeugt werden.

Wie oben festgestellt wurde, liegt die Zufuhr von Calcium noch nicht im emfohlenen Bereich. Die Resorption des Calciums kann durch den Verzehr oxalsäurehaltiger Lebensmittel wie Spinat, Rharbarber, Kakao, Stachelbeeren ungünstig beeinflußt werden, da Calcium als Oxalat gebunden wird und so der Resorption entgeht. Zum Ausgleich sollte der Verzehr von Milch und Milchprodukten erhöht werden.

13 Ernährungsformen

13.1 Konventionelle Ernährung

Die »herkömmlichen« Ernährungsgewohnheiten der deutschen Bevölkerung, die in den Ernährungsberichten der DGE periodisch analysiert und bewertet werden, kann man als **konventionelle Ernährung** bezeichnen. Dieses Ernährungsverhalten mit all seinen Schwächen und Fehlern wurde in Kap. 2 (Ernährungssituation) beschrieben. Man muß sich darüber im klaren sein, daß gravierende Änderungen, wie sie wünschenswert wären, kurzfristig nicht zu erwarten sind. Denn das tägliche Essen und Trinken, von vielen Faktoren gesteuert und reguliert, stellt eine verhältnismäßig feste und dauerhafte Verhaltensweise dar. Sie ist »traditional« bestimmt, d. h. es handelt sich um überlieferte Verhaltensmuster, die durch Sozialisationsprozesse vermittelt werden. Somit werden sie schon frühzeitig im Leben ausgebildet und sind eingebettet in ein System von Traditionen und Bräuchen, von religiösen Vorstellungen, von Vorurteilen und lokalen oder regionalen Besonderheiten. Ihre »soziale Genese« muß man sich vergegenwärtigen, wenn es darum geht, Ernährungsgewohnheiten auf der Grundlage des aktuellen Wissensstandes zu bewerten. Was heute aus ernährungsphysiologischer Sicht als Fehlernährung einzuordnen ist, kann gleichwohl in Einklang mit der sozialen Umwelt stehen.

Es handelt sich dann nicht um ein abweichendes Verhalten, sondern um Gewohnheiten, die in der Orientierung an sozialen Normen und Standards gewachsen und gefestigt sind. Deshalb darf man sich auch hinsichtlich Ausmaß und Schnelligkeit möglicher Wandlungen keinen Illusionen hingeben.

13.2 Vollwertige Ernährung

Vollwertig oder ausgewogen ist die Ernährung dann, wenn sie *alle Nährstoffe in der richtigen Menge und Zusammensetzung* enthält. Dabei muß nicht jede Mahlzeit, ja nicht einmal jeder tägliche Speiseplan die Forderung nach ausgewogener Ernährung erfüllen. Die Nährstoffbestände, manchmal auch Nährstoffspeicher im Körper sorgen dafür, daß der Organismus seine Systeme und Funktionen aufrechterhalten kann, auch wenn ihm nicht laufend durch die Nahrung sämtliche Nährstoffe zur Verfügung gestellt werden. Mittel- und langfristig ist der Körper aber darauf angewiesen, daß er mit den lebensnotwendigen Nährstoffen versorgt wird.
Um die ernährungswissenschaftliche

Abb. 14: Der Ernährungskreis (DGE)

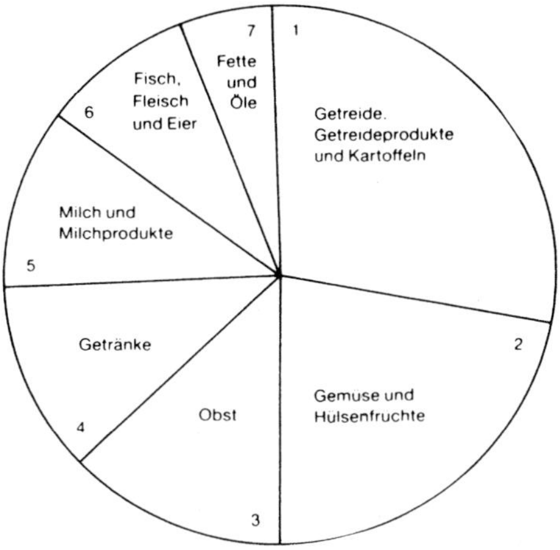

Der Ernährungskreis teilt die Lebensmittel in 7 Gruppen ein. Wenn Sie Lebensmittel aus allen Gruppen auswählen und auf Frische und Abwechslung achten, ernähren Sie sich vollwertig. Wählen Sie täglich und reichlich aus den Gruppen 1 bis 5. Essen Sie weniger Lebensmittel aus den Gruppen 6 und 7. Wechseln Sie vor allem bei den Lebensmitteln aus der Gruppe 6 konsequent ab. Essen Sie anstatt der üblichen drei Hauptmahlzeiten besser fünf kleinere Mahlzeiten. Achten Sie auf schonende Zubereitung.

Forderung nach einer vollwertigen Ernährung in die Praxis umzusetzen, gilt es zu bedenken, daß keine Nährstoffe gegessen werden, sondern Lebensmittel. In diesen sind die Nährstoffe und andere Stoffe in unterschiedlichen Mengen enthalten. Über die empfehlenswerte Höhe der Nährstoffzufuhr pro Tag, differenziert nach Geschlecht, Alter und Tätigkeit, liegt umfangreiches Datenmaterial vor (z. B. Empfehlungen für die Nährstoffzufuhr der DGE, s. Anhang 2). Nach diesen Empfehlungen können Tageskostpläne erstellt werden. Sie sollen energiegerecht sein und aus möglichst verschiedenen Lebensmitteln bestehen. Jede Einseitigkeit ist auf die Dauer gesehen schädlich. Nur eine abwechslungsreiche Kost ist vollwertig.

Eine gute Möglichkeit für die ernährungspraktische Umsetzung einer vollwertigen Ernährung bietet der Ernährungskreis der DGE (Abb. 14).

Er basiert auf den Empfehlungen für die Nährstoffzufuhr der DGE und teilt die Lebensmittel in sieben Lebensmittelgruppen mengenmäßig ein, und zwar nach ernährungsphysiologischer Bewertung. Danach ist es möglich, zu essen und zu trinken, was Spaß macht und schmeckt. Es gibt keine strikten Gebote und Verbote, außer wenn aus medizinischer Sicht eine spezielle Diät eingehalten werden muß. Zudem bietet diese Ernährungweise den Vorzug, daß die Auswahl aus dem überall angebotenen Lebensmittelsortiment getroffen werden kann.

Exkurs
Mit dem wachsenden Angebot an **Light-Produkten** wird dem Verbraucher die richtige Lebensmittelauswahl nicht unbedingt erleichtert. Er muß gut informiert sein, wenn er seine Ernährung damit vollwertiger gestalten will. Es ist wichtig zu wissen, daß der Begriff »light« oder »leicht« gesetzlich nicht definiert ist. »Light« kann z. B. heißen[1]:

- leicht bekömmlich,
- leicht verdaulich,
- locker und luftig,
- kalorienarm oder kalorienreduziert,
- alkoholarm bis alkoholfrei,
- koffeinarm oder entkoffeiniert,
- nikotinarm,
- mit weniger Kohlensäure.

---

[1] vgl. Faltblatt »light«, AID 1991

Lebensmittel werden »leicht« gemacht, z. B.:

- durch Bezeichnung von Produkten der Magerfettstufe als »Light«-Produkte;
- durch Austausch von Zucker durch Süßstoffe;
- durch Verwendung von Wasser statt Fett;
- durch Aufschäumen mit Luft.

Es stellt sich die Frage, ob die Lebensmittel tatsächlich ernährungsphysiologisch optimiert werden. Sinnvoll ist sicherlich die Reduktion kritischer Nahrungsbestandteile wie Coffein, Alkohol, Zucker, Fett. Der Verbraucher muß sich jedoch darüber bewußt sein, daß die gewünschte Einsparung nur dann eintritt, wenn der Verzehr nicht erhöht wird (zum Abendessen zwei Flaschen Leichtbier statt wie früher eine Flasche Vollbier). Wie bereits ausgeführt, kann mit entsprechendem Ernährungswissen eine bewußte und vernünftige Lebensmittelauswahl getroffen werden, so daß man auch ohne »Lights« **leicht** essen und trinken kann.

13.3 Andere Ernährungsformen

Neben der konventionellen Ernährungsweise, bei der tierische und pflanzliche Erzeugnisse in vielfältiger Art als Lebensmittel verwendet werden, gibt es weitere Ernährungsformen, die auf die eine oder andere Lebensmittelgruppe bewußt verzichten, oftmals durch extreme, nicht wissenschaftliche Aussagen begründet.

Gesundheitliche Aspekte spielen bei der Wahl anderer Ernährungsformen eine große Rolle, aber auch religiös-ethische und ökonomisch-ökologische. Einige der hier vorgestellten Beispiele können aus physiologischer Sicht als akzeptable Ernährungsform angesehen werden, andere hingegen sind weniger empfehlenswert und manche sogar gesundheitsschädlich (vgl. Tab. 19).

13.3.1 Vegetarismus[1]

Das wesentliche Charakteristikum der vegetarischen Lebensweise ist der Verzicht auf Fleisch. Das Töten alles Lebendigen wird abgelehnt. Als Begründer der vegetarischen Lebensweise gilt der griechische Philosoph Pythagoras.

Es werden drei Grundformen der vegetarischen Ernährung unterschieden:

Ovo-lakto-vegetabile Kost
Es wird kein Fleisch von warm- und kaltblütigen Tieren gegessen, wohl aber tierische Produkte wie Milch, Milchprodukte und Eier.

Lakto-vegetabile Kost
Lakto-Vegetarier verzichten zusätzlich auf den Verzehr von Eiern.

Vegane Kost
Die Veganer lehnen den Verzehr sämtlicher von Tieren stammenden Lebensmittel ab, wie Fleisch, Milch und Milchprodukte, Eier und sogar Honig.

In diesen Ernährungsformen wird außerdem weitgehend auf Genußmittel verzichtet. Regelmäßige körperliche Aktivität wird propagiert.

---

[1] Die Darstellung und wissenschaftliche Bewertung der hier aufgeführten Ernährungsformen lehnt sich an die Infothek »Alternative Ernährungsformen« der Deutschen Gesellschaft für Ernährung, Feldbergstr. 28, 60323 Frankfurt, an.

Tab. 19: Zusammenfassende Bewertung ausgewählter Ernährungsformen (nach DGE)

Kriterien	Vegetarismus			Vollwert-Ernährung	Vollwert-kost	Schnitzer-Kost		Makrobiotik	
	vegan	lakto-vegetabil	ovo-lakto-vegetabil			Intensiv-kost	Normal-kost	Ohsawa	Kushi
Übereinstimmung mit den Aussagen der Ernährungswissenschaft	teilweise	teilweise	teilweise	nicht immer	nein	nein	teilweise	nein	teilweise
Ausreichende Zufuhr von lebensnotwendigen Nährstoffen	nein	bedingt ja	bedingt ja	ja	bedingt ja	nein	bedingt ja	nein	bedingt ja
Hohe Zufuhr von Ballaststoffen	ja	ja	ja	ja	ja	ja	ja	ja	ja
Als Dauerkost für Gesunde geeignet	nein	bedingt ja	bedingt ja	ja	bedingt ja	nein	bedingt ja	nein	bedingt ja

So beurteilt die DGE den Vegetarismus[1]

Was wir kritisieren

• Die vegane Ernährungsform kann zu Mangelerscheinungen führen. Veganer benötigen ein umfangreiches Ernährungswissen, um ihre Kost unter Berücksichtigung der notwendigen Nährstoffzufuhr zusammenzustellen, damit die vegane Ernährung nicht zu einer Mangelernährung wird.
Kritische Nährstoffe bei der veganischen Kost sind u. a. Eiweiß, Vitamin B_{12}, Jod, Calcium und Eisen. Durch eine nicht ausreichende Zufuhr kann es leicht zu einem Mangel an diesen Nährstoffen kommen.

• Personen mit erhöhtem Nährstoffbedarf (Schwangeren, stillenden Frauen und Kindern) ist von einer streng vegetarischen Kost abzuraten. Vor allem für Säuglinge und Kleinkinder bedeutet eine solche Ernährungsweise eine gefährliche Nährstoffunterversorgung. Auch eine lakto- bzw. ovo-lakto-vegetabile Kost ist wegen möglicher Engpässe in der Eisenversorgung für Schwangere, Stillende und weibliche Jugendliche nicht optimal.

• Ein Verzicht auf tierische Produkte ist aus ernährungswissenschaftlicher Sicht nicht notwendig. Zum Beispiel sind auch Fleisch und Fisch, in vernünftigen Mengen verzehrt, wertvolle Nährstofflieferanten.

Was wir akzeptieren

• Die Empfehlung der Deutschen Gesellschaft für Ernährung, Vollkornprodukte, Gemüse und Obst bevorzugt zu verzehren, wird in allen vegetarischen Ernährungsformen verwirklicht.

• Die Vorteile der vegetarischen Kost liegen auf der einen Seite in ihrem erhöhten Kohlenhydratanteil in Form von Stärke und dem hohen Ballaststoffanteil, auf der anderen Seite - durch den Verzicht auf Fleisch - in der geringen Zufuhr von tierischen Fetten, Cholesterin und Purinen.
Auch die Deutsche Gesellschaft für Ernährung empfiehlt eine Verringerung des Fleischkonsums. Bei einer ansonsten abwechslungsreichen Mischkost mit den hochwertigen Eiweißlieferanten Milch und Eier ist auch beim Verzicht auf Fleisch eine ausreichende Zufuhr aller Nährstoffe bei sorgfältiger Lebensmittelauswahl zu erreichen.
Die ovo-lakto-vegetabile Ernährung und eingeschränkt auch die lakto-vegetabile Ernährung sind somit als Dauerernährung für den Mann und die nicht-schwangere Frau geeignet.

• In ökologischer Betrachtungsweise ermöglicht eine Ernährung mit Bevorzugung pflanzlicher Lebensmittel die Bereitstellung von mehr Nahrung auf einer gegebenen Ackerfläche, als wenn man darauf tierische Produkte erzeugen würde. Man sichert damit leichter die weltweite Versorgung mit Lebensmitteln als mit einer vorwiegend auf tierische Produktion ausgerichtete Ernährungswirtschaft. Der Energieaufwand zur Erzeugung pflanzlicher Lebensmittel ist wesentlich geringer als bei der Erzeugung tierischer Lebensmittel.

---

[1] siehe Fußnote S. 116

13.3.2 Vollwert-Ernährung[1]

»Laßt unsere Nahrung so natürlich wie möglich.« Diese Grundregel der Vollwert-Ernährung stammt von dem Mediziner Werner *Kollath*. Danach sollen einige Lebensmittel nur erhitzt oder speziell gereinigt verzehrt werden. Somit wendet sich die Vollwert-Ernährung gegen eine als übertrieben angesehene Verarbeitung der Lebensmittel. Je naturbelassener ein Lebensmittel sei, desto vollwertiger sei es. Neben diesem »Vollwert« von Lebensmitteln gibt man auch dem »Reinwert« eine Bedeutung; er orientiert sich an einem möglichst geringen Gehalt an Fremd- bzw. Schadstoffen in Lebensmitteln (Rückstände, Verunreinigungen, Zusatzstoffe, natürliche Gifte). Die Einteilung in Wertstufen dient zur Beurteilung der Lebensmittel. Die fünf Wertstufen von »besonders empfehlenswert« (Stufe I) bis »nicht empfehlenswert« (Stufe V) bilden bei *v. Koerber, Männle* und *Leitzmann*[2] die Basis der Empfehlungen für die Lebensmittelauswahl.

Vollwert-Ernährung ist eine überwiegend lakto-vegetabile Ernährungsweise. Neben Vollgetreide, Gemüse und Obst sowie Milch und Milchprodukten können geringe Mengen an Fisch, Eiern und Fleisch enthalten sein. Etwa die Hälfte der Lebensmittel wird als unerhitzte Frischkost verzehrt. Be- und Verarbeitung sowie Lebensmittelzusatzstoffe werden weitgehend vermieden.

[1] siehe Fußnote S. 116

[2] von Koerber K, Männle T, Leitzmann C (1989) Vollwert-Ernährung. Heidelberg

So beurteilt die DGE die Vollwert-Ernährung.[1]

Was wir kritisieren

• Sicherlich ist eine unterschiedliche Bewertung von Lebensmitteln sinnvoll. Die Einteilung der Lebensmittel nach 5 »Wertstufen« ist allerdings für die DGE in der vorliegenden Form in wichtigen Punkten nicht befriedigend. Für die DGE ist der Verarbeitungsgrad nicht ein derart ausschlaggebendes Bewertungskriterium für Lebensmittelqualität wie für Vertreter der Vollwert-Ernährung.

Die ernährungsphysiologische Qualität von Lebensmitteln ist für die DGE von größerer Bedeutung.
- Der Konsum von Vorzugsmilch bzw. Rohmilch bietet keine entscheidenden Vorteile gegenüber pasteurisierter Milch oder H-Milch.
- Die Verwendung kaltgepreßter, unraffinierter Öle bietet keinen wesentlichen ernährungsphysiologischen Vorteil gegenüber der Verwendung verarbeiteter Öle.
- Frisches Gemüse ist aus ernährungsphysiologischen und geschmacklichen Gründen am höchsten einzustufen. Sollte kein Frischgemüse verfügbar sein, können auch Gemüsekonserven und besonders Tiefgefrierkost verwendet werden.
- Bei der Vollwert-Ernährung werden auch wertvolle erhitzte Produkte, wie z. B. Kartoffeln, Vollkornbrot und Fisch, aber auch Gemüsegerichte weniger gut eingestuft als unverarbeitete Lebensmittel.

• Die Verwendung von Zusatzstoffen wird von Vertretern der Vollwert-Ernährung in der Regel abgelehnt. Um gesundheitsgefährdendem Lebensmittelverderb vorzubeugen und eine sinnvolle und notwendige Vorratshaltung überhaupt erst möglich zu machen, ist der Einsatz von Konservierungsstoffen aber oft unumgänglich. Die DGE ist der Meinung, daß Zusatzstoffe, wie z. B. unbedenkliche Konservierungsstoffe, in bestimmten Bereichen notwendig sind, ihr Einsatz aber auf das Nötigste beschränkt werden sollte.

• Die Empfehlung, vorwiegend Lebensmittel aus kontrolliert-ökologischer (kontrolliert-biologischer) Landwirtschaft zu bevorzugen, ist problematisch. Nach diesen Prinzipien erzeugte Lebensmittel weisen keine nachweisbaren ernährungsphysiologischen Vorteile gegenüber Lebensmitteln aus »konventioneller« Landwirtschaft auf.

[1] siehe Fußnote S. 116

• Produkte mit der Bezeichnung »Vollwert« sind in der letzten Zeit vermehrt im Handel. Aus unserer Sicht ist es mißverständlich, den Begriff »Vollwert« auf einzelne Lebensmittel anzuwenden, da es – mit Ausnahme der Muttermilch für den Säugling – kein natürliches Lebensmittel gibt, das alle essentiellen Nährstoffe in angemessener Menge, entsprechend den »Empfehlungen für die Nährstoffzufuhr« der DGE, liefert. Kein einzelnes Lebensmittel kann »vollwertig« sein.

• Für die Annahme, daß in unverarbeiteten Lebensmitteln noch weitere, z. T. noch nicht identifizierte und möglicherweise essentielle Substanzen enthalten sind, gibt es keine wissenschaftlich gesicherten Hinweise. Die Erfahrungen mit Patienten, die z. T. mehrere Jahre künstliche Ernährung mit den bekannten Nährstoffen erhielten, sprechen gegen das Vorkommen von weiteren Vitaminen.

Was wir akzeptieren

• Mit der Vollwert-Ernährung ist eine bedarfsdeckende Ernährung zu erreichen. Die Ernährungsvorschläge der Vollwert-Ernährung decken sich in vielen Punkten mit den Empfehlungen der DGE:
- Bevorzugung von Vollkornprodukten,
- erhöhter Konsum an Gemüse, Salaten und Obst,
- Reduzierung des Fleischkonsums,
- Herabsetzung von Zucker und Süßwaren u. a. m.

• Unbestritten ist, daß die Umstellung von einer falschen, einseitigen Ernährung auf die Vollwert-Ernährung bei bestimmten Krankheiten günstige Auswirkungen haben kann. Die gleichen Erfolge sind jedoch auch zu beobachten bei Umstellung auf eine vollwertige Ernährung nach den Empfehlungen der DGE. Spezielle Diätformen bei ernährungsabhängigen Erkrankungen sollten stets unter ärztlicher Betreuung durchgeführt werden.

• Die Produktion von Lebensmitteln hat auch nach ökologischen, sozialen und ökonomischen Gesichtspunkten zu erfolgen. Die DGE respektiert, daß bei der Vollwert-Ernährung diese Aspekte als sehr wichtig erachtet werden. Die DGE fühlt sich jedoch gemäß ihrer Satzung primär der ernährungsphysiologischen Qualität der Ernährung verpflichtet.

13.3.3 Vollwertkost[1]

Trotz relativer Namensgleichheit unterscheidet sich die Vollwertkost von der Vollwert-Ernährung. Der Mediziner *Bruker* nennt seine Ernährungsform **vitalstoffreiche Vollwertkost.** Dabei mißt er den Wert der Nahrung nicht nach Kalorien und Nährstoffen, sondern nach der »Lebendigkeit« und »Natürlichkeit«.

Bruker unterscheidet:
1. »Lebensmittel«, die noch einen eigenen Stoffwechsel haben, d. h. lebendige Nahrung, und
2. »Nahrungsmittel«, die durch Erhitzung, Konservierung und »Präparierung« verändert sind, d. h. tote Nahrung. Unter »präparierten« Nahrungsmitteln versteht Bruker »alle in der Fabrik hergestellten, chemischen Stoffe wie Fabrikzucker, Auszugsmehl und Fabrikfette«.

»Lebensmittel« nach Bruker sind unerhitzte Gemüse, rohes Obst, Getreide, rohe Milch, Butter und kaltgepreßtes Öl. Dagegen werden als »Nahrungsmittel« gekochtes Obst und Gemüse, gekochtes und gebratenes Fleisch, pasteurisierte Milch, gegarte Getreidespeisen, Brot, konservierte Produkte aller Art, Dauerbackwaren, Fabrikzucker und Fabrikfette sowie Auszugsmehlprodukte angeführt.

Bruker faßt unter dem Begriff »Vitalstoffe« folgende Gruppen biologischer Wirkstoffe zusammen, wie »Vitamine, Mineralstoffe, Spurenelemente, die Enzyme, die hochungesättigten Fettsäuren und Aromastoffe«. Da in den »Nahrungsmitteln« nach Bruker nicht mehr alle »Vitalstoffe« enthalten sind bzw. das Verhältnis der Nährstoffe untereinander verschoben ist, sind diese weitgehend zu meiden. Für die tägliche Nahrung schreibt er vor: Vollkornbrot und Vollkornprodukte, Frischkostbeilagen aus rohem Obst und Gemüse, naturbelassene Fette, drei Eßlöffel eines Frischkornbreies. Der Verzehr von Käse, Milchprodukten und Eiern soll eingeschränkt werden; Fleisch und Wurst sind unnötig.

Nach Bruker kann eine so zusammengestellte Ernährung eine Heilung verschiedener Erkrankungen bedingen (siehe Stellungnahme der DGE im Kasten).

[1] siehe Fußnote S. 116

So beurteilt die DGE die Vollwertkost.[1]

Was wir kritisieren

• Dr. Brukers Schriften zur »Vollwert-Kost« enthalten zahlreiche falsche, unbewiesene und irreführende Behauptungen, die aufgrund international anerkannter ernährungswissenschaftlicher Erkenntnisse als unhaltbar abgelehnt werden müssen, wie »Arteriosklerose ist kein Fettproblem«, »H-Milch ist eine tote Milch, ohne sonderlichen Nährwert«. Viele seiner Behauptungen, wie beispielsweise »Säfte stören . . . die Verträglichkeit natürlicher Lebensmittel« und wie »Fett macht nicht fett« und »Cholesteringehalt der Nahrungsmittel ist belanglos«, können bei Befolgen der Ratschläge gesundheitsgefährdend sein.

• Energisch abzulehnen ist die Behauptung von Bruker, mit der »Vollwert-Kost« allein zahlreiche Erkrankungen heilen zu können. Dies konnte bislang in keiner klinischen Studie bewiesen werden. Zum Teil können derartige Versprechungen, z. B. die Heilung der Zöliakie, gesundheitsgefährdend sein.

• Die Trennung in »Lebensmittel« und »Nahrungsmittel« entbehrt jeder wissenschaftlichen Grundlage und ist rein willkürlich. »Nahrungsmittel« nach Bruker sind nährstoffreich und durchaus für eine vollwertige Ernährung geeignet. Alle Fabriknahrungsmittel als »gesundheitsschädlich« zu bezeichnen, ist nicht haltbar.

Die Verarbeitung von Lebensmitteln stellt in vielen Fällen keine Wertminderung dar, sondern bewirkt erst die Verzehrstauglichkeit. Auch hygienische Aspekte spielen bei der Lebensmittelverarbeitung eine wichtige Rolle. So ist zum Beispiel wegen möglicher Verunreinigungen mit Mikroorganismen der Konsum von Rohmilch nicht empfehlenswert, wohingegen Frischmilch und H-Milch hygienisch einwandfrei sind.

• Bei einer Einschränkung des Verzehrs von Milch und Milchprodukten, Eiern und bei einem weitgehenden Verzicht auf Fleisch oder auch Fisch kann es, falls die Ernährung nicht sorgfältig geplant wird, zu einem Mangel an Calcium, Eisen und Jod kommen.

Was wir akzeptieren

• Eine vollwertige Ernährung läßt sich mit der Ernährungsweise nach Bruker bei besonders sorgfältiger und abwechslungsreicher Nahrungsauswahl realisieren. Die Einschränkung des Zucker- und Fleischkonsums ist zu begrüßen.

• Durch ihren hohen Anteil an Vollkornprodukten, Obst und Gemüse kann die Kost reich an bestimmten Mineralstoffen, Vitaminen und Ballaststoffen sein.

[1] siehe Fußnote S. 116

13.3.4 Schnitzer-Kost[1]

Der Zahnarzt *Schnitzer* entwickelte eine Ernährungsform, die fast ausschließlich aus pflanzlichen Lebensmitteln besteht. Diese »Urnahrung« leitete er von der Beschaffenheit des menschlichen Kauapparates ab; auch die Verdauungssysteme des Menschen seien danach angelegt.

Die **Intensivkost** – täglich 6300 kJ – besteht aus Rohkost. Alle gegarten Lebensmittel, auch Brot und Kartoffeln sowie Lebensmittel tierischer Herkunft, selbst Milch, sollen gemieden werden. Zum Frühstück wird ein sog. »Naturmüsle« aus eingeweichten Getreidekörnern, Zitronensaft, Obst und Nüssen empfohlen, das mit dem Mineralstoffpräparat »Pulvin« ergänzt werden soll. Als Beispiel wird der erste Tag aus dem Intensivkost-Plan aufgeführt:

morgens
»Naturmüsle« mit Birne

mittags
Kopfsalat, Rot-Weiß-Salat, Meerrettich-Weizenschrot

abends
Möhren-Rohkost, Sellerie-Rohkost, Chinakohl, Gekeimte Körner

Bei der **Normalkost** (9200 kJ) wird die Intensivkost durch Vollkornbrot und -gebäck, Käse, Vorzugsmilch und daraus hergestellte Sauermilch, Eier, Vollreis und Kartoffeln ergänzt. Die Lebensmittel sollen aus kontrolliert biologischem Anbau stammen. Als Getränke sind Leitungswasser, mineralarmes Tafelwasser und Tee erlaubt. Obst- und Gemüsesäfte, alle Milchsorten und Milchprodukte gelten als »Teilwertprodukte« und sollten am besten ganz gemieden werden.

Beim Wechsel der Ernährungsweise zur Schnitzer-Kost soll zunächst einige Jahre die Intensivkost angewendet werden. Danach kann zur Normalkost übergegangen werden.

Der Intensivkost schreibt Schnitzer die größere Wirkung zu. Insgesamt verspricht Schnitzer mit seiner Kost die Vermeidung von Gebißschäden, Glück, Zufriedenheit, Vorbeugung und Heilung sämtlicher Zivilisationskrankheiten. In jedem Fall wird eine Reduzierung des Übergewichts bewirkt.

[1] siehe Fußnote S. 116

So beurteilt die DGE die Schnitzer-Kost.[1]

Was wir kritisieren

• Die Intensivkost kann nicht als Dauerernährungsform verwendet werden. Sie ist einseitig und entspricht nicht den Empfehlungen der Deutschen Gesellschaft für Ernährung für eine ausgewogene, vielseitige und vollwertige Ernährung. Dies gilt insbesondere für Kinder. Die strikte Ablehnung von gegarten Lebensmitteln schränkt den Speiseplan noch mehr ein als es bei der streng vegetarischen, der sog. »veganischen« Kost der Fall ist.

• Ohne Aufnahme tierischer Lebensmittel, wie Fisch oder Fleisch kann es bei längerem Einhalten dieser einseitigen Intensivkost insbesondere bei Kindern und Jugendlichen zu einer unzureichenden Versorgung mit Eiweiß, Calcium, Eisen, Jod und Vitamin B_{12} kommen. Die von Schnitzer als optimal bezeichnete Eiweißzufuhr von 35 g pro Tag liegt deutlich unter der von der DGE empfohlenen Menge von 45 g pro Tag für Frauen und 55 g pro Tag für Männer.

• Die von Schnitzer propagierte regelmäßige Zugabe des Mineralstoffpräparates »Pulvin« zeigt, daß eine ausreichende Nährstoffversorgung durch die Schnitzer-Kost allein nicht möglich ist. Damit kann Schnitzer offenbar seine eigene Forderung nach einer ausschließlich »natürlichen« Ernährung nicht erfüllen.

• Der Anspruch der Intensivkost auf Heilung aller Zivilisationskrankheiten, wie z. B. des insulinpflichtigen Diabetes mellitus Typ I, ist gefährlich und muß ebenso strikt abgelehnt werden wie das Versprechen, mit dieser Kost allen diesen Erkrankungen vorbeugen zu können.

• Der ausschließliche Verzehr von Produkten aus kontrolliert-biologischem Anbau ist nicht notwendig, da diese Lebensmittel keine ernährungsphysiologischen und geschmacklichen Vorteile gegenüber Erzeugnissen aus konventionellem Anbau aufweisen.

Was wir akzeptieren

• Bei der Schnitzer-Intensivkost ist nur der hohe Ballaststoffgehalt zu akzeptieren. Darüber hinaus ist diese Kostform abzulehnen.

• Die Schnitzer-Normalkost ist eine vorwiegend ovo-lakto-vegetabile Kostform. Fleisch ist nicht grundsätzlich verboten, soll aber gemieden werden. Ein geringerer Fleischverzehr und damit verbunden eine verminderte Aufnahme von Cholesterin, Fett und Purinen wird auch von der Deutschen Gesellschaft für Ernährung empfohlen. Als Dauerernährungsform ist die Normalkost für gesunde Erwachsene nur bei besonders sorgfältiger und abwechslungsreicher Gestaltung geeignet.

• Das Meiden von Zucker und Alkohol ist zu begrüßen. Die Deutsche Gesellschaft für Ernährung spricht zwar keine strikten Verbote wie Schnitzer aus, rät aber dringend zu einer Einschränkung des Verzehrs dieser ernährungsphysiologisch nicht hochwertigen Lebensmittel.

---

[1] siehe Fußnote S. 116

13.3.5 Makrobiotik[1]

Bei der Makrobiotik[2] handelt es sich um eine weltanschaulich begründete, überwiegend vegetarische Ernährungsform; sie beruht auf dem aus China stammenden Zen-Buddhismus. Die Japaner *Ohsawa* und *Kushi* gelten als die wichtigsten Vertreter der modernen makrobiotischen Ernährungslehre. Ihr liegt die Vorstellung zugrunde, daß die beiden Elemente **Yin** und **Yang** immer in einem ausgewogenen Verhältnis vorhanden sein müssen. Yin sei die »sich ausdehnende Kraft«; sie bestimme, daß der Körper wächst und Energie speichere. Ein »Yin-starker Grundstoff« sei z. B. Kalium. Yang sei die »sich zusammenziehende Kraft«; sie bestimme, wie der Körper wachsen soll. Ein »Yang-starker Grundstoff« sei das Natrium. Jedes Lebensmittel habe ein bestimmtes Verhältnis von Yin zu Yang. Besonders günstigt sei dieses Verhältnis in braunem Reis und weiteren Getreidesorten, die das wichtigste Lebensmittel der markobiotischen Ernährung darstellen. Bei richtiger Zubereitung könnte sich ein Mensch ausschließlich davon ernähren. Die anderen Lebensmittel sollen entweder mehr Yin- oder mehr Yangbetont sein und dienen der Ergänzung. Allerdings hänge der Yin- bzw. Yang-Charakter eines Lebensmittels nicht nur vom Kalium-Natrium-Verhältnis ab, sondern auch vom Wassergehalt, von Farbe, Wachstumsform, -zeit und -geschwindigkeit. Durch Anpassung an Yin und Yang könne das Ziel der Makrobiotik »der ausbalancierte, harmonische Mensch« erreicht werden.

Ohsawa beurteilte die Nahrung nach zehn Koststufen (Tab. 20). Die Stufe 7 - ausschließlich Getreidenahrung - ist die vollkommenste Form und soll als Einstieg in die makrobiotische Ernährungsweise dienen. Die Stufen 6 bis -3 schließen schrittweise Gemüse und tierische Lebensmittel ein.

Die Einteilung in 10 Stufen wird in der neueren Veröffentlichung von Kushi nicht mehr übernommen. Es werden nur allgemeine Empfehlungen ausgesprochen.

Erlaubt werden neuerdings:	**Abgelehnt werden:**
Vollkorngetreide (mehr als 50 % der Nahrung)	Milch, Milchprodukte
Hülsenfrüchte	Säugetierfleisch, Geflügel
Obst und Nüsse	tropisches Obst und Gemüse
Meeresgemüse	Auszugsmehl und -produkte
Gemüse (vorwiegend gekocht, aus heimischem Anbau)	Konserven, Tiefkühlprodukte
kleine Mengen Fisch	Honig, Zucker, Süßstoffe
	Kaffee, Tee

[1] siehe Fußnote S. 116

[2] Der Begriff ist von dem Arzt C. W. von Hufeland 1796 geprägt für die Kunst, durch geeignete Ernährung und Lebensweise das Leben zu verlängern.

Tab. 20: Die verschiedenen makrobiotischen Ernährungsformen (Kasper 1991)

Stufe	Zerealien	Gemüse	Suppe	tierisches Eiweiß	Salate Früchte	Nach-tische	Getränke* Flüssigkeiten
7	100 %	—	—	—	—	—	
6	90 %	10 %	—	—	—	—	
5	80 %	20 %	—	—	—	—	
4	70 %	20 %	10 %	—	—	—	
3	60 %	30 %	10 %	—	—	—	
2	50 %	30 %	10 %	10 %	—	—	
1	40 %	30 %	10 %	20 %	—	—	
-1	30 %	30 %	10 %	20 %	10 %	—	
-2	20 %	30 %	10 %	25 %	10 %	5 %	
-3	10 %	30 %	10 %	30 %	15 %	5 %	

* So wenig wie möglich

So beurteilt die DGE die Makrobiotik.[1]

Was wir kritisieren

- Die Makrobiotik nach Ohsawa ist generell abzulehnen. Die Bewertung der Makrobiotik nach Ohsawa erfordert hierbei jedoch eine getrennte Betrachtung der 10 Koststufen. Die Stufen 3–7 zeichnen sich durch eine zunehmende Einseitigkeit aus und sind als Dauerkost keinesfalls geeignet. Eine bedarfsdeckende Ernährung ist durch die betonte Einseitigkeit keinesfalls möglich. Vor allem für Kinder besteht eine echte Gesundheitsgefährdung!

- Die sehr eingeschränkte Lebensmittelauswahl und der Verzicht auf Rohkost führen unweigerlich zu einer ernsthaften Nährstoffunterversorgung. Mit Versorgungsengpässen muß bei Eiweiß, den Vitaminen A, D, B_{12}, C, bei Niacin und Folsäure sowie bei den Mineralstoffen Eisen, Calcium, Kupfer, Zink und Jod gerechnet werden.

- Auch die unteren Koststufen (2 bis -3) können bei einseitiger Lebensmittelauswahl zu Unterversorgung mit Vitamin C, Folsäure, Eisen und Calcium führen.

- Der in der Literatur häufig dargestellte Ratschlag, sowenig wie möglich zu trinken und hohe Salzmengen zu sich zu nehmen, kann lebensgefährlich sein. Es besteht die Gefahr von Nierenfunktionsstörungen.

- Die Behauptungen, daß der Körper selbst Vitamin C herstellen oder chemische Elemente ineinander überführen kann, sind falsch.

- Abzulehnen ist der Anspruch, sämtliche Krankheiten einschließlich Krebs mit der Makrobiotik heilen zu können.

[1] siehe Fußnote S. 116

- Die Empfehlung in der Makrobiotik nach Kushi, Gemüse vorwiegend gekocht zu verzehren, ist wegen des Vitamin- und Mineralstoffverlustes nicht sinnvoll. Die Ablehnung von Milch, Milchprodukten und Fleisch kann bei nicht sorgfältiger Nahrungsauswahl zu Nährstoffunterversorgungen an Calcium und Eisen führen. Dies gilt vor allem für Personen mit erhöhtem Nährstoffbedarf wie Kinder, Schwangere, Stillende und Ältere.

Was wir akzeptieren

- Angesichts der Ernährungsfehler der »üblichen« Kost zeigt die Makrobiotik nach Ohsawa bis zur Stufe -1 einige akzeptable Ansätze. So kann der sparsame Verbrauch von Fett und Zucker nur begrüßt werden, ebenso der Rat, sich nur hungrig an den Tisch zu setzen, die Nahrung gründlich zu kauen sowie die Ablehnung von Alkohol.
- Der bevorzugte Verzehr von Vollkornprodukten wirkt sich positiv auf die Versorgung mit günstigen Kohlenhydraten und Ballaststoffen aus.
- Mit der Makrobiotik nach Kushi ist bei besonders sorgfältiger Nahrungsauswahl eine vollwertige Ernährung bedingt möglich.

14 Erstellen von Tageskostplänen

14.1 Systematische Vorgehensweise

Theoretisches Wissen über Zusammensetzung des menschlichen Körpers, Stoffwechsel, Nährstoffe, Nährstoffbedarf und Lebensmittelzusammensetzung ist Voraussetzung, um sich richtig ernähren zu können. Das Einbringen dieses Wissens in die tägliche Nahrungszubereitung kann zur vollwertigen Ernährung führen. Den Ablauf kann man sich bildlich in Form eines schwarzen Kastens vorstellen, in den oben die Ernährungstheorie einfließt und unten gute und bekömmliche Speisen und Gerichte zustande gekommen sind. Im folgenden wird der schwarze Kasten geöffnet und gezeigt, wie aus dem Ernährungswissen Tageskostpläne entstehen.

Die Lebensmittel werden überwiegend zu bestimmten Zeiten in Form von Mahlzeiten verzehrt. Durch die Tradition verankert, hat jeder Kulturkreis seinen typischen Mahlzeitenrhythmus. Bei uns herrscht der tägliche Drei-Mahlzeiten-Rhythmus vor.

Aus ernährungsphysiologischen Gründen sollten statt drei besser vier oder fünf Mahlzeiten gegessen werden. Sie helfen, mahlzeitenbedingte Schwankungen der Nährstoffzufuhr besser auszugleichen und das Hungergefühl zu kontrollieren. Zu empfehlen sind ein 2. Frühstück und ein Imbiß am Nachmittag. Dabei ist zu beachten, daß durch die Erweiterung des Mahlzeitensystems die Lebensmittelmenge pro Tag nicht größer werden darf.

Beim Erstellen der Tageskostpläne werden hier nur die Nährstoffe Eiweiß, Fett, Kohlenhydrate und die Energiemenge berücksichtigt. Als Hilfsmittel dienen Berechnungsbögen, Nährwerttabellen und die Empfehlungen für die Nährstoffzufuhr. Sie sollen ein »zuverlässiger Wegweiser« zu einer ausgewogenen Ernährung sein.

Die Nährstoffmengen werden in Relation zum Energiebedarf bestimmt. Da dieser in Abhängigkeit von Alter und Geschlecht schwankt, sind dementsprechend die Nährstoffmengen verschieden. Die *Empfehlungen für die Nährstoffzufuhr* der DGE von 1991 lauten für einen Erwachsenen:

- **Eiweiß**
  0,8 g pro kg Körpergewicht und Tag;
- **Fett**
  25–30 % des Energiebedarfs;
- **Kohlenhydrate**
  Ergänzung entspr. den Werten für Eiweiß und Fett zu 100 % des Energiebedarfs.

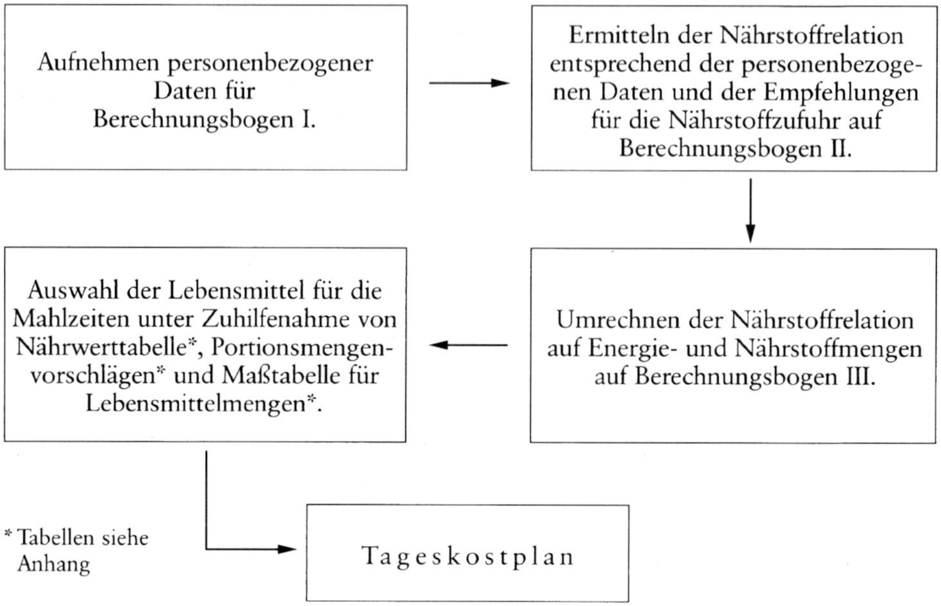

Abb. 15: Systematische Vorgehensweise zum Erstellen eines Tageskostplans

Die *Zufuhrmenge für Eiweiß* wird abweichend zu denen für Fett und Kohlenhydrate nicht als Prozentanteil des Energiebedarfs angegeben, sondern richtet sich nach dem Sollgewicht. Die täglich zu verzehrende Eiweißmenge muß also mit Hilfe des Körpergewichts berechnet werden (0,8 g x kg Körpergewicht). Die so erhaltene Zufuhrmenge, multipliziert mit dem Energiegehalt von Eiweiß (17 kJ pro g), ergibt die Eiweißenergiemenge pro Tag. Sie muß als Prozentwert des Gesamtenergiebedarfs pro Tag angegeben werden.

Die *Zufuhrempfehlung für Fett* schwankt zwischen 25 und 30 %. Je nach Schwere der körperlichen Arbeit oder der persönlichen Vorliebe für fette oder magere Speisen wird der höhere bzw. niedrigere Wert genommen.

Die Prozentwerte der empfohlenen Eiweißenergiezufuhr und der empfohlenen Fettenergiezufuhr werden addiert. Aus der Differenz dieser Summe zu 100 % ergibt sich der *prozentuale Kohlenhydratenergieanteil.*

Die prozentuale Nährstoffrelation, welche nach individuellen Gesichtspunkten ermittelt wurde, wird anschließend mit den Nährstoffenergiewerten in Mengenangaben umgerechnet. Damit sind die Nährstoffzufuhrmengen pro Tag bekannt.

Die Auswahl der Lebensmittel ist unter Zuhilfenahme von Nährwerttabellen, Portionsmengenvorschlägen und Maßtabellen für Lebensmittelmengen durchzuführen (s. Anhang). Einen Überblick zu der Vorgehensweise der Tageskostplanerstellung gibt Abb. 15.

14.2 Praktisches Beispiel

Zur Ergänzung und Veranschaulichung wird der Tageskostplan für eine 25jährige 60 kg schwere Frau beispielhaft errechnet.

Nach den Empfehlungen für die Nährstoffzufuhr hat sie einen täglichen Energiebedarf von 8500 kJ. Lebensalter, Körpergewicht und Energiebedarf werden in Berechnungsbogen I (Abb. 16) eingetragen.

Basisdaten zum Tageskostplan, persönliche Daten:

Person: Energiebedarf pro Tag:	Alter: Jahre; Körpergewicht: kg; kJ	
Nährstoff	Energieanteil (%) (Nährstoffrelation)	Mengenanteil (g)
Eiweiß		
Fett		
Kohlenhydrate		

Abb. 16: Berechnungsbogen I

Mit Berechnungsbogen II (Abb. 17) errechnet man zunächst die wünschenswerte tägliche *Eiweißmenge* (Rechengang 1 a). In Rechengang 1 b wird die Eiweißenergiemenge pro Tag ermittelt und in Rechengang 1 c der prozentuale Energieanteil pro Tag bestimmt.

Anschließend muß der prozentuale *Fettenergieanteil* pro Tag nach Arbeitsschwere und Eßgewohnheiten festgelegt werden. Schließlich wird mit Rechengang 3 a und 3 b der prozentuale *Kohlenhydratanteil* pro Tag errechnet.

Aus Berechnungsbogen III (siehe Abb. 18) erhält man die Nährstoffmengen aus der auf die Energie bezogenen Nährstoffrelation.

Diese Ergebnisse werden im vollständigen Berechnungsbogen I eingetragen (siehe Abb. 19).

Schließlich können die Lebensmittel für den Tageskostplan ausgewählt werden. Die Lebensmittelauswahl sollte sich nach den üblichen Verzehrgewohnheiten richten, also z. B. zum 1. Frühstück Brot, Brötchen, Streichfett, Marmelade usw. Für die Lebensmittelauswahl ist es hilfreich, von üblichen Portionsmengen auszugehen. Daten dafür sind in verkürzter Form in Anhang 4 und 5 zu finden. Als ausführliche Orientierungshilfe – insbesondere für Anfänger – eignet sich die Nährwerttabelle *Kalorien mundgerecht*[1]. Grundsätzlich sollte man aber versuchen, durch wiederholtes Abwiegen einzelner Portionen ein »Gefühl« für Mengen zu bekommen. Dabei ist eine übertriebene Genauigkeit nicht notwendig.

[1] Kalorien mundgerecht (1991), 8., völlig neu überarbeitete und erweiterte Auflage, Umschau Verlag. Frankfurt.

Rechengänge zur Bestimmung der Nährstoffe in Prozent des Energiebedarfs pro Tag

1. **Eiweiß**	
a) Empfohlene Eiweißmenge/kg KG* × KG	≙ Empfohlene Eiweißmenge
0,8 g × *60* kg	≙ *48* g
b) Eiweißenergiewert × empfohlene Eiweißmenge	≙ Eiweißenergiemenge
17 kJ × *48* g	≙ *816* kJ
c) Eiweißenergiemenge: Energiebedarf × 100	≙ Eiweiß in % des Energiebedarfs
816 kJ : *8500* kJ × 100	≙ **10 %**
2. **Fett**	
Selbstgewählter Wert aus der empfohlenen Spanne von 25–30 %	für Fett in % des Energiebedarfs **30 %**
3. **Kohlenhydrate**	
a) Eiweiß in % des Energiebedarfs: *10 %*	
Fett in % des Energiebedarfs: *30 %*	
Summe aus Eiweiß- und Fettenergie: *40 %*	
b) 100 % – Summe aus Eiweiß- und Fettenergie	≙ Kohlenhydrate in % des Energiebedarfs
100 % – *40 %*	≙ **60 %**

* *KG Körpergewicht*

Abb. 17: Berechnungsbogen II

Rechengänge zur Bestimmung der Nährstoffmengen, bezogen auf den Energiebedarf pro Tag

Energiebedarf/Tag: *8500* kJ

1. **Berechnung des mengenmäßigen Eiweißanteils:**
   Siehe Ergebnis aus Rechengang 1 a auf Berechnungsbogen II: *48* g Eiweiß
2. **Berechnung des mengenmäßigen Fettanteils:**
   Fett in % des Energiebedarfs: *30 %*

$$\frac{\text{Energiebedarf } 8\,500 \text{ kJ} \times \text{Fett in \% des Energiebedarfs } 30\,\%}{\text{Fettenergiewert } 38 \text{ kJ/g} \times 100} \triangleq 67 \text{ g Fett}$$

3. **Kohlenhydrate:**

$$\frac{\text{Energiebedarf } 8\,500 \text{ kJ} \times \text{Kohlenhydrate in \% des Energiebedarfs } 60\,\%}{\text{Kohlenhydratenergiewert } 17 \text{ kJ/g} \times 100} \triangleq 300 \text{ g Kohlenhydrate}$$

Abb. 18: Berechnungsbogen III

Basisdaten zum Tageskostplan, persönliche Daten:

Person: *Rike Schlank;* Alter: 25 Jahre; Körpergewicht: 60 kg; Energiebedarf pro Tag: 8500 kJ

Nährstoff	Energieanteil (%) (Nährstoffrelation)	Mengenanteil (g)
Eiweiß	*10*	*48*
Fett	*30*	*67*
Kohlenhydrate	*60*	*300*

Abb. 19: Vollständiger Berechnungsbogen I

Die zusammengestellten Speisen müssen »**eßbar**« sein. Dies wird nicht immer gleich auf Anhieb gelingen. Vor allem gilt es zu bedenken, daß die sogenannten »Sollwerte« lediglich Empfehlungen sind. Deshalb können die Energie- und Nährstoffgehalte um die Sollwerte schwanken.

Man darf die Ernährung durch die Tageskostpläne nicht in ein starres Korsett zwängen wollen. Richtig verstanden und eingesetzt helfen sie, sich dem Ziel der vollwertigen Ernährung zu nähern und somit einen wirksamen Beitrag zur Krankheitsprophylaxe zu leisten. Nur mit Übung und Erfahrung lassen sich annehmbare, phantasievolle Tageskostpläne erstellen, die bedarfsangepaßt, vollwertig und geschmacklich akzeptabel sind.

Das Beispiel auf Berechnungsbogen IV (siehe Abb. 21) zeigt einen möglichen Tageskostplan. Der Energiewert weicht von dem Sollwert geringfügig ab. Eine solche Differenz ist unbedeutend und kann vernachlässigt werden.

Größere Schwankungen zwischen den Soll- und den Istwerten treten bei Eiweiß und den Kohlenhydraten auf. Die Istwerte für Eiweiß liegen zu hoch, die für Kohlenhydrate zu niedrig. Mit Zufuhrempfehlungen, wie sie bei dieser Berechnung zugrunde gelegt wurden, ist es schwierig, einen unseren Ernährungsgewohnheiten entsprechenden Kostplan aufzustellen. Zufuhrempfehlungen müssen zu einer vollwertigen Ernährung führen, sie müssen aber auch unter Berücksichtigung der Realisierbarkeit gesehen werden. Daher liegen die im Beispiel errechneten Abweichungen durchaus im Toleranzbereich; damit wird auch »ein gewisser Spielraum um die Referenzwerte der Empfehlungen« berücksichtigt. Eine Gegenüberstellung der Nährstoffrelationen verdeutlicht die angesprochene Problematik der Sollkriterien (Abb. 20).

Die exemplarische Nährwertberechnung wird nur für die drei Nährstoffe Eiweiß, Fett und Kohlenhydrate durchgeführt. Sicherheitshalber müssen Kostpläne auf den Gehalt an kritischen Nährstoffen wie Calcium, Eisen, Vitamin B_1 und Vitamin B_6 überprüft werden. Solche Berechnungen sind zeit- und arbeitsaufwendig. Sie machen den Einsatz des Computers sinnvoll. Mit Hilfe geeigneter Softwareprogramme können Ergebnisse schneller erzielt werden. Auch Auswertungen von Ernährungsprotokollen, die oftmals zur Überprüfung bzw. ernährungsphysiologischen Bewertung des eigenen Eß- und Trinkverhaltens herangezogen werden, lassen sich so praktikabler durchführen. Zum Verständnis der Vorgehensweise ist es notwendig, Beispiele manuell errechnet zu haben.

Eine andere Möglichkeit, Tageskostpläne zu erstellen, besteht darin, den Nährstoffgehalt tatsächlicher Speisepläne zu errechnen und entsprechend dem Nährstoff-Soll zu korrigieren. Diese Vorgehensweise hat den Vorteil, daß gewohnte Ernährungsweisen größtenteils beibehalten werden können, sofern sie nicht zu stark von der vollwertigen Ernährung abweichen. Zudem wird die Zusammenstellung des Kostplans vereinfacht.

Die Nährstoffmengen für Diätspeisepläne werden nach medizinischen Gesichtspunkten vorgegeben. Häufig müssen einzelne oder mehrere Nährstoffe in erhöhten Mengen berücksichtigt oder stark reduziert werden. Das Erstellen solcher Kostpläne ist eine verantwortungsvolle Aufgabe.

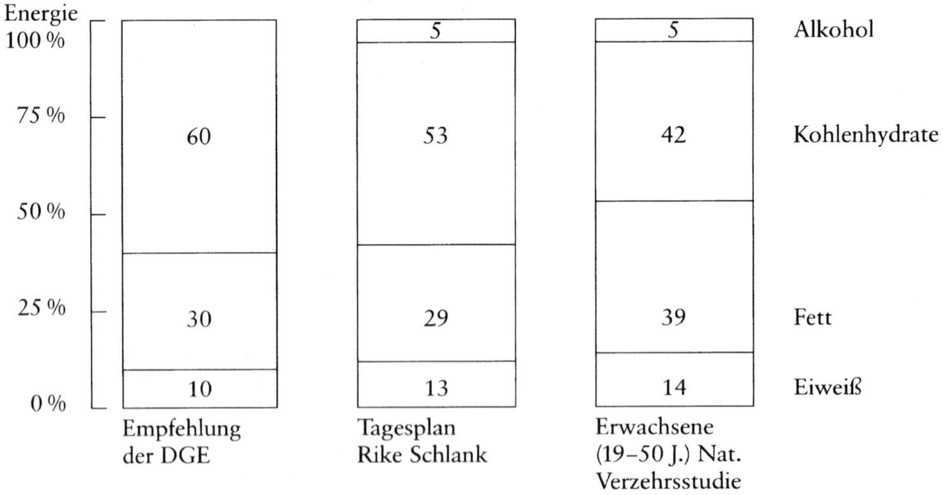

Abb. 20: Aufteilung der Nahrungsenergie nach Nährstoffen in Prozent

Tageskostplan Person: *Rike Schlank*

Lebensmittel	Menge g	Energie kJ	Eiweiß g	Fett g	Kohlenhydrate g
Zufuhrempfehlung		*8500*	*48*	*67*	*302*
1. Frühstück					
1 Glas Grapefruitsaft	*150*	*300*	*1*	+	*17*
Kaffee oder Tee		*0*	*0*	*0*	*0*
2 Scheiben Roggenvollkornbrot	*100*	*858*	*7*	*1*	*41*
Butter	*10*	*323*	+	*8*	-
1 Teelöffel Bienenhonig	*10*	*126*	+	*0*	*8*
1 Scheibe Edamer	*30*	*334*	*8*	*5*	-
2. Frühstück					
Cornflakes	*30*	*448*	*2*	+	*24*
1 Tasse Milch	*150*	*419*	*5*	*5*	*7*
1 Banane	*125*	*480*	*1*	+	*27*
Mittagessen					
Gemüseeintopf					
Kartoffeln	*200*	*594*	*4*	+	*30*
Möhren	*100*	*106*	*1*	+	*5*
Lauch	*30*	*31*	*1*	+	*1*
Sellerie	*30*	*23*	+	+	1
Wirsing	*30*	*30*	*1*	+	*1*
1 Tasse Wasser	*150*	*0*	*0*	*0*	*0*
Gewürze		-	-	-	-
1 Rindswurst	*80*	*618*	*19*	*8*	*0*
Aprikosen (Dose)	*150*	*473*	*1*	+	*27*
Nachmittagsimbiß					
Kaffee oder Tee		*0*	*0*	*0*	*0*
1 Stück Apfelstrudel	*150*	*1455*	*5*	*18*	*42*
Abendessen					
1 Pizza-Baguette, Salami	*125*	*1285*	*10*	*11*	*41*
Kopfsalat	*30*	*14*	+	+	+
1 Tomate	*60*	*49*	*1*	+	*2*
Salatgurke	*50*	*26*	+	+	*1*
1 Eßlöffel Sonnenblumenöl	*10*	*388*	*0*	*10*	-
Salatgewürze					
1 Glas Rotwein	*125*	*429*	+	-	+
Gesamtsumme		*8812*	*68**	*67**	*275*

0 = nicht vorhanden; + = Mengen unter 0,5 g; – = keine Angaben
* Summe um jeweils 1 erhöht zum Ausgleich der Einzelwerte (+) unter 0,5 g

Abb. 21: Berechnungsbogen IV

15 Ernährung und Diätetik im Krankenhaus

Die Ernährung der Patienten spielt für den Heilungsprozeß eine wesentliche Rolle. Dies gilt nicht nur für Kranke, deren Stoffwechselstörungen neben der medikamentösen Therapie durch Diätkostformen behandelt werden, sondern auch für solche, die Normalkost essen. Durch das Angebot an schmackhaften, appetitlich dargebotenen, abwechslungsreichen und dennoch in bezug auf Energie- und Nährstoffgehalt vollwertigen Speisen wird das Wohlbefinden der Patienten gesteigert. Der häufig als unangenehm empfundene Aufenthalt im Krankenhaus wird bei »guter Verpflegung« als weniger lästig angesehen.

Zur Vereinheitlichung der Begriffe bezeichnet man die Normalkost in der Krankenhausverpflegung als **Vollkost.** Daneben gibt es die **leichte Vollkost** oder gastroenterologische Basisdiät (Grunddiät), siehe *Definition.* Sie unterscheidet sich von der Vollkost durch Nichtverwendung von Lebensmitteln oder Speisen, die erfahrungsgemäß häufig bei Patienten Unverträglichkeiten auslösen. Diese Lebensmittel und Speisen sind in Tab. 21 aufgeführt. Um die Kostpläne der leichten Vollkost nicht zu sehr einzuschränken, ist es empfehlenswert, nur solche Lebensmittel und Speisen zu vermeiden, die von mehr als 5 % der Patienten als unver-

Die Basisdiät ist eine

1. *ärztlich verordnete Diät mit einer Nährstoffrelation von 15:35:50 und häufigen kleinen Mahlzeiten,*
2. *ernährungsphysiologisch optimal zusammengesetzte Mischkost, abwechslungsreich und farblich gut zusammengestellt,*
3. *Kost frei von Alkohol, stark fetthaltigen, blähenden Speisen,*
4. *Kost, in der alle Lebensmittel und Speisen mit häufiger genereller oder individueller Unverträglichkeit nicht verwendet werden.*

Definition der Basisdiät als Gemeinschaftsverpflegung (nach Götz, Rabast 1987)

Tab. 21: Häufigkeit von Lebensmittelintoleranzen bei unausgelesenen Krankenhauspatienten (n = 1918) in verschiedenen Regionen der Bundesrepublik (nach einer Erhebung der Deutschen Arbeitsgemeinschaft für Ernährung und Diätetik [zit. nach Kasper 1991])

Intoleranzen	%	Intoleranzen	%
1. Hülsenfrüchte	30,1	27. rohes Stein- und Kernobst	7,3
2. Gurkensalat	28,6	28. Nüsse	7,1
3. fritierte Speisen	22,4	29. Sahne	6,8
4. Weißkohl	20,2	30. paniert Gebratenes	6,8
5. CO_2-haltige Getränke	20,1	31. Pilze	6,1
6. Grünkohl	18,1	32. Rotwein	6,1
7. fette Speisen	17,2	33. Lauch	5,9
8. Paprikagemüse	16,8	34. Spirituosen	5,8
9. Sauerkraut	15,8	35. Birnen	5,6
10. Rotkraut	15,8	36. Vollkornbrot	4,8
11. süße und fette Backwaren	15,8	37. Buttermilch	4,5
12. Zwiebeln	15,8	38. Orangensaft	4,5
13. Wirsing	15,6	39. Vollmilch	4,4
14. Pommes frites	15,3	40. Kartoffelklöße	4,4
15. hartgekochte Eier	14,7	41. Bier	4,4
16. frisches Brot	13,6	42. schwarzer Tee	3,5
17. Bohnenkaffee	12,5	43. Apfelsinen	3,4
18. Kohlsalat	12,1	44. Honig	3,1
19. Mayonnaise	11,8	45. Speiseeis	2,4
20. Kartoffelsalat	11,4	46. Schimmelkäse	2,2
21. Geräuchertes	10,7	47. Trockenfrüchte	2,2
22. Eisbein	9,0	48. Marmelade	2,2
23. zu stark gewürzte Speisen	7,7	49. Tomaten	1,9
24. zu heiße und zu kalte Speisen	7,6	50. Schnittkäse	1,6
25. Süßigkeiten	7,6	51. Camembert	1,3
26. Weißwein	7,6	52. Butter	1,2

träglich bezeichnet wurden (Nr. 35 »Birnen«, Tab. 21). Die leichte Vollkost ersetzt die *früher übliche Schonkost* (Galle-, Leber-, Magen-, Darm-Schonkost). Diese gelten als medizinhistorisches Relikt. Lebensmittelunverträglichkeiten sind persönlichkeitsgebundene Merkmale und nicht krankheitsbedingte Symptome. Bis auf wenige Ausnahmen gibt es für Erkrankungen des Gastrointestinaltraktes keine Standardernährungsvorschriften. Es gilt der Grundsatz: »**Erlaubt ist, was bekommt**«. Deshalb sollte bei der leichten Vollkost der einzelne nur diejenigen Lebensmittel nicht erhalten, die er tatsächlich nicht verträgt.

Die Reduzierung vieler Kostformen auf Vollkost und leichte Vollkost bietet die

Möglichkeit, daß das Diätpersonal sich intensiver um die nach wie vor unabdingbaren Diäten kümmern und mehr Zeit der besseren Patientenberatung widmen kann. Die leichte Vollkost kann in der Hauptküche ohne diätetisch vorgebildetes Personal zubereitet werden, da ja lediglich auf einige Lebensmittel und Speisen verzichtet wird. Der Ersatz der herkömmlichen Schonkostformen durch die leichte Vollkost ist ernährungsmedizinisch begründet und dient der Rationalisierung der Speisenversorgung im Krankenhaus.

Für eine Reihe spezifischer Erkrankungen neben den Erkrankungen des Gastrointestinaltraktes gibt es **unabdingbare Diäten** (»therapeutische Diäten«), die über die Lebensmitteleinschränkungen der leichten Vollkost hinausgehen. Diese nährstoffdefinierten Diäten sind:

- *Energiedefinierte Diäten*
  Energiedefinierte Diäten werden vor allen Dingen bei Übergewicht eingesetzt. Weiterhin sind sie als Kostformen bei Diabetes mellitus, Hyperlipidämien sowie Hyperurikämie (Gicht) angezeigt.
- *Protein-Elektrolyt-definierte Diäten*
  Die wichtigsten Anwendungsgebiete eiweiß- und elektrolytdefinierter Diäten sind chronische Leber- und Nierenerkrankungen. Zur Behandlung des Bluthochdrucks wird eine natriumreduzierte Diät angewendet. Bei streng eiweißarmer Diät vermindert sich die Eiweißmenge pro Tag auf 20–25 g. Davon soll über die Hälfte hochwertiges Eiweiß mit essentiellen Aminosäuren sein (z. B. Kartoffel-Ei-Gemisch mit einem Proteinverhältnis von 3:2). Eiweißreduzierte Diäten sind immer natriumarm.
- *Sonderdiäten*
  Unter den Sonderdiäten werden alle übrigen vergleichsweise seltenen Diätformen, z. B. glutenfreie Kost, zusammengefaßt, auch die künstliche Ernährung.

Der Name *künstliche Ernährung* beruht zum einen darauf, daß diese Nahrungsform unter Laborbedingungen hergestellt wird. Andererseits wird sie aber auch neben der oralen Aufnahme entweder mittels Sonden direkt in Magen oder Darm (**enteral**) oder über die Blutbahn (**parenteral**) »künstlich« zugeführt. Soweit als möglich wird die enterale Ernährung der parenteralen vorgezogen, um mögliche, nicht unerhebliche Komplikationen zu vermeiden. Für die enterale Ernährung bieten sich niedermolekulare Formeldiäten (sog. chemisch definierte Elementar-, Aminosäure-, Peptid- oder Astronautenkost) und hochmolekulare Formeldiäten (sog. nährstoffdefinierte Diät) an (Tab. 22). Die niedermolekularen Formeldiäten werden bei Erkrankungen, die mit einem Malabsorptionssyndrom einhergehen, und vor allem bei chronisch entzündlichen Erkrankungen des Dünn- und Dickdarms eingesetzt. Die erheblich billigeren hochmolekularen Formeldiäten sollten bei intakter Digestions- und Absorptionsleistung angewendet werden; ihre Nährstoffrelation ist konstant. Sowohl hoch- als auch niedermolekulare Formeldiäten können per os als Flüssigkeit oder Pudding verzehrt werden. Aus Gründen der Praktikabilität und

Tab. 22 Zusammensetzung der Formuladiät (nach Götz, Rabast 1991)

Nährstoffe	Formuladiät niedermolekular	Formuladiät hochmolekular
Kohlenhydrate	Mono-, Di- und Oligosaccharide (80 %)	Oligo- und Polysaccharide
Protein	Aminosäuren oder Peptide (8–18 %)	hochmolekurale Proteine
Fett	überwiegend ungesättigte Fettsäuren (Maiskeim-, Sonnenblumen- oder Safloröl, evtl. MCT) (ca. 10 %)	Triglyceride (aus technologischen Gründen überwiegen Kohlenhydrate)
Ballaststoffe	fehlen	geringe Mengen
Vitamine und Mineralstoffe	entsprechend den geltenden Empfehlungen	entsprechend den geltenden Empfehlungen

sicheren Bedarfsdeckung wird die Applikation über die Sonde angestrebt.

Diätkost ist in jedem Fall als biochemischer Eingriff in den Stoffwechsel anzusehen, der nur aufgrund eindeutiger Diagnosen eingesetzt werden darf. Ihre Kontrolle auf Wirkung und Nebenwirkung muß genauso sorgfältig durchgeführt werden wie der Medikamenteneinsatz.

Auch bei diätetischer Kost, soweit es sich nicht um künstliche Ernährung handelt, ist stets daran zu denken, daß aus der Sicht des Patienten nicht die kontrollierte Zufuhr von Nährstoffen im Vordergrund steht, sondern daß er eine möglichst schmackhafte Mahlzeit erhält.

16 Zubereitung von Lebensmitteln im Krankenhaus

Da die Krankenhausverpflegung in Hauptküchen hergestellt wird, hat das Pflegepersonal wenig oder keinen Einfluß auf diesen Vorgang. Dennoch muß auch auf den Stationen einiges über den Ablauf der Nahrungszubereitung bekannt sein, um die Endverteilung der Mahlzeiten an die Patienten hinsichtlich ernährungsphysiologischer und sensorischer Qualität sicherzustellen.

Organisation und Planung der Speisenzubereitung in dem Großbetrieb der Hauptküche erfordern vom leitenden Küchenpersonal Fähigkeiten zum Management. Dabei besteht die Gefahr, daß die schonende Verarbeitung der Lebensmittel in den Hintergrund gerät. Gerade aber in der Krankenhausverpflegung müssen küchentechnisch bedingte Nährstoffverluste vermieden werden. Die Gesichtspunkte, die in den Kapiteln »Verarbeitungshinweise« dazu ausgeführt wurden, sind auch in der Krankenhausküche zu beachten. Besondere Gefahren für Nährstoffverluste entstehen durch verlängerte Garzeiten und anschließende Warmhaltezeiten, die aus der langen Pause zwischen Zubereitung und Verteilung an die Patienten herrühren.

Um dies zu vermeiden, können die Gerichte nach der Herstellung abgekühlt und tiefgefroren werden. Auf den Stationen lassen sie sich im Mikrowellenherd in kurzer Zeit wieder erwärmen. Hierbei hat das Pflegepersonal darauf zu achten, daß die Wiedererwärmung nicht zu früh vorgenommen und die vorgegebene Zeit unter Einhaltung der vorgeschriebenen Leistungsstufe nicht überschritten werden. Dieses System der Mahlzeitenverteilung kann nur dann optimal funktionieren, wenn die Organisation auf der Station gut durchdacht ist.

Verschiedene Mahlzeiten müssen auf den Stationen angerichtet werden. Dies trifft meistens für die kalten Mahlzeiten, Frühstück und Abendessen zu, eventuell auch für die Zwischenmahlzeiten. Appetitlich aussehende und liebevoll angerichtete Mahlzeiten haben physiologische und psychologische Wirkungen auf die Patienten, die die Heilung fördern und beschleunigen. Schmackhafte, lecker dargereichte Speisen geben ihnen das Gefühl nicht als Objekt (»die Niere«, »der Blinddarm«), sondern als umsorgtes Individuum zu gelten. Das Anrichten und Garnieren der Speisen gehört deshalb wie die Nahrungszubereitung in der Hauptküche zur vollwertigen Ernährung im Krankenhaus.

17 Mikrobielle Lebensmittelvergiftungen

Die Ursachen von mikrobiellen Lebensmittelvergiftungen sind Mikroorganismen oder von ihnen gebildete Toxine. Sie können zusätzlich zu den in Lebensmitteln enthaltenen natürlichen toxischen Inhaltsstoffen auftreten. Die wichtigsten in Frage kommenden Mikroorganismen und ihre Auswirkungen auf den menschlichen Organismus werden im folgenden kurz dargestellt.

Vor allem eiweißhaltige Lebensmittel sowie Obst und Gemüse werden von **Fäulnisbakterien** (Clostridienarten) zersetzt. Die Abbauprodukte sind niedrigmolekulare, häufig übelriechende Amine, Mercaptane und Schwefelwasserstoff. Daher ist die Fäulnis leicht am Geruch, aber auch am veränderten Aussehen und Geschmack zu erkennen. Beim Verzehr von Fäulnis befallenen Lebensmitteln kann es zu Übelkeit, Magenschmerzen, Durchfall und Erbrechen kommen. Da sich Clostridien wie die meisten in diesem Zusammenhang zu besprechenden Mikroorganismen im mesophilen Temperaturbereich (10–40 °C) besonders gut vermehren, kann bei Lagerung unterhalb von 10 °C die Fäulnisbildung verlangsamt werden.

Durch **Salmonellen** bewirkte Lebensmittelvergiftungen rufen keine sensorischen Veränderungen der Lebensmittel hervor. Vom Befall *besonders gefährdete Lebensmittel* müssen deshalb immer als potentielle Salmonellenträger angesehen werden. Diese sind Geflügel, Hackfleisch, Wurstwaren, Fleischsalat und Kartoffelsalat. Die Inkubationszeit beträgt beim Menschen ca. 24 Stunden, die Krankheitsdauer 1–8 Tage. Symptome sind Kopfschmerzen, Magenschmerzen, Durchfall, Übelkeit und Erbrechen, häufig fiebrig. Da die Bakterien bei Temperaturen über 80 °C zerstört werden, sind gut durchgegarte Lebensmittel salmonellenfrei. Gegen niedrige Temperaturen sind die Bakterien unempfindlich. Sie bleiben auch in tiefgefrorenen Lebensmitteln virulent. Neben den salmonellengefährdeten Lebensmitteln selbst müssen auch mit ihnen im rohen Zustand in Berührung gekommene Lebensmittel und Arbeitsgeräte erhitzt bzw. gut gereinigt werden (z. B. Messer oder durch Fleischsaft verunreinigte Platten, Schmierinfektion). Roh oder nicht erhitzt zu verzehrende Lebensmittel sollten möglichst bald nach der Zubereitung gegessen werden. Dies gilt besonders für Hackfleisch (Hackfleisch-VO). Zum Vermeiden unerwünschter Bakterienvermehrung ist kühle Lagerung selbstverständlich. Personen, die in Lebensmittel verarbeitenden Betrieben beschäftigt sind, werden amtsärztlich jährlich einmal auf Salmonellen untersucht. Ca. $^3/_4$ aller Lebensmittelvergiftungen sind durch Salmonellen verursacht. Das Auftreten von Salmonellosen ist meldepflichtig.

Weniger häufig, aber um so gefährlicher ist der Botulismus, verursacht durch **Clostridium botulinum**. Die Bakterien gedeihen *nur unter Luftabschluß*. Nicht ausreichend sterilisierte Konserven bieten ihnen deshalb ideale Lebensbedingungen. Durch Gasbildung beim Bakterienstoffwechsel entsteht in den Dosen Überdruck, der Boden und Deckel zur Wölbung bringt. Auch Konserven, deren Dosen noch nicht verformt sind, können bereits Clostridium botulinum in toxischer Menge enthalten. Erhitzung über 80 °C zerstört die Bakterien. Vor allem Bohnen- und Fleischkonserven müssen vor dem Verbrauch einige Minuten erhitzt werden. Außer in Konserven kann Botulismus durch ungenügend geräucherte bzw. gepökelte Schinken- und Wurstwaren sowie durch nicht ausreichend gesäuerte Fischwaren entstehen. Vergiftungserscheinungen sind Müdigkeit, Doppelsehen, Schluckbeschwerden, Sprachstörungen; Atemlähmung kann zum Tode führen. Der Botulismus ist ebenfalls meldepflichtig.

Mikrobielle Lebensmittelvergiftungen können auch durch Mykotoxine verursacht werden. Besonders giftig und als Krebserreger bekannt ist die Gruppe der Aflatoxine, die überwiegend vom Schimmelpilz **Aspergillus flavus** gebildet wird. Besonders Nüsse und Backwaren werden vom Schimmelpilz befallen. Seit 1976 existiert eine Aflatoxin-VO, in welcher die Höchstmenge an Aflatoxin in µg/kg Lebensmittel festgelegt ist. Außerdem regelt sie die Kontrolle bei importierten Erzeugnissen. Aflatoxine rufen bei Tier und Mensch Leberschädigungen und evtl. Leberkrebs hervor. Verschimmelte Lebensmittel darf man nicht an Tiere verfüttern. Sollen angeschimmelte Lebensmittel zum menschlichen Verzehr kommen, sind die von Schimmel befallenen Stellen großflächig wegzuschneiden. Wasserhaltige, verschimmelte Lebensmittel sind insgesamt für den Genuß untauglich. Ausnahme: Konfitüren und Marmeladen, bei denen Fruchtanteil und Zucker mindestens im Verhältnis 1:1 gemischt sind. Es genügt, den Schimmel mit einer dicken Fruchtschicht zu entfernen.

Brot, Backwaren und Nüsse müssen kühl und trocken gelagert werden.

18 Literaturhinweise

Auswertungs- und Informationsdienst für Ernährung, Landwirtschaft und Forsten eV (AID) (Hrsg.) (1991) MONICA Mengenliste. Bonn

Deutsche Forschungsanstalt für Lebensmittelchemie (Hrsg.) (1994) Die Zusammensetzung der Lebensmittel, Nährwert-Tabellen, begründet von Souci S W, Fachmann W, Kraut H. Stuttgart

Deutsche Forschungsanstalt für Lebensmittelchemie (Hrsg.) (1991) Der kleine »Souci · Fachmann · Kraut«, Lebensmitteltabelle für die Praxis, bearbeitet von Senser F, Scherz H. Stuttgart

Deutsche Gesellschaft für Ernährung eV (DGE) (Hrsg.) (1991) Empfehlungen für die Nährstoffzufuhr. Frankfurt

Deutsche Gesellschaft für Ernährung eV (DGE) (Hrsg.) (1996) Ernährungsbericht 1996. Frankfurt

Deutsche Gesellschaft für Hauswirtschaft eV (DGH) (Hrsg.) (1992) Lebensmittelverarbeitung im Haushalt. Stuttgart

Götz M-L, Rabast U (1987) Diättherapie. Stuttgart · New York

Herrmann K (Hrsg.) (1989) Lexikon Lebensmittel und Ernährung. Bielefeld

Kasper H (1996) Ernährungsmedizin und Diätetik. München · Wien · Baltimore

Pudel V, Westenhöfer J (1996) Ernährungspsychologie. Göttingen · Toronto · Zürich

Anhang

Anhang 1: Maßeinheiten

Gewichtseinheit

1	g =	1 Gramm	(g)
1 000	g =	1 Kilogramm	(kg)
$\frac{1}{1\,000}$	g =	1 Milligramm	(mg)
$\frac{1}{1\,000\,000}$	g =	1 Mikrogramm	(µg)

Energie- bzw. Wärmeeinheit

1 cal	=	1 Kalorie	(cal)	(alte, seit 1978 offiziell nicht mehr verwendete Größe; in der Umgangssprache jedoch noch gebräuchlich)
1 000 cal	=	1 Kilokalorie	(kcal)	

1 J	=	1 Joule	(J)
1 000 J	=	1 Kilojoule	(kJ)
1 000 000 J	=	1 Megajoule	(MJ)

Der Umrechnungsfaktor von Kalorie zu Joule ist 4,184:
1 kcal = 4,184 kJ und umgekehrt
1 kJ= 0,239 kcal

Anhang 2: Empfohlene Nährstoffzufuhr pro Tag (Deutsche Gesellschaft für Ernährung, 1991 [verändert])

Alter	Protein g/kg[1] m	Protein g/kg[1] w	g m	g w	ess. Fettsäuren % der Energie	Calcium mg m	Calcium mg w	Magnesium mg m	Magnesium mg w	Eisen mg m	Eisen mg w[4]	Jod µg	Zink mg m	Zink mg w
Säuglinge														
0 bis unter 4 Monate	2,2		11		4,5	500		40		6[5,6]		50	5	
4 bis unter 12 Monate	1,6		13		3,8	500		60		8		80	5	
Kinder														
1 bis unter 4 Jahre	1,2		16		3,5	600		80		8		100	7	
4 bis unter 7 Jahre	1,1		21		3,5	700		120		8		120	10	
7 bis unter 10 Jahre	1,0		27		3,5	800		170		10		140	11	
10 bis unter 13 Jahre	1,0		38	39	3,5	900		230	250	12	15	180	12	12
13 bis unter 15 Jahre	1,0		51	50	3,5	1 000		310	310	12	15	200	15	12
Jugendliche und Erwachsene														
15 bis unter 19 Jahre	0,9	0,8	60	47	3,5	1 200		400	350	12	15	200	15	12
19 bis unter 25 Jahre	0,8		60	48	3,5	1 000		350	300	10	15	200	15	12
25 bis unter 51 Jahre	0,8		59	48	3,5	900		350	300	10	15	200	15	12
51 bis unter 65 Jahre	0,8		58	48	3,5	800		350	300	10	10	180	15	12
65 Jahre und älter	0,8		55	47	3,5	800		350	300	10	10	180	15	12
Schwangere		58[2,3]		58[2]	3,5		1 200		300		30	230		15[2]
Stillende		63[3]		63	3,5		1 300[7]		375		20[7]	260		22

[1] g/kg Sollgewicht und Tag
[2] Ab 4. Monat der Schwangerschaft
[3] g/Tag
[4] Nichtmenstruierende Frauen, die nicht schwanger sind oder stillen: 10 mg
[5] Ausgenommen Unreifgeborene
[6] Ein Eisenbedarf besteht infolge der dem Neugeborenen von der Plazenta als Hb-Eisen mitgegebenen Eisenmenge erst ab dem 4. Monat
[7] Zum Ausgleich der Verluste während der Schwangerschaft

Empfohlene Nährstoffzufuhr pro Tag (Deutsche Gesellschaft für Ernährung, 1991 [verändert])

Alter	Vit. A mg RÄ[8] m	w	Vit. D µg	Vit. E mg TÄ[9]	Vit. K µg m	w	Thiamin mg m	w	Riboflavin mg m	w	Niacin mg NÄ[10] m	w	Vit. B6 mg m	w	Folsäure µg [11]	[12]	Vit. B12 µg	Vit. C mg
Säuglinge																		
0 bis unter 4 Monate	0,5		10	3	5		0,3		0,3		5		0,3		-	40	0,5	40
4 bis unter 12 Monate	0,6		10	4	10		0,4		0,5		6		0,6		80	40	0,8	50
Kinder																		
1 bis unter 4 Jahre	0,6		5	6	15		0,7		0,8		9		0,9		120	60	1,0	55
4 bis unter 7 Jahre	0,7		5	8	20		1,0		1,1		12		1,2		160	80	1,5	60
7 bis unter 10 Jahre	0,8		5	9	30		1,1		1,2		13		1,4		200	100	1,8	65
10 bis unter 13 Jahre	0,9	0,9	5	10	40	40	1,2	1,2	1,4	1,3	15	14	1,6	1,5	240	120	2,0	70
13 bis unter 15 Jahre	1,1	1,0	5	12	50	50	1,4	1,2	1,5	1,4	17	15	1,8	1,6	300	150	3,0	75
Jugendliche und Erwachsene																		
15 bis unter 19 Jahre	1,1	0,9	5	12	70	60	1,6	1,3	1,8	1,7	20	16	2,1	1,8	300	150	3,0	75
19 bis unter 25 Jahre	1,0	0,8	5	12	70	60	1,4	1,2	1,7	1,5	18	15	1,8	1,6	300	150	3,0	75
25 bis unter 51 Jahre	1,0	0,8	5	12	80	65	1,3	1,1	1,7	1,5	18	15	1,8	1,6	300	150	3,0	75
51 bis unter 65 Jahre	1,0	0,8	5	12	80	65	1,3	1,1	1,7	1,5	18	15	1,8	1,6	300	150	3,0	75
65 Jahre und älter	1,0	0,8	5	12	80	65	1,3	1,1	1,7	1,5	18	15	1,8	1,6	300	150	3,0	75
Schwangere		1,1[2]	10[2]	14[2]		65[2]		1,5[2]		1,8[2]		17[2]		2,6[2]	600	300	3,5[13]	100[2]
Stillende		1,8	10	17		65		1,7		2,3		20		2,2	450	225	4,0	125

[8] 1 mg Retinol-Äquivalent = 6 mg all-trans-β-Carotin = 12 mg andere Provitamin A-Carotinoide = 1,15 mg all-trans-Retinylacetat = 1,83 mg all-trans-Retinylpalmitat

[9] 1 mg RRR-α-Tocophernol-Äquivalent = 1,1 mg RRR-α-Tocopherylacetat = 2 mg RRR-β-Tocopherol = 4 mg RRR-γ-Tocopherol = 100 mg RRR-δ-Tocopherol = 3,3 mg RRR-α-Tocotrienol = 1,49 mg all-rac-α-Tocopherylacetat

[10] 1 mg Niacin-Äquivalent = 60 mg Tryptophan

[11] Berechnet auf »Gesamtfolat« (Summe folatwirksamer Verbindungen in üblicher Nahrung)

[12] Folat-Äquivalente bzw. freie Folsäure (Pteroyl-monoglutamat)

[13] Insbesondere zur Erhaltung der Nährstoffdichte

Anhang 3: Nährwertabelle
(nach Souci · Fachmann · Kraut 1994*)

Lebensmittelgruppe	Lebensmittel (je 100 g eßbarer Anteil**)	Energie kJ	Eiweiß g	Fett g	Kohlenhydrate g	Ballaststoffe g
Milch und Milcherzeugnisse	Vollmilch (Vorzugsmilch)	276	3,3	3,8	4,5	–
	Trinkmilch (3,5 % Fett)	269	3,3	3,6	4,6	–
	Trinkmilch (1,5 % Fett)	197	3,4	1,6	4,6	–
	Magermilch (entrahmte Milch)	147	3,5	0,1	4,8	–
	Vollmilchpulver	2 016	25,2	26,2	35,1	–
	Magermilchpulver	1 518	35,0	1,0	50,5	–
	Kondensmilch (10 % Fett)	742	8,8	10,1	12,5	–
	Kondensmilch (7,5 % Fett)	551	6,5	7,6	9,2	–
	Sahne (10 % Fett)	510	3,1	10,5	4,1	–
	Schlagsahne (30 % Fett)	1 269	2,4	31,7	3,3	–
	Sahne (sauer)	782	2,8	18,0	3,5	–
	Buttermilch	157	3,5	0,5	4,0	–
	Joghurt (3,5 % Fett)	293	3,9	3,8	4,4	–
	Joghurt (1,5 % Fett)	210	3,6	1,6	4,5	–
	Joghurt (mager)	155	4,4	0,1	3,6	–
	Fruchtjoghurt (vollfett)	426	3,9	2,6	15,5	–
	Fruchtjoghurt (fettarm)	340	3,6	1,3	13,5	–
	Fruchtjoghurt (mager)	287	3,8	0,1	12,8	–
	Kefir	270	3,3	3,5	3,6	–
	Frischkäse (Doppelrahm, mind. 60 % Fett i. Tr.)	1 407	11,3	31,5	2,6	–
	Hüttenkäse (Cottagekäse)	428	12,3	4,3	3,3	–
	Mozzarella	934	19,9	16,1	–	–
	Schichtkäse (10 % Fett)	318	12,7	2,4	0,9	–
	Speisequark (mager)	303	13,5	0,3	3,2	–
	Speisequark (20 % Fett)	457	12,5	5,1	2,7	–
	Speisequark (40 % Fett)	664	11,1	11,4	2,6	–
	Emmentaler (45 % Fett i. Tr.)	1 593	28,7	29,7	–	–
	Gruyère	1 713	29,8	32,3	–	–
	Parmesan	1 561	35,6	25,8	0,1	–
	Edamer (30 % Fett i. Tr.)	1 048	26,4	16,2	–	–
	Edamer (45 % Fett i. Tr.)	1 469	24,8	28,3	–	–
	Gouda (45 % Fett i. Tr.)	1 514	25,5	29,2	–	–
	Tilsiter (45 % Fett i. Tr.)	1 472	26,3	27,7		
	Butterkäse (50 % Fett i. Tr.)	1 424	21,1	28,8	–	–
	Edelpilzkäse (50 % Fett i. Tr.)	1 471	21,1	29,8	–	–
	Brie (50 % Fett i. Tr.)	1 430	22,6	27,9	0,1	–

* s. Literaturhinweise
** Eßbarer Anteil = käufliche Rohware minus Abfall
0,0 = nicht vorhanden
– = keine Angaben

Lebensmittelgruppe	Lebensmittel (je 100 g eßbarer Anteil*)	Energie kJ	Eiweiß g	Fett g	Kohlenhydrate g	Ballaststoffe g
	Camembert (45 % Fett i. Tr.)	1 185	21,0	22,3	0,1	–
	Fetakäse (45 % Fett i. Tr.)	986	17,0	18,1	0,5	–
	Romadur (20 % Fett i. Tr.)	745	23,9	9,2	–	–
	Sauermilchkäse (Harzer-, Mainzer-, Handkäse)	540	30,0	0,7	–	–
	Schmelzkäse(45 %Fett i. Tr.)	1 118	14,4	23,6	–	–
Eier	Hühner-Ei (Gesamtei-Inhalt)	646	12,9	11,2	0,7	–
	Hühner-Ei, St. ca. 57 g (Gesamtei-Inhalt)	368	7,3	6,4	0,4	–
	Hühnervolleipulver	2 369	46,0	41,8	2,4	–
Fette	Butter	3 090	0,7	83,2	–	–
	Butterschmalz	3 686	0,3	99,5	–	–
	Schweineschmalz	3 700	–	100,0	–	–
	Pflanzenmargarine	2 970	0,2	80,0	0,4	–
	Diätmargarine	2 967	0,2	80,0	0,2	–
	Halbfettmargarine	1 514	1,6	40,0	0,4	–
	Sonnenblumenöl	3 700	–	100,0	–	–
Mayonnaise	Mayonnaise (fettreich)	3 078	1,5	82,5	–	–
Fleisch und Fleischwaren	Schweinefleisch (Filet)	448	22,0	2,0	–	–
	Schweinefleisch (Kamm)	822	18,3	13,8	–	–
	Schweinefleisch (Bauch)	1 083	17,8	21,1	–	–
	Rindfleisch (Filet)	508	21,2	4,0	–	–
	Rindfleisch (Hochrippe)	647	20,1	8,1	–	–
	Rindfleisch (Brust)	847	18,4	14,5	–	–
	Kalbfleisch (Keule)	484	20,7	3,6	–	–
	Hammelfleisch (Lende)	806	18,7	13,2	–	–
	Hammelfleisch (Brust)	1 573	12,0	37,0	–	–
	Kaninchenfleisch	636	20,8	7,6	–	–
	Schweinehackfleisch	1 213	22,4	22,5	–	–
	Rinderhackfleisch	907	22,9	14,0	–	–
	Tatar	475	21,4	3,0	–	–
	Bündner Fleisch	1 015	39,0	9,5	–	–
	Kochschinken	528	22,5	3,7	–	–
	Roher Schinken	1 655	18,0	33,3	–	–
	Corned beef (amerikanisch)	874	25,3	12,0	–	–
	Corned beef (deutsch)	591	21,7	6,0	–	–
	Cervelatwurst	1 633	20,3	34,8	–	–
	Salami, deutsche	1 578	21,0	33,0	–	–

* Eßbarer Anteil = käufliche Rohware minus Abfall
0,0 = nicht vorhanden
– = keine Angaben

Lebensmittelgruppe	Lebensmittel (je 100 g eßbarer Anteil*)	Energie kJ	Eiweiß g	Fett g	Kohlenhydrate g	Ballaststoffe g
	Bierschinken	724	17,8	11,4	–	–
	Fleischwurst	1 260	12,1	28,5	–	–
	Bratwurst	1 263	21,2	24,4	–	–
	Dosenwürstchen (Brühwürstchen)	1 268	13,0	28,3	–	–
	Frankfurter Würstchen	1 114	12,4	24,4	–	–
	Wiener Würstchen	1 258	12,4	28,3	–	–
	Blutwurst	1 279	12,1	29,0	–	–
	Leberwurst (grob)	1 351	15,9	29,2	–	–
	Mettwurst	1 613	13,9	37,2	–	–
	Leberkäse	1 228	12,4	27,5	–	–
Innereien	Rinderzunge	860	16,0	15,9	–	–
	Rinderleber	540	19,7	3,1	5,3	–
	Schweineleber	549	20,7	4,9	0,9	–
	Schweineniere	426	16,9	3,8	–	–
	Schweineherz	384	16,9	2,6	–	–
	Kalbshirn	453	10,1	7,6	–	–
Geflügel	Huhn (Brathuhn)	694	19,9	9,6	–	–
	Huhn (Brust)	607	22,2	6,2	–	–
	Huhn (Schlegel)	723	18,2	11,2	–	–
	Huhn (Suppenhuhn)	1 066	18,5	20,3	–	–
	Gans	1 414	15,7	31,0	–	–
	Ente	944	18,1	17,2	–	–
	Truthahn (Jungtier)	632	22,4	6,8	–	–
Wild	Hirschfleisch	474	20,6	3,3	–	–
	Rehfleisch (Keule)	410	21,4	1,3	–	–
	Hasenfleisch	479	21,6	3,0	–	–
	Wildschweinfleisch	457	19,5	3,4	–	–
Fisch und Fischerzeugnisse	Kabeljau	324	17,7	0,6	–	–
	Rotbarsch	443	18,2	3,6	–	–
	Seelachs	344	18,3	0,9	–	–
	Scholle	361	17,1	1,9	–	–
	Forelle	433	19,5	2,7	–	–
	Karpfen	484	18,0	4,8	–	–
	Aal	1 162	15,0	24,5	–	–
	Aal, geräuchert	1 363	17,9	28,6	–	–
	Hering	968	18,2	17,8	–	–
	Matjeshering	1 108	16,0	22,6	–	–

* Eßbarer Anteil = käufliche Rohware minus Abfall
0,0 = nicht vorhanden
– = keine Angaben

Lebensmittelgruppe	Lebensmittel (je 100 g eßbarer Anteil*)	Energie kJ	Eiweiß g	Fett g	Kohlenhydrate g	Ballaststoffe g
	Salzhering	906	19,8	15,4	–	–
	Brathering	848	16,8	15,2	–	–
	Hering in Gelee	682	12,7	12,6	–	–
	Bückling	934	21,2	15,5	–	–
	Makrele, geräuchert	925	20,7	15,5	–	–
	Ölsardinen	924	24,1	13,9	–	–
	Thunfisch	939	21,5	15,5	–	–
	Thunfisch in Öl	1 178	23,8	20,9	–	–
Getreideerzeugnisse und Teigwaren	Weizenmehl, Type 405	1 409	9,8	1,0	70,9	4,0
	Weizenmehl, Type 1050	1 398	11,2	1,8	67,2	5,2
	Weizenmehl, Type 1700 (Weizenbackschrot)	1 283	11,2	2,1	59,7	12,9
	Weizenkleie	721	14,9	4,7	17,5	45,4
	Weizengrieß	1 364	9,6	0,8	69,0	7,1
	Roggenmehl, Type 815	1 355	6,4	1,0	71,0	6,5
	Roggenmehl, Type 1150	1 342	8,3	1,3	67,8	8,0
	Roggenmehl, Type 1800 (Roggenbackschrot)	1 228	10,0	1,5	59,0	13,7
	Buchweizengrütze	1 420	7,5	1,6	72,6	3,2
	Buchweizenvollmehl	1 487	10,9	2,7	70,7	–
	Haferflocken	1 548	12,5	7,0	63,3	5,4
	Stärkemehl (Maisstärke)	1 470	0,4	0,1	85,9	–
	Reis, poliert	1 460	6,8	0,6	77,7	1,4
	Reis, unpoliert	1 463	7,2	2,2	74,1	2,2
	Eierteigwaren (Nudeln, Spaghetti usw.)	1 501	12,3	2,8	69,9	3,4
	Brötchen	1 155	8,3	1,9	55,6	3,0
	Weißbrot	1 009	7,6	1,2	48,8	3,2
	Weizentoastbrot	1 090	6,9	4,4	47,7	3,7
	Weizenmischbrot	959	6,2	1,1	47,7	4,6
	Weizenschrotbrot	845	7,8	1,0	39,7	8,4
	Weizenvollkornbrot	843	7,0	0,9	40,7	7,4
	Roggenbrot	920	6,2	1,0	45,8	6,5
	Roggenmischbrot	893	6,4	1,1	43,7	6,1
	Roggenvollkornbrot	818	6,8	1,2	38,8	8,1
	Knäckebrot	1 335	9,4	1,4	66,1	14,6
	Pumpernickel	771	6,8	0,9	36,5	9,3
	Cornflakes	1 498	7,2	0,6	79,7	4,0
	Zwieback	1 558	9,2	4,3	73,1	3,5
	Keks	1 805	7,6	11,0	74,7	3,3
	Salzgebäck	1 464	9,0	0,5	76,0	–

* Eßbarer Anteil = käufliche Rohware minus Abfall
0,0 = nicht vorhanden
– = keine Angaben

Lebensmittelgruppe	Lebensmittel (je 100 g eßbarer Anteil*)	Energie kJ	Eiweiß g	Fett g	Kohlenhydrate g	Ballaststoffe g
Gemüse und Gemüseprodukte	Kartoffel	298	2,0	0,1	14,8	2,1
	Kartoffelpüree (Trockenprodukt)	1 374	8,6	0,6	71,0	–
	Kartoffelklöße, gekocht (Trockenprodukt)	1 422	7,1	1,4	73,5	–
	Kartoffelklöße, roh (Trockenprodukt)	1 415	5,7	0,3	77,0	–
	Kartoffelkroketten (Trockenprodukt)	1 477	8,1	1,6	75,3	–
	Kartoffelpuffer (Trockenprodukt)	1 404	6,4	0,5	75,1	–
	Kartoffelchips	2 241	5,5	39,4	40,6	–
	Pommes frites	1 215	4,2	14,5	35,7	–
	Kohlrabi	102	1,9	0,1	3,7	1,4
	Meerrettich	266	2,8	0,3	11,7	–
	Möhren	109	1,0	0,2	4,8	3,4
	Möhren i. d. Dose	84	0,6	0,3	3,5	–
	Radieschen	61	1,1	0,1	2,1	1,6
	Rettich	56	1,1	0,2	1,9	2,5
	Rote Rübe	175	1,5	0,1	8,4	2,5
	Schwarzwurzel	71	1,3	0,4	2,0	–
	Sellerieknolle	77	1,6	0,3	2,3	4,2
	Blumenkohl	95	2,5	0,3	2,4	2,9
	Broccoli	110	3,3	0,2	2,5	3,0
	Chicorée	69	1,3	0,2	2,3	1,3
	Chinakohl	52	1,2	0,3	1,2	1,9
	Endivie	42	1,8	0,2	0,3	1,2
	Feldsalat	57	1,8	0,4	0,7	1,5
	Grünkohl	155	4,3	0,9	2,5	4,2
	Kopfsalat	49	1,3	0,2	1,1	1,4
	Petersilie	214	4,4	0,4	7,4	4,3
	Porree (Lauch)	105	2,2	0,3	3,2	2,3
	Rhabarber	56	0,6	0,1	1,4	3,2
	Rosenkohl	151	4,5	0,3	3,3	4,4
	Rotkohl	92	1,5	0,2	3,5	2,5
	Sauerkraut	71	1,5	0,3	0,8	2,1
	Schnittlauch	115	3,6	0,7	1,6	–
	Spargel	74	1,9	0,1	2,0	1,5
	Spargel i. d. Dose	61	1,9	0,3	1,0	1,3
	Spinat	64	2,5	0,3	0,6	2,6
	Weißkohl	104	1,4	0,2	4,2	3,0

* Eßbarer Anteil = käufliche Rohware minus Abfall
0,0 = nicht vorhanden
– = keine Angaben

Lebensmittelgruppe	Lebensmittel (je 100 g eßbarer Anteil*)	Energie kJ	Eiweiß g	Fett g	Kohlenhydrate g	Ballaststoffe g
	Wirsingkohl	105	3,0	0,4	2,4	2,6
	Zwiebel	117	1,3	0,3	4,9	1,8
	Aubergine	72,4	1,2	0,2	2,5	2,8
	Bohnen, grün	139	2,4	0,2	5,1	1,9
	Bohnen, grün i. d. Dose	92	1,2	0,1	3,8	–
	Erbsen, grün	342	6,6	0,5	12,3	4,3
	Erbsen, grün i. d. Dose	222	3,6	0,4	8,6	–
	Gurke	52	0,6	0,2	1,8	0,5
	Kürbis	104	1,1	0,1	4,6	2,2
	Paprikaschoten	86	1,2	0,3	2,9	3,6
	Tomate	73	1,0	0,2	2,6	1,0
	Tomaten i. d. Dose	79	1,2	0,2	2,7	–
	Tomatenmark	165	2,3	0,5	5,6	–
	Zucchini	77	1,6	0,4	2,1	1,1
Hülsenfrüchte (trocken)	Bohnen, weiß	1 102	21,3	1,6	40,1	17,0
	Erbsen, grün	1 154	22,9	1,4	41,2	16,6
	Linsen	1 334	23,5	1,4	52,0	10,6
	Sojabohne	1 350	33,7	18,1	6,3	22,0
Pilze	Champignon	67	2,7	0,2	0,6	2,0
	Champignons i.d. Dose	67	2,3	0,5	0,5	2,0
	Pfifferling	48	1,6	0,5	0,2	4,7
	Steinpilz	85	3,6	0,4	0,5	6,0
	Steinpilz, getr.	523	19,7	3,2	4,1	55,3
Früchte, Obst	Apfel	228	0,3	0,6	11,4	2,0
	Aprikose	183	0,9	0,1	8,5	1,5
	Birne	233	0,5	0,3	12,4	3,3
	Kirsche, süß	265	0,9	0,3	13,3	1,3
	Kirsche, sauer	225	0,9	0,5	9,9	1,0
	Pfirsich	176	0,8	0,1	8,9	1,9
	Pfirsiche i. d. Dose	288	0,4	0,1	16,2	1,1
	Pflaume	205	0,6	0,2	10,2	1,6
	Weintrauben	286	0,7	0,3	15,2	1,5
	Ananas	234	0,5	0,2	12,4	1,0
	Apfelsine	179	1,0	0,2	8,3	1,6
	Avocado	909	1,9	23,5	0,4	6,3
	Banane	374	1,2	0,2	20,0	1,8
	Grapefruit	161	0,6	0,2	7,4	1,6
	Kiwi	215	1,0	0,6	9,1	2,1

* Eßbarer Anteil = käufliche Rohware minus Abfall
0,0 = nicht vorhanden
– = keine Angaben

Lebensmittelgruppe	Lebensmittel (je 100 g eßbarer Anteil*)	Energie kJ	Eiweiß g	Fett g	Kohlenhydrate g	Ballaststoffe g
	Mandarine	195	0,7	0,3	10,1	1,7
	Olive, grün, mariniert	568	1,4	13,9	1,8	2,4
	Wassermelone	159	0,6	0,2	8,3	0,2
	Zitrone	151	0,7	0,6	3,2	–
	Brombeeren	186	1,2	1,0	6,2	3,2
	Erdbeeren	136	0,8	0,4	5,5	1,6
	Heidelbeeren	154	0,6	0,6	6,1	4,9
	Himbeeren	143	1,3	0,3	4,8	4,7
	Johannisbeeren, rot	139	1,1	0,2	4,8	3,5
	Preiselbeeren	148	0,3	0,5	6,2	2,9
	Stachelbeeren	158	0,8	0,2	7,1	3,0
	Edelkastanie (Marone)	813	2,5	1,9	41,2	8,4
	Erdnuß, geröstet	2 424	25,6	49,4	9,4	11,4
	Haselnuß	2 662	12,0	61,6	10,5	8,2
	Mandel, süß	2 383	18,7	54,1	3,7	15,2
	Walnuß	2 738	14,4	62,5	10,6	6,1
	Rosinen	1 178	2,5	0,6	63,9	5,2
	Pflaumen, getr.	942	2,3	0,6	47,4	5,0
Zuckerreiche Lebensmittel und Süßwaren	Zucker	1 697	–	–	99,8	–
	Honig	1 263	0,4	–	75,1	–
	Erdbeerkonfitüre	1 088	0,3	0,2	52,6	0,8
	Eiscreme	856	3,9	11,7	21,0	–
	Fruchteis	587	1,5	1,8	29,1	–
	Milchschokolade	2 242	9,2	31,5	54,1	–
	Kakaopulver	1 427	19,8	24,5	10,8	30,4
Getränke	Apfelsaft	203	0,1	–	11,1	–
	Apfelsinensaft	188	0,7	0,2	9,0	–
	Grapefruitsaft	201	0,5	0,1	10,1	–
	Cola-Getränke	241	3,3	–	10,9	–
	Bier, hell	163	0,5	–	2,9	–
	Malzbier, alkoholarm	213	0,3	–	11,6	–
	Weißwein	290	0,2	–	2,6	–
	Rotwein	322	0,2	–	2,5	–
	Sekt	348	0,2	–	5,1	–
	Weinbrand	994	–	–	2,0	–

* Eßbarer Anteil = käufliche Rohware minus Abfall
0,0 = nicht vorhanden
– = keine Angaben
+ = in Spuren enthalten

Anhang 4: Portionsmengenvorschläge pro Person

Fisch	mit Kopf	200–250 g
Filet		125–175 g
Fleisch	mit Knochen	125–150 g
	ohne Knochen	100–125 g
	gehackt	60–100 g
	Fleisch in Soße	100–125 g
	Fleisch im Eintopf	50– 80 g
	Fleisch, kurz gebraten	100–150 g
	Innereien	100–125 g
Geflügel	mit Knochen	300–400 g
	ohne Knochen	100–125 g
Gemüse (geputzt)	Beilage	200–250 g
	Eintopf	150 g
	Rohkostsalat	50–125 g
	zu Salat gekocht	100–125 g
Hülsenfrüchte	Eintopf	70– 90 g
Kartoffeln (geschält)	Beilage	200 g
	Eintopf	125 g
	Brei	150–200 g
	Klöße	200 g
	Pommes frites	125–150 g
Obst	frisch	150–200 g
	frisch zu Kompott	125–150 g
	getrocknet zu Kompott	60 g
Quark	Quarkspeise	100–125 g
Reis	Beilage	60 g
	Hauptgericht	100 g
	Suppeneinlage	15– 20 g
Suppe	Vorspeise	200–250 g
	Hauptgericht	500 g
Teigwaren (roh)	Beilage	60– 80 g
	Hauptgericht	100–125 g

Anhang 5: Maßtabelle für Lebensmittelmengen (nach MONICA Mengenliste 1991*)

Lebensmittel	Menge in haushaltsüblichen Maßen**	Menge in Gramm
Amerikaner	1 Stück	85
Ananas		
Konserve	1 Scheibe	50
Apfel		
eßbarer Anteil, ungeschält	1 Stück (mittelgroß)	115
eßbarerAnteil, geschält	1 Stück (mittelgroß)	95
Apfelkuchen	1 Stück (mittelgroß)	180
Apfelmus	1 Eßlöffel	15
Apfelsine		
eßbarer Anteil, geschält	1 Stück (mittelgroß)	145
	1 Stück (groß)	180
Aprikose		
eßbarerAnteil	1 Stück (mittelgroß)	45
Konserve	1 Aprikosenhälfte	20
getrocknet	1 Aprikosenhälfte	5
Aufstrichfette		
(Butter, Margarine)	je Scheibe Mischbrot (mittelgroß)	10
	je Scheibe Pumpernickel (groß)	10
	je Scheibe Knäckebrot	5
	je Brötchenhälfte	10
Banane		
eßbarer Anteil	1 Stück (mittelgroß)	125
Berliner	1 Stück	55
Bienenstich	1 Stück	115
Birne		
eßbarer Anteil, ungeschält	1 Stück (mittelgroß)	140
eßbarer Anteil, geschält	1 Stück (mittelgroß)	110
Konserve	1 Birnenhälfte	50
Blechkuchen mit Obst	1 Stück	195
Bockwurst (Brühwürstchen)	1 Stück	80
Braten, kalt	1 Stück	50
Bratwurst	1 Stück	150
Brötchen		
Weißmehlbrötchen	1 Stück	45
Dreikornbrötchen	1 Stück	60
Milchbrötchen	1 Stück	40
Roggenbrötchen	1 Stück	60
Rosinenbrötchen	1 Stück	45
Vollkornbrötchen	1 Stück	60
Brot		
Baguette	1 Scheibe (klein)	15
Knäckebrot	1 Scheibe	10

* s. Literaturhinweise

** Bei Mengenangaben wird immer von gestrichenen Löffeln ausgegangen, solange nichts anderes vermerkt ist.

Lebensmittel	Menge in haushaltsüblichen Maßen*	Menge in Gramm
Knäckebrot mit Vollkorn	1 Scheibe	15
Knusperbrot	1 Scheibe	7
Mischbrot	1 Scheibe (mitteldick)	45
Pumpernickel	1 Scheibe (mittelgroß)	30
Toastbrot	1 Scheibe	20
Vollkornbrot	1 Scheibe (mitteldick)	50
Weißbrot	1 Scheibe (Kastenform)	30
Butter/Margarine	1 Messerspitze	3
	1 Teelöffel	4
	1 Eßlöffel	10
	1 Portionspackung	20
Buttercremetorte	1 Stück	110
Corned beef, nach deutscher Art	1 Scheibe	25
Cornflakes	1 Eßlöffel, geh.	4
Croissant	1 Stück	40
Dominosteine	1 Stück	15
Ei		
eßbarer Anteil	1 Stück (Gewichtsklasse 3)	57
Eis	1 Kugel	15
Erdnüsse, ohne Schale	1 Eßlöffel	10
Erdnußflips	1 Handvoll	8
Fischstäbchen, tiefgekühlt	1 Stück	30
Fleischsalat	1 Eßlöffel	30
Frikadelle	1 Stück	150
Getränke		
Limonaden, Mineralwasser, Saft	1 Saftglas (klein)	150
	1 Saftglas (groß)	200
Sekt	1 Sektglas	100
	1 Piccolo	200
Wein	1 Weinglas	125
Gewürzgurke	1 Stück (mittelgroß)	50
Grapefruit		
eßbarer Anteil	1 Stück (mittelgroß)	250
Grieß, Trockengewicht	1 Eßlöffel	10
Gummibärchen	1 Stück	3
Haferflocken		
blütenzart (Trockengewicht)	1 Eßlöffel, geh.	5
kernige (Trockengewicht)	1 Eßlöffel, geh.	10
Hamburger	1 Stück	150
Haselnüsse		
Kerne, gemahlen	1 Eßlöffel	5
Hefestückchen	1 Stück	60
Honig	1 Teelöffel	10
	1 Eßlöffel	20
Hüttenkäse	1 Eßlöffel, geh.	25
Käse		

* Bei Mengenangaben in Löffeln wird immer von gestrichenen Löffeln ausgegangen, solange nichts anderes vermerkt ist.

Lebensmittel	Menge in haushaltsüblichen Maßen*	Menge in Gramm
Schnittkäse	1 Scheibe	30
Scheibletten	1 Scheibe	20
Schmelzkäse	je Brotscheibe	20
Käsekuchen	1 Stück	120
Kakaopulver	1 Teelöffel	2
	1 Eßlöffel	5
Kartoffel		
eßbarer Anteil, geschält	1 Stück (klein, eigroß)	60
eßbarer Anteil, geschält	1 Stück (mittelgroß)	110
Kekse		
Butterkeks eckig	1 Stück	6
Doppelkeks mit Schokoladenfüllung	1 Stück	15
Kiwi		
eßbarer Anteil	1 Stück (mittelgroß)	45
Kondensmilch	1 Teelöffel	6
	1 Eßlöffel	18
Konfitüre, Marmelade	1 Teelöffel	10
	1 Eßlöffel	20
Kopfsalat		
eßbarer Anteil	1 Stück (mittelgroß)	85
Kräcker (Knabbergebäck)	1 Stück (rund)	3
	1 Stück (eckig)	5
Laugenbrezel	1 Stück	55
Löffelbiskuit	1 Stück	5
Mandarine		
eßbarer Anteil	1 Stück (mittelgroß)	40
Marmorkuchen	1 Stück	50
Mayonnaise (50 % oder 80 % Fett)	1 Eßlöffel	12
Mehl, Type 405	1 Teelöffel	3
	1 Eßlöffel	10
Milch	1 Eßlöffel	15
Möhren		
eßbarer Anteil	1 Stück (klein)	40
eßbarer Anteil	1 Stück (mittelgroß)	80
Öl	1 Teelöffel	3
	1 Eßlöffel	10
Paniermehl	1 Eßlöffel	8
Paprikaschote		
eßbarer Anteil	1 Stück (mittelgroß)	155
Pfirsich		
eßbarer Anteil	1 Stück (mittelgroß)	115
Konserve	1 Pfirsichhälfte	50
Pflaume		
eßbarer Anteil	1 Stück	35
Konserve	1 Pflaumenhälfte	10

* Bei Mengenangaben in Löffeln wird immer von gestrichenen Löffeln ausgegangen, solange nichts anderes vermerkt ist.

Lebensmittel	Menge in haushaltsüblichen Maßen*	Menge in Gramm
getrocknet	1 Stück	8
Praline mit Schokoladenüberzug	1 Stück	10
Quark	1 Teelöffel, geh.	15
	1 Eßlöffel, geh.	30
Radieschen		
eßbarer Anteil	1 Stück	10
Reis		
roh	1 Eßlöffel	15
Rosinen	1 Teelöffel	7
	1 Eßlöffel	20
Sahne (mindestens 30 % Fett)		
flüssig (süß oder sauer)	1 Eßlöffel	13
Salatgurke		
eßbarer Anteil	1 Scheibe	5
Salz	1 Teelöffel	5
	1 Eßlöffel	15
Schinken		
Lachsschinken	1 Scheibe	10
Schinken, gekocht	1 Scheibe	50
Senf	1 Teelöffel	5
Speck, durchwachsen	1 Scheibe	35
Speisestärke	1 Teelöffel	3
	1 Eßlöffel	9
Stollen	1 Stück	50
Tomate		
eßbarer Anteil	1 Stück (mittelgroß)	60
Tomatenketchup/Tomatenmark	1 Teelöffel	5
	1 Eßlöffel	15
Walnüsse		
Kerne (Hälften)	1 Stück	3
Weintrauben		
eßbarer Anteil	1 Stück	8
	1 Traube (mittelgroß)	350
Weizenschrot	1 Teelöffel, geh.	7
	1 Eßlöffel, geh.	16
Weizenkeime	1 Eßlöffel	5
Weizenkleie	1 Teelöffel, geh.	2
	1 Eßlöffel, geh.	6
Wurstaufschnitt		
Fleischwurst, Bierschinken	1 Scheibe (mittelgroß)	15–20
Cervelatwurst	1 Scheibe (groß)	20
Wurst, Streichwurst		
Mettwurst, Leberwurst	Belag je Brotscheibe	30
Zucker	1 Würfel	5
	1 Teelöffel	5
	1 Eßlöffel	12

* Bei Mengenangaben in Löffeln wird immer von gestrichenen Löffeln ausgegangen, solange nichts anderes vermerkt ist.

Lebensmittel	Menge in haushaltsüblichen Maßen*	Menge in Gramm
Zwieback	1 Stück	10
Zwiebel		
eßbarer Anteil	1 Stück (klein)	30
	1 Stück (groß)	55

* Bei Mengenangaben in Löffeln wird immer von gestrichenen Löffeln ausgegangen, solange nichts anderes vermerkt ist.

Anhang 6: Kontrollfragen

Kontrollfragen zu den Kapiteln 1–6

1. Nennen Sie häufige Ernährungsfehler.
2. Zählen Sie einige Grundsätze auf, die für eine richtige Ernährung charakteristisch sind.
3. Welche Maßnahmen würden Sie einem Übergewichtigen empfehlen, der Sie um Rat fragt?
4. Bedeutet Fehlernährung immer nur einen Mangel an Nährstoffen?
5. Nennen Sie die wichtigen Gruppen der Inhaltsstoffe der Nahrung.
6. Definieren Sie die Begriffe: Lebensmittel und Genußmittel.
7. Was versteht man unter Stoffwechsel? Nennen Sie die drei Hauptmöglichkeiten von Stoffwechselvorgängen.
8. Geben Sie je einen Nährstoff an, dessen Zufuhr im g-, im mg- und im µg-Bereich erfolgen muß, um den Tagesbedarf zu decken.
9. Wie hoch schätzen Sie den Körperbestand an Kohlenhydraten und Calcium?
10. Definieren Sie die Begriffe: essentieller und nichtessentieller Stoff.
11. Nennen Sie die Joule-Gehalte von je 1 g Fett, Kohlenhydrat und Protein.
12. Welche Möglichkeiten hat der Organismus, um eine gegenüber dem Bedarf zu geringe oder zu große Wärmezuführung auszugleichen, so daß die Körpertemperatur sich nicht ändert?
13. Was versteht man unter Grundumsatz, welche Faktoren beeinflussen ihn?
14. Nennen Sie Beispiele für Arbeitsschweregrade.
15. Warum ging der durchschnittliche Energiebedarf der Menschen in den letzten 150 Jahren zurück?

Kontrollfragen zum Kapitel 7

1. Welches sind die Unterschiede zwischen niedrigmolekularen und hochmolekularen Kohlenhydraten?
2. Nennen Sie einige Funktionen der Kohlenhydrate im Organismus.
3. Was sind Ballaststoffe und welche Funktionen haben sie?
4. Was geschieht mit den Kohlenhydraten der Nahrung im Verdauungstrakt?
5. Kann eine fettfreie, kohlenhydratreiche Kost zu Übergewicht führen?

6. Sind bestimmte Kohlenhydrate als essentiell zu bezeichnen?
7. Zählen Sie die Hauptschichten des Getreidekorns auf und nennen Sie ihre Bedeutung für die Ernährung.
8. Charakterisieren Sie die Begriffe Ausmahlungsgrad und Mehltyp.
9. Welche Mehle sind ernährungsphysiologisch wertvoller, helle oder dunkle?
10. Woraus werden Teigwaren hergestellt?
11. Was ist parboiled Reis?
12. Ist die Verwendung von braunem Zucker zu empfehlen?
13. Was ist Sorbit und welche Bedeutung hat es?
14. Wie sind Kartoffelprodukte ernährungsphysiologisch zu bewerten?

Kontrollfragen zum Kapitel 8

1. Nennen Sie die Grundbausteine der Proteine.
2. Welches sind die Endprodukte des Abbaus der Proteine im Körper und bei der chemischen Verbrennung?
3. Zählen Sie einige Funktionen der Proteine auf.
4. Wie verändern sich die Eigenschaften von Proteinen, wenn sie auf 50 °C bzw. auf 80 °C erhitzt werden?
5. Weshalb bestimmt die Aminosäurezusammensetzung pflanzlicher und tierischer Proteine deren biologischen Wert?
6. In welcher Weise werden die verzehrten Nahrungsproteine im Organismus verwertet?
7. Ist der Bedarf an Proteinen pro kg Körpergewicht in allen Lebensabschnitten gleich hoch?
8. Welche Funktionen haben die Enzyme?
9. Wovon wird die Harnsäurekonzentration im Blut beeinflußt?
10. Wie kann man seinen Bedarf an Protein tierischer Herkunft preisgünstig dekken?
11. Welche Nährstoffe enthält die Milch?
12. Wie kann man Milch für kürzere oder längere Zeit haltbar machen?
13. Ist Magermilch oder Vollmilch reicher an Calcium oder fettlöslichen Vitaminen?

14. Wie werden die Käsesorten eingeteilt?
15. Nennen Sie die Vorteile und Nachteile von Hülsenfrüchten.

Kontrollfragen zum Kapitel 9

1. Welches ist der Unterschied zwischen gesättigten und ungesättigten Fettsäuren?
2. Warum sind Öle bei Zimmertemperatur flüssig und Streichfette nicht?
3. Welche Fette sind reich an ungesättigten Fettsäuren?
4. Sind alle ungesättigten Fettsäuren als essentiell zu bezeichnen?
5. Nennen Sie einige Funktionen der Fette.
6. Was geschieht mit den Fetten im Verdauungstrakt?
7. Welche Energiereserve enthält 1 kg Fett?
8. Nennen Sie Eigenschaften und Funktion der Lipoproteine.
9. Wie stellt man Margarine her?
10. Welche Fette verderben am ehesten?
11. Nennen Sie die ernährungsphysiologisch charakteristischen Merkmale von Butter und Schmalz, Olivenöl und Sonnenblumenöl.
12. Welche Lebensmittel enthalten versteckte Fette?
13. Kann man Fette durch Kohlenhydrate in der Nahrung ersetzen und umgekehrt?
14. Welche Gemeinsamkeiten und Unterschiede bestehen zwischen den Proteinen, den Fetten und den Kohlenhydraten?

Kontrollfragen zum Kapitel 10

1. Welche Bedeutung hat der Energiegehalt eines Vitamins für die Energieversorgung des Menschen?
2. Gibt es Lebensmittel, die reich an allen Vitaminen sind?
3. Welche Einteilungsprinzipien für Vitamine kennen Sie?
4. Nennen Sie einige Ursachen für Vitaminmangelerscheinungen.
5. Was ist ein Provitamin? Nennen Sie Beispiele.
6. Nennen Sie Lebensmittel, die reich an fettlöslichen Vitaminen sind.

7. Welches sind die Funktionen und Mangelerscheinungen für Vitamin A?
8. Was ist Rachitis?
9. Wie äußert sich die antioxidative Eigenschaft der Tocopherole?
10. Was ist als die Funktion von Vitamin K im Organismus anzusehen?
11. Ist der Fettgehalt der Nahrung für die Versorgung mit fettlöslichen Vitaminen von Bedeutung?
12. Welche Faktoren begünstigen den Abbau der Ascorbinsäure?
13. Nennen Sie einige an Vitamin-C-reiche Lebensmittelgruppen.
14. Welche Bedeutung hat die Kartoffel für die Vitamin-C-Versorgung?
15. An welchen Vorgängen im Organismus nimmt die Ascorbinsäure teil?
16. Was versteht man unter Skorbut?
17. Nennen Sie einige gemeinsame Eigenschaften der Vitamine der B-Gruppe.
18. Besitzt der menschliche Organismus Speicher für die Vitamine der B-Gruppe?
19. Nennen Sie einige Thiamin-reiche Lebensmittel.
20. Warum ist es für die Versorgung der Menschen mit Thiamin (und anderen Vitaminen) von Bedeutung, in welchem Ausmaß Teile der Außenschichten des Getreidekorns im Mehl enthalten sind?
21. Was sind die Anzeichen für einen Riboflavinmangel beim Menschen?
22. Was wissen Sie über die Bedeutung des Pyridoxins für den Menschen?
23. Welches Vitamin enthält einen anorganischen Bestandteil?
24. Wie heißt die Mangelkrankheit des Cobalamins und in welchen Lebensmitteln ist dieses Vitamin enthalten?
25. Welche Faktoren sind mitbestimmend an der Höhe des Vitamingehaltes eines Lebensmittels?
26. Welche Vitamine kommen im Obst vor?
27. Was sind Südfrüchte?
28. Welche Inhaltsstoffe von Gemüse sind für die menschliche Ernährung besonders wertvoll?
29. Was ist bei der Zubereitung von Gemüse zu beachten?
30. Nennen Sie die verschiedenen Verfahren zur Haltbarmachung von Gemüse.
31. Nennen Sie Vor- und Nachteile des Blanchierens von Gemüse.

32. Welches sind die Ursachen für Nährwertverluste bei der Zubereitung der Speisen? Welche Möglichkeiten gibt es, diese Verluste zu vermeiden?

Kontrollfragen zu den Kapiteln 11–12

1. Welche Getränke enthalten Coffein?
2. Wie beurteilen Sie den Genuß alkoholischer Getränke für die menschliche Ernährung?
3. Nennen Sie die essentiellen Mineralstoffe.
4. Welche Funktionen haben Natrium, Kalium und Chlorid im Organismus?
5. Was können Sie zu den Fragen des Bedarfs und des Körperbestandes von Calcium und Phosphat sagen?
6. Weshalb ist eine ausreichende Eisenzufuhr mit der Nahrung erforderlich?
7. Nennen Sie Lebensmittel, die wesentlich zur Bedarfsdeckung an Proteinen, Ascorbinsäure und Eisen beitragen.

Kontrollfragen zu den Kapiteln 13–16

1. Welche Anforderungen sind an eine vollwertige Ernährung zu stellen?
2. Beschreiben und bewerten Sie den Ernährungskreis der DGE.
3. Wie ernähren sich Veganer?
4. Wie berechnen Sie die von Ihnen täglich aufgenommene Energiemenge und welche Hilfsmittel benötigen Sie hierfür?
5. Wie hoch sollte der Fettenergieanteil an der Energiezufuhr sein? Berechnen Sie an einem praktischen Beispiel die Fettzufuhr in Gramm pro Tag.
6. Stellen Sie einen 4200-Joule-Speiseplan für einen Übergewichtigen zusammen.
7. Wie unterscheidet sich die Vollkost von der leichten Vollkost?
8. Worauf muß bei der Verabfolgung bestimmter Diäten geachtet werden?
9. Was versteht man unter künstlicher Ernährung?
10. Beschreiben Sie die Kriterien für eine optimale Krankenhausverpflegung.
11. Nennen Sie Ursachen von Lebensmittelvergiftungen.
12. Wie sollten Sie mit verschimmelten Lebensmitteln umgehen?

Stichwortverzeichnis

Q

R

S

T

U

V

W

Z